Nicola Förg
Mord im Bergwald

PIPER

Zu diesem Buch

Während die Garmischer Kommissarin Irmi Mangold sich ziemlich erfolglos als Gärtnerin versucht und ihre Kollegin Kathi Reindl gerade ein Schäferstündchen mit ihrem verheirateten Nachbarn verbringt, herrscht wenige Kilometer entfernt große Aufregung: Freiwillige vom Alpenverein, die zur Schutzwaldsanierung auf schmalen Steigen Setzlinge transportieren, finden einen Finger, dann ein Ohr. Bald darauf wird auch die zugehörige Leiche entdeckt – männlich, Mitte zwanzig. Kathi Reindl und Irmi Mangold überprüfen die Vermisstenlisten, ein junger Mann ist jedoch nicht dabei. Als der Zeitsoldat Peter Fichtl einen Tag später in der Dienststelle erscheint, um seinen Zwillingsbruder Pius vermisst zu melden, glaubt Irmi, sie hätte eine Erscheinung: Peter Fichtl gleicht dem Toten aufs Haar! Pius, Landwirt aus Mittenwald, wollte zu einem Geschäftstermin nach Tirol, doch war er dort nie angekommen. Was führte ihn stattdessen auf den Berg? Als die Kommissarinnen endlich Licht in die Todesumstände bringen, erwartet sie eine böse Überraschung …

Nicola Förg wuchs im Allgäu auf. Sie arbeitet als freie Reisejournalistin für namhafte Tageszeitungen und Magazine und hat Reiseführer verfasst. Außerdem veröffentlichte sie mehrere sehr erfolgreiche Kriminalromane, deren Tatorte unter anderem im Allgäu und in Oberbayern liegen. Die engagierte Tierfreundin lebt mit ihren Katzen, Kaninchen und Pferden auf einem vierhundert Jahre alten Bauernhof in Bad Bayersoien im Ammertal. Zuletzt erschien von ihr »Hüttengaudi«.

Nicola Förg

Mord im Bergwald

Ein Alpen-Krimi

Piper München Zürich

Mehr über unsere Autoren und Bücher:
www.piper.de

Von Nicola Förg liegen bei Piper vor:
Tod auf der Piste
Mord im Bergwald
Hüttengaudi

Für Peter und Heide und alle, die nicht aufgeben.
Am Ende eines langen dunklen Tals
kommt ein Zick-Zack-Pfad hinauf in sonnige Höhen.

FSC
Mix
Produktgruppe aus vorbildlich bewirtschafteten Wäldern und anderen kontrollierten Herkünften
www.fsc.org Zert.-Nr. GFA-COC-001223

Originalausgabe
1. Auflage März 2010
6. Auflage August 2011

Umschlaggestaltung: semper smile, München
Umschlagabbildung: plainpicture/clack
Satz: Filmsatz Schröter, München
Papier: Munken Print von Arctic Paper Munkedals AB, Schweden
Druck und Bindung: CPI – Clausen & Bosse, Leck
Printed in Germany ISBN 978-3-492-25788-6

Zwar die Natur bedeckt dein hartes Land mit Steinen.
Allein dein Pflug geht durch, und deine Saat errinnt;
Sie warf die Alpen auf, dich von der Welt zu zäunen,
Weil sich die Menschen selbst die größten Plagen sind.
ALBRECHT VON HALLER (1708–1777)

Prolog

In dem Moment, als Irmi sich bückte, zuckte sie unwillkürlich zusammen. Es war mal wieder so weit. Sie war einfach nicht dafür geboren – für den Bügel-BH. Ständig bohrte sich das Plastikteil in ihre Achselhöhle, nach spätestens fünf Waschgängen. Die teuren und die billigen BHs waren gleichermaßen tückisch. Einmal hatte sich Irmi einen BH für fünfzig Euro gekauft, sie war sich nachgerade verderbt vorgekommen, aber auch dieses luxuriöse Stück hatte binnen kürzester Zeit seinen Geist aufgegeben. Irmi nahm sich vor, künftig bei den Sport-BHs zu bleiben, den praktischen Dingern mit den breiten Trägern. Sie versuchte seufzend, den Bügel wieder in Position zu schieben, wo er etwa drei Sekunden verweilen würde, um sich dann erneut auf Wanderschaft zu begeben.

Kritisch betrachtete Irmi ihr Salatbeet. Jedes Jahr fühlte sie sich verpflichtet, wenigstens ein bisschen zu garteln – Salat, Tomaten, Karotten und Bohnen zu ziehen. Meist misslang diese Mission. Sie war als Kommissarin einfach zu wenig zu Hause, ein freier Montag wie der heutige war selten, die Schnecken und Mäuse waren immer schneller, die Sonne zu heiß, die Regengüsse zu sintflutartig… Aber in ihrem Unterbewusstsein steckte tief drin die Vorstellung, dass eine gute Landfrau Gemüse zog, blütenrein wusch und Kuchen buk, die diesen entscheidenden Tick besser waren als die der Nachbarinnen. Lockerer, buttriger und exotischer. Eine gute Keine-wäscht-reiner-Hausfrau schneiderte auch ihre Kleidung selbst und war dabei glücklich.

Irmi runzelte die Stirn. Woher hatte sie diesen Unsinn? Schon ihre Mutter war zwar eine perfekte Bäuerin, aber alles andere als eine perfekte Hausfrau gewesen. Schon einen halben Tag bevor ein Tier erkrankte, hatte sie gewusst, dass etwas im Anzug war. Ihr Gemüsebeet war hingegen auch verwildert, ihre Kuchen eine Katastrophe. Erst mit Eismann und Bofrost begannen güldene Zeiten. Ihre Mutter hatte, ohne mit der Wimper zu zucken, den Altdeutschen Apfelkuchen aus der Tiefkühltruhe als altes Familiengeheimrezept deklariert.

Irmi vermisste sie. Nicht ständig, nur manchmal dachte sie an ihre Mutter, und dann war ihr, als würde es schlagartig dunkel. Bodenlos tief fiel sie. Es gab viele Arten und Schattierungen von Schmerz. Nach jedem Liebeskummer gab es wieder Hoffnung auf einen Neubeginn. Auch wenn man den anfangs nicht sehen wollte und konnte. Aber dieser Schmerz hatte eine andere Dimension. Es gab keinen Neubeginn, es gab nur eine Mutter. Nur diesen einen Menschen, der bedingungslos liebte und bereit war, alles zu geben.

Der Schmerz kam jäh. Wie neulich, als Irmi eher zufällig ein paar Trinkgläser in der Spüle betrachtet hatte. Eines der Gläser war völlig trüb und undurchsichtig gewesen. Ihres, denn sie hatte Froschfinger, wie ihre Mutter immer wieder lachend gesagt hatte. Überall hinterließ sie Abdrücke. Das waren die Momente, in denen die Erinnerung an die Mutter sie überfiel und sie glaubte, nicht mehr atmen zu können.

In diesem Moment klingelte Irmis Handy. Es klang wie ein Telefon aus der Zeit, als es noch Wählscheiben gab. Sie hatte diesen Retroton eingestellt – nach diversen seltsamen Klingeltönen, die ihre Kollegin Kathi ihr aufgespielt hatte. Der übelste war »Der Kommissar geht um« gewesen. Wo war bloß das Handy? Es klang etwas gedämpft, und Irmi trat einen Salat platt beim Versuch, das Mobiltelefon zu orten.

Schließlich fiel ihr Blick auf den Stubentiger, der auf den lapidaren Namen »Kater« hörte. Kater lag auf einer schiefen Bank neben dem Beet. Er war dreizehn, ein Stoiker und sah keine Notwendigkeit, wegen eines Klingelns in der Magengegend aufzustehen. Bis Irmi ihn hochgewuchtet hatte – Kater hatte sicher acht Kilo –, war das Klingeln erstorben. Sie setzte Kater wieder ab und warf einen Blick aufs Display. Es war Sailer, ihr Kollege. Das verhieß nichts Gutes. Vor allem an einem freien Tag.

Irmi rief zurück, und was sie da zu hören bekam, verschlug ihr die Sprache. Sie atmete tief durch. »Kater, ich pack's, pass auf das Gemüse auf«, rief sie noch, aber Kater öffnete nicht mal die Augen.

Langsam zog Kathi sich wieder an. Sie schlüpfte in ihre Jeans, in das T-Shirt und drückte ihre Sonnenbrille in die verwuschelten Haare, die sie mühsam glättete. Dann warf sie einen Blick in den vergilbten Spiegel im Bauwagen. Korbinian war nach draußen gegangen, er rauchte.

Sie zog eine Grimasse. Die Zigarette danach, was für ein Klischee! Ein Bauwagen, den sonst die Dorfjugend für ihre Feten nutzte – mit fast dreißig war sie dafür auch zu alt, aber was blieb ihr anderes übrig, oder? Korbi war verheiratet, und zwar ausgerechnet mit der Nachbarin, was zugleich bedeutete: mit der Nachbarin ihrer Mutter und ihrer Tochter Sophia. Zu allem Überfluss war Korbis Tochter Annalena die beste Freundin von Sophia. Gut, das konnte sich ändern, denn die kleine streitbare Sofi – die es übrigens hasste, Sofi oder gar Soferl genannt zu werden – hatte ständig neue beste Freundinnen. Zickenkriege waren an der Tagesordnung. Was sich hingegen wohl nicht ändern würde, war die Wohnsituation von

Korbi und Michelle. Die Blondine stammte aus Schwerin, arbeitete in Lermoos am Golfplatz und war Korbi dort beim Golfen zugelaufen.

Dass ausgerechnet der Fußballspieler Korbinian Kohler das Haus nebenan gekauft hatte, war auf den ersten Blick natürlich grandios. Korbi war so was wie ein Held, der es immerhin bis in einen englischen Spitzenverein geschafft hatte. Sonst pflegte man in Österreich ja nur Skifahrer zu verehren. Die konnten dann altern, sich das letzte Hirn wegsaufen, den dümmsten Müll erzählen, in die Politik gehen oder zum Fernsehen – und blieben trotzdem Götter.

Auch Korbi war so ein Gott. Er hatte vor einigen Jahren aufgehört, arbeitete nun irgendwas im Golfmarketing, schwamm in Geld, hatte Blondie-Barbie Michelle geheiratet und war nach Lähn gezogen. Der große Korbinian Kohler! Seit etwa drei Monaten vögelte er Kathi, was er auch sehr gut beherrschte.

Kathi trat nach draußen, das Licht blendete sie. Sie schob die große Sonnenbrille ins Gesicht. In diesem Moment meldete sich ihr Handy. Es war Irmi. Und was sie zu berichten hatte, klang mehr als merkwürdig.

Kathi wandte sich an Korbi, der auf einem alten rostigen Biergartenstuhl lümmelte. Er rauchte mit geschlossenen Augen.

»Ich muss weg. Dienst«, erklärte sie. »Ich hab zwar eigentlich frei, aber die Sache ist mehr als komisch.«

»Hmm. Bis dann.« Korbi öffnete nicht mal die Augen.

1

Beruhigend kraulte Vitus Weingand die Mulidame Zilly am Hals. Unwirsch schüttelte sie den Kopf und erzeugte ein unnachahmliches Geräusch, als ihre langen Ohren zusammenflappten.

Auf dem Vorplatz der Alm stand in der Morgensonne markig-breitbeinig Bernd Orlowski und gestikulierte lautstark herum. Sein oberlehrerhafter Ton schien Zilly dazu zu veranlassen, erneut den Kopf zu schütteln. Es konnte natürlich auch an der langen Warterei liegen. Eigentlich hätten Vitus, Zilly und die Haflingerin schon längst ihren Spätsommerjob antreten sollen: die Schutzwaldsanierung. Das tierische Team von Vitus Weingand kam vor allem in Naturschutzgebieten zum Einsatz, weil seine Tragtiere keinen Lärm machten wie ein Hubschrauber, keine Kerosinemissionen freisetzten und das Wild nicht erschreckten. Zudem konnte man mit Tragtieren die Pflanzen sehr dosiert absetzen. Das erleichterte später die Arbeit für die Pflanzer vom Forstamt.

Doch dieses Jahr hatte man Vitus dazu verdonnert, auch noch menschliche Helfer einzubinden. Man hatte ihm eine Freiwilligentruppe aus Alpenvereinsmitgliedern aufgehalst, angeführt von Bernd Orlowski, dem Vorsitzenden irgendeiner DAV-Sektion. Gestern Nacht hatte es gegossen, als hätte Petrus eine apokalyptische Flutwelle geschickt. Die Sonne brach sich nun in den Wassertropfen, und die steilen Karwendelkare der Soierngruppe zeigten sich in ihren charakteristischen Grauschattierungen. Karwendelgrau war ein wankelmütiger Farbton: Bei Schlechtwetter fast schwarz, bei intensiver Sonneneinstrahlung im Sommer hingegen hatten die Berge eine fast metallische Nuance. Karwendelgrau – so wandelbar wie das schroffe Gebirge.

Es würde heiß werden, so viel war klar, und Vitus wartete ungeduldig. Er wollte am frühen Nachmittag fertig sein, und zwar vor der Gewitterfront, die so sicher kommen würde wie das Amen in der Kirche. Aber Orlowski schwafelte weiter. Ein echter Saupreiß der übelsten Sorte, wie Vitus fand. Im Grunde seines gutmütigen Herzens war Vitus nämlich sehr tolerant. Bei der Feuerwehr hatten sie einen Mainzer, der war leicht integrierbar gewesen, weil er länger am Stammtisch verweilte als alle anderen Dorfbewohner. Und im Trommlerzug machte einer aus Husum mit (oder war es Büsum?) – jedenfalls so ein windgepeitschter Sandfurunkel, und der war auch gut zu haben. Redete nämlich wenig, der Krabbenpuler. Was ihn markant von Orlowski unterschied. Der redete immer und überall, erklärte den Einheimischen, wie sie die Landwirtschaft effizienter gestalten könnten, und erläuterte den Zimmerern, wie sie die Nägel einzuschlagen hätten. Wahrscheinlich hätte er dem Pfarrer am liebsten die Predigten geschrieben und dem Arzt die Rezepte ausgestellt.

Mit großer Gestik wies Orlowski in Richtung Fischbachkopf und dann zu den Pflanzen, die aufgereiht an der Hütte standen. »Meine Lieben! Dort hinauf tragen wir Buche, Kiefer und Mehlbeere. Die Mehlbeere ist eine biologische Beimischung, die an südexponierten trockenen Standorten den Humus verbessert. Der Prozentsatz der Nadelbäume soll aber überwiegen, weil wir vor allem im Winter auf die Schutzfunktion der Baumkronen angewiesen sind.«

Er schaute drein, als erwarte er Beifall für seine Rede. Eintausendfünfhundert Pflanzen sollten heute bergwärts wandern, zwei Drittel davon würden ohnehin die Tiere tragen, den Rest Orlowskis Karawane. Der DAV-Mann hatte einen Heilpraktiker mit Doppelnamen dabei – »wenn a Mo si scho ned beim Nama durchsetzt, dann schaugt's schlecht aus«, hatte Vitus Zilly ins Ohr geflüstert. Mit von der Partie waren eine Juristin a. D., die immerhin ganz patent wirkte, die dürre Inhaberin eines Naturkost-Bioladens und eine Grundschullehrerin, die ihre Schulferien wohl sinnvoll nutzen wollte. Sie war dermaßen aufgeregt und hektisch, dass sich Vitus besorgt fragte, ob die Kinder nicht alle mit schweren Persönlichkeitsstörungen aus deren Unterricht kommen mussten. Sie hatte erst mal Zilly angequiekt: »Ist die süüüß! Ich bin die Katja, du kleines Eselchen.«

Zilly war keineswegs »süüüß«, dachte Vitus, sondern ein Arbeitstier – und ein »Eselchen« war sie schon gar nicht. Zilly war ein Muli.

»Des is a Maultier oder Muli.« Vitus räusperte sich und bemühte sich um klares Hochdeutsch. Das Thema lag ihm nämlich am Herzen. »Von einem Maultier spricht man, wenn die Mutter ein Pferd und der Vater ein Esel ist. Seltener kommt der Maulesel vor: Mutter Esel, Vater Pferd. Die Anpaarung gelingt dort seltener, weil das Paarungsverhalten beim Esel anders ist als beim Pferd.«

»Aha«, meinte die Grundschullehrerin. »Aber im Gebirge sind diese Mulis besser als Pferde?«

»Ja, vui trittsicherer. Die gehn quasi auf dem Strich. Schon immer ham Mulis im Gebirge Transportaufgaben übernommen. Viele Almen wurden mit Maultieren beschickt. Mulis trugen das Gepäck, manchmal auch einen müden Wanderer oder hohe Herrschaften, die nicht zu Fuß gehen wollten. Und dabei sind sie sehr schlau – und sehr nachtragend.« Wieder kraulte er Zilly den Hals.

Katja quiekte noch ein »Wie süüüß«, woraufhin Zilly

angewidert die Ohren anlegte und ganz kurz mit dem stahlharten kleinen Huf nach hinten kickte. Nur so zur Warnung, aber von da an galt sie der Lehrerin als »Monster«.

Betty ging das alles am dicken Haflingerhintern vorbei, sie fraß aus dem Heusack und würdigte die Truppe keines Blickes.

»Freunde!«, schmetterte Orlowski nun. »Wir beladen erst einmal die Packtaschen der Tiere, dann die eigenen Rucksäcke, und auf geht's!«

Ja, hoffentlich, dachte Vitus. Sie waren weit hinter dem Zeitplan, weil die Helfer natürlich nicht rechtzeitig aus ihren Zelten gekrabbelt waren, die sie um die Alm herum platziert hatten. Die Lehrerin weigerte sich mittlerweile, näher als zehn Meter an Zilly heranzutreten, weshalb der Heilpraktiker dem Maultier zugeteilt wurde.

»Ganz schön zerstochen, das arme Tier«, sagte er und betrachtete die Knubbel von Mücken- und Bremsenstichen.

»Ja, de san recht ekelhaft dies Johr«, brummte Vitus.

»Apis müssen Sie geben, Apis! D12 würde ich empfehlen. Sie kennen doch Globuli?«

Natürlich wusste Vitus, was Globuli waren, aber das würde er diesem Deppen nicht auf die Nase binden. Stattdessen zog er eine Sprühflasche heraus und überzog Zilly mit einer bestialisch stinkenden Tinktur.

»Pure Chemie!«, heulte der Heilpraktiker auf.

»Na, des is Tiroler Steinöl«, konterte Vitus, packte Zilly am Führstrick und pfiff. Betty ruckte mit dem Kopf und trottete hinterher.

Die Lehrerin wischte sich den Schweiß von der Stirn. Na, wenn die schon von dem bisschen Beladen so schwitzte, konnte das ja lustig werden in der Mittagssonne, dachte Vitus und räusperte sich.

»Mir ham zwoa Gebiet heit«, hob er an. »Links ummi

am Fischbachkopf und Hohen Grasberg und rechts aui Richtung Soiernhaus und nachher aui zum Predigtstuhl.« Die Augen der Teilnehmer folgten seinen schnellen, angedeuteten Handbewegungen. »Fang mer glei amoi am Fischbachkopf o.«

Ohne ein weiteres Wort stapfte er los. Die Tiere gingen zügig, ein Tempo, bei dem die Orlowski-Truppe bald schon nicht mehr mithalten konnte. Nach etwa fünfzehn Minuten, bevor die wirklich steilen Kehren kommen würden, hielt Vitus an. Er ließ die Gruppe aufholen und gab brummig Auskunft, wo nun wer welche Menge an Pflanzen abzusetzen hätte. Die Bioladen-Lady und die Lehrerin wirkten jetzt schon derangiert, während der Heilpraktiker mit Orlowski über die Wirkung irgendeines Krauts stritt. Vitus runzelte die Stirn. Ihm war das alles zu laut. Sie setzten die ersten Pflanzen so ab, dass die Forstarbeiter sie später würden pflanzen können.

Dann ging es zurück zur Alm. Die Lehrerin rutschte auf dem kiesig-schottrigen Weg aus und polterte ein paar Meter den Hang hinunter. Vitus war in wenigen Schritten bei ihr. »Is wos passiert?« Sie schüttelte den Kopf und verdrückte ein paar Tränchen.

Es war ein Trauerspiel, Vitus verfluchte Gott und alle Heiligen. Während der Heilpraktiker der Lehrerin Arnika-Globuli eingab, kreuzten sich die Blicke von Vitus und der pensionierten Juristin. Ihr ironisches Grinsen gefiel ihm. Sie beluden erneut, und Vitus breitete seine Karte auf einem der Biertische aus.

»I glaub, mir teiln uns auf. Ihr geht's zum Lakaiensteig ummi. Wo ihr die Pflanzerl osetzn müssts, werds ihr selber sehn. Do stehn eh scho a paar Pflanzen.« Er blickte in die Runde und sah die Juristin an. »Du kimmscht mit mir, mir gehen aui auf den Grasberg mit de Viecher.«

»Gerne!« Sie hatte eine angenehme Stimme, fand Vitus.

War sowieso a Mordsweib, bestimmt schon sechzig, aber gut erhalten.

»Ich bin die Iris«, stellte sie sich mit einem sympathischen Lächeln vor.

»Vitus, aber des woaßt ja eh.«

Schweigend stiegen sie bergan. Vitus brauchte ihr nur wenig zu erklären: Iris hatte schnell kapiert, wo und wie die Pflanzen abzusetzen waren. Sie entfernte Betty einen Zweig aus dem Schweif, schnitt mit einem Taschenmesser einen Weg frei. Eine Frau, die mitdachte. Vitus entspannte sich etwas.

»Bischt eh guat z'Fuaß, oder?«, meinte Vitus auf dem Rückweg, kurz bevor sie die Hütte erreicht hatten.

»Geht so. I bin ursprünglich aus Scharnitz. Isch lang her.«

Mittlerweile waren sie beim dritten Turnus. Vitus plante nach der vierten Runde eine Mittagspause auf der Hütte. Er war versöhnt mit dem Tag, vor allem weil er Orlowski und die anderen die meiste Zeit nicht sehen und – weit wichtiger – nicht hören musste. Mit Iris hatte er knappe Sätze gewechselt. So wusste er, dass sie Staatsanwältin gewesen war. Erst in München, lange im Osten, dann wieder in München. Dass sie sich zur Ruhe gesetzt hatte und nun das Elternhaus in Scharnitz bewohnte. Und sie wusste von Vitus, dass er den Zimmererbetrieb in Krün dem ältesten Sohn übergeben hatte und als Unruheständler seine Bergbegeisterung mit seinen Tragtieren auslebte.

Vitus reichte Iris gerade eine Flasche Wasser hinüber, als vom Gegenhang ein schriller Schrei zu hören war. Es blieb kurz still, dann wehte ein »Hilfe« herüber. Vitus zog seinen Feldstecher heraus und suchte die Hänge unterm Soiernhaus ab.

»Wenn die abg'stürzt san, ham mer an Riesenärger am Oarsch«, brummte Vitus. Er warf einen Blick auf die halb vollen Tragtaschen, dann auf seine Begleitung.

»Die setzen wir noch ab«, sagte Iris. »Die haben ja Orlowski dabei, diese Koryphäe. Der wird's schon richten.«

»Guats Madl!« Vitus grinste.

Dennoch beeilten sie sich, zügig ging es talwärts, und just unterhalb der Alm, dort wo sich die Wege der beiden Gruppen getrennt hatten, trafen sie auf den Heilpraktiker.

»Vitus, so kommen Sie doch! Katja hat einen grauenvollen Fund gemacht.« Er japste regelrecht.

»Was für einen Fund?«, fragte Iris.

Sein Blick flackerte. »Einen Finger!«

»Wos?« Vitus runzelte die Stirn.

»Einen menschlichen Finger!« Seine Stimme überschlug sich.

»Hat sich von enk Deppn oaner den Finger abghackt?«, fragte Vitus ungerührt. Er lockerte die Riemen an den Packsätteln, band Zilly am Schild der Bergwacht Krün fest und ließ Betty laufen. »Wo?«, fragte er dann.

»Da oben.« Der Heilpraktiker deutete vage den Steig hinauf.

Nach zehn Minuten hatten sie die Gruppe erreicht. Katja kauerte auf einem Wurzelstock und schien unter Schock zu stehen. Die Bioladen-Lady hatte sich neben sie gehockt und murmelte beruhigend auf sie ein.

»Host ned no amoi Globuli für die?«, fragte Vitus. »Arnika huift a bei Schock.«

Der Heilpraktiker sah ihn glupschäugig an und begann dann wortlos in seinem Rucksack zu wühlen.

Orlowski bat Vitus, ihm zu folgen. Hinter einer Kurve standen auf einer kleinen Freifläche die Setzlinge. Dort bückte sich Orlowski. Vitus und Iris, die ihnen gefolgt waren, gingen in die Knie. Da lag er. Ein Finger, eindeutig. Verfaserter Stumpf, ansonsten bläulich-bräunlich. Vitus runzelte seine Stirn noch mehr.

»Hat ihn jemand angefasst? Bewegt?«, fragte Iris.

»Nein«, erwiderte Orlowski. »Katja hat ihn entdeckt, und dann mussten wir sie erst mal stabilisieren. Sie war etwas aufgeregt. Das arme Küken.«

»Gut«, sagte Iris. »Es wird auch besser sein, wenn wir uns alle verzupfen. Wir sollten möglichst wenig Spuren hinterlassen.« Iris machte eine Pause. »Falls da noch mehr von dem Bergkameraden rumliegt.«

Bernd Orlowski sah sie völlig konsterniert an. »Du meinst …?«

»Na, der Finger wird ja nicht vom Himmel gefallen sein.«

Währenddessen war Vitus dem Pfad noch ein Stück gefolgt, man hörte ein paar Steinchen rieseln. Dann war seine Stimme zu hören. »Kemmts amoi aui!«

Als Iris und Orlowski ihn erreicht hatten, war er wieder in die Hocke gegangen. Sein Blick war starr auf den Pfad gerichtet.

Diesmal entfuhr Iris ein Laut, der tief aus der Kehle kam. Ihr wurde übel. Orlowski jaulte auf und erbrach sich dann ins Krüppelholz.

Das Ohr, das da lag, war ebenfalls menschlichen Ursprungs, und aus unerfindlichen Gründen war es weit widerlicher als der Finger. Ein Ohr, bläulich-bräunlich mit Blutkruste an der Abrissstelle.

»Hast du ein Handy dabei?«, fragte Iris, sobald sie sich gefasst hatte.

Vitus nickte. Der Netzempfang war sogar sehr gut, und so alarmierte er die Polizei.

2

Kathi und Irmi trafen fast gleichzeitig in Krün ein. Irmi hatte eine Art Déjà-vu. Letztes Jahr hatte sie sich mit Kathi auch am Fuße eines Berges getroffen, damals war es Frühjahr gewesen an der halb geschmolzenen Kandahar-Piste, heute war ein warmer Spätsommertag.

Zog es die Verbrecher neuerdings hinauf in die Berge? Oder lagen die vermehrten Bergeinsätze einfach daran, dass mittlerweile große Teile der Menschheit dorthin pilgerten, wo vor noch gar nicht so langer Zeit nach dem Volksglauben böse Geister gehaust hatten? Auffi mussten sie, mit immer exaltierteren Fortbewegungsmitteln waren sie unterwegs – und ab und an verloren sie wohl auch mal Körperteile. Was war das denn schon wieder für eine seltsame Geschichte?

»Servas!« Kathi klang heute besonders tirolerisch, was sie sonst zu unterdrücken versuchte, aber hier in Krün war man der Grenze ja schon sehr nahe. Vielleicht färbte das ab.

Sailer und die neue junge Kollegin Andrea hatten beim Sägewerk Position bezogen, ein verbeulter Pick-up der Waldarbeiter stand bereit, um sie bergwärts zu befördern. Irmi hatte schon fast befürchtet, man würde sie zum Mountainbiken nötigen. Und zu Fuß zogen sich die sieben Kilometer auf die Fischbachalm auch ziemlich. Ein Schild besagte, dass Fischbachalm und Soiernhaus geöffnet hatten, nur würde das wohl kein netter Almenausflug werden.

Ein Forstarbeiter fuhr den Wagen, Irmi hatte den Beifahrersitz bekommen, Sailer, Andrea und Kathi klemmten auf der Notbank im Fond. Irmi kannte die Fischbachalm, ein herrliches Plätzchen. Umrundet von den schroffen Spitzen der Soierngruppe, lag sie wie in einer weiten Suppenschüssel mitten in den Bergen und doch anmutig auf einem relativ weiten Wiesengrund. Ein Idyll, eigentlich.

Heute aber war alles anders. Auf der Alm hatte sich eine Gruppe Menschen versammelt, die Irmi mit ihrem geschulten Blick rasch erfasste. Ein völlig verheulter Pummel Anfang Dreißig, eine dürre Frau mit einem schrecklichen Orangeton in den Haaren, der sie noch blasser machte, als sie ohnehin schon war. Ein Mann Mitte vierzig mit angegrautem Pferdeschwanz, was Irmi bei Männern über fünfundzwanzig prinzipiell grauenvoll fand. Eine ältere Dame mit wachen Augen. Ein kleiner Mann Ende fünfzig mit akkuratem Haarschnitt, sündhaft teuren Trekkingklamotten und einer DAV-Weste sowie drei Holzarbeiter. Etwas abseits und grimmig dreinblickend lehnte ein schlanker älterer Mann an einem Maultier. Mit seinem Rauschebart sah er aus wie die Topbesetzung für einen Milka-Werbespot. Wären Maultier und Haflinger lila gewesen.

Kaum trafen Irmi und Kathi ein, redeten alle durcheinander. Es brach ein Tumult los, den Kathi mit einem scharfen »Ruhe, alle miteinand« unterbrach. Sie hatte Durchschlagskraft, auch stimmlich, obgleich sie optisch ein eher zartes Persönchen war. Vor Kurzem hatte sie sich die langen Haare ein wenig stufen lassen und trug nun lange Ponyfransen, die sie noch jünger aussehen ließen.

Kathi bot von sich aus an, die Befragungen zu leiten und zu protokollieren, während Irmi zum Ort des Geschehens aufsteigen sollte. Hätte Irmi ein paar Lebensillusionen mehr gehabt, dann wäre sie fast versucht gewesen, das als besondere kollegiale Nettigkeit zu bewerten. Aber Irmi wusste um Kathis absolute Verachtung für jede Form von Bergsteigen, für Sport generell (außer Skifahren und Inlineskaten ab und zu) – und da war das Protokoll eindeutig das kleinere Übel.

»Wer hat hier die besten Ortskenntnisse?«, fragte Irmi.

Der DAV-Mann warf sich in die Brust. »Ich stehe zur Verfügung. Ich leite seit dreißig Jahren Jugendkurse, ich …«

»Danke, Herr …?«

»Orlowski, Bernd. Sektion Rosenheim eigentlich. Ich hatte nur diesmal das Vergnügen, hier einspringen zu dürfen.« Dabei blickte er drein, als traue er keinem anderen Menschen im weiten Erdenrund diese Bergkompetenz zu, die er sich über die Jahre des harten Einsatzes im Fels erworben hatte.

Die ältere Dame machte einen Schritt auf Irmi zu. »Iris von Gstalden«, stellte sie sich vor. »Ich denke, Vitus ist am besten für diese Aufgabe geeignet. Er koordiniert die Sanierungsmaßnahme zusammen mit dem Forstamt. Vitus?« Sie lächelte den abseits stehenden Mann mit dem Rauschebart an und machte eine einladende Handbewegung.

Zögerlich kam Vitus näher, so als würde ihn ein unsichtbares Gummiband zurückziehen.

»Herr …?«, fragte Irmi.

»Weingand, Vitus. Vitus reicht.«

»Mangold, Irmi. Irmi reicht.«

Ein ganz kurzes Lächeln umspielte seine Augen.

»Sie haben diese Körperteile gefunden? Haben Sie …«

»Also, ich habe …«, fiel der DAV-Mann Irmi ins Wort.

»Herr Orlowski, das geben Sie doch bitte bei meiner Kollegin da drüben zu Protokoll.« Irmis Ton war hörbar schärfer geworden. Iris von Gstalden grinste.

»Vitus?« Irmi sah ihn aufmunternd an.

»Den Finger hat die da entdeckt.« Er wies auf die pummelige Frau, die unter Schock zu stehen schien. »Mir san dann zu denen ummi, die Iris und ich warn am Gegenhang, der Rest hot drüben trogn.«

»Und weiter?« Irmi sah ihn aufmerksam an.

»I bin a Stückerl weiter aui, und do war des Ohr.«

Das klang aus seinem Mund wie: Da war das Edelweiß, oder: Da pfiff das possierliche Murmeltier von seinem Aussichtspunkt herab.

Irmi wollte sich gar nicht vorstellen, was alles an Spuren vernichtet worden war, und als könnte Iris von Gstalden Gedanken lesen, sagte sie: »Ich habe die Gruppe möglichst schnell ins Tal beordert, wegen der Spuren.«

»Sind Sie vom Fach?«, fragte Irmi mit gerunzelter Stirn.

Iris von Gstalden lächelte. »Staatsanwältin, a. D. Zuletzt in München.«

Deshalb war Irmi der Name so bekannt vorgekommen: Die Dame hatte mal in einem ziemlich medienwirksamen Prozess gegen einen gewalttätigen Schauspielerinnensohn viel Staub aufgewirbelt. Sie war unbeugsam gewesen und unbeeindruckt vom Promistatus. Jetzt hatte Irmi sie also live vor sich.

»Vitus und Frau von Gstalden, kommen Sie mit zum Fundort?«, fragte Irmi.

»Iris genügt«, sagte Frau a. D. »Der von Gstalden stammt von meinem geschiedenen Mann. Der Name war noch das Beste an ihm.«

Von Vitus kam ein unterdrücktes Glucksen.

Schweigend stapften die beiden Frauen hinter Vitus her, der ein ziemliches Tempo vorlegte. Irmi war froh, dass sie in letzter Zeit immer mal wieder in die Berge gegangen war. Mit *ihm* und auch privat – auf den Osterfeuerberg, den zwar auch immer mehr Städter für sich entdeckt hatten, der wochentags jedoch nur von wenigen Kennern besucht wurde. Wie der netten Hausärztin aus Söchering, die immer zu Berge stürmte, als gäbe es kein Morgen, als riefe ein Notfall am Berggipfel. Anders als Irmi hatte die Ärztin jedoch nicht zehn Kilo Übergewicht, sondern das gleiche an Untergewicht. Da stürmte es sich leichter.

Als sie an den beiden Fundorten angelangt waren, zog Irmi Gummihandschuhe über und ging langsam in die Knie. Der schmerzhafte Stich kam unerwartet. Sie konnte gerade noch einen Schrei unterdrücken. Dieser vermaledeite Bügel-BH! Die Attacke kam wie immer zum ungünstigsten Zeitpunkt.

Irmi versuchte sich auf den Boden zu konzentrieren, und das, was sie sah, ließ sie das Stechen vergessen. Vor ihr lag ganz eindeutig ein Finger. Irmi schwieg, sah Vitus nur fragend an. Dieser dirigierte sie zum nächsten Fundort. Dort lag ein Ohr vor ihr auf dem Boden. Ohr und Finger sahen nicht mehr taufrisch aus und schienen schon einige Tage hier zu liegen. Aber das mussten Fachleute entscheiden.

Irmi prüfte ihr Handy, es hatte Netz, und sie rief ihren Kollegen Bernd Hase an.

»Hasibärchen, mach dich auf mit deinen Leuten. Zur Fischbachalm geht's. Oberhalb vom schönen Krün. Hier hat einer seinen – ich würde mal sagen – Mittelfinger und sein Ohr verloren.«

Seine Reaktion fiel wie erwartet aus: Er empfand jeden Einsatz als persönliche Beleidigung. Zwar war er ein akkurater Arbeiter, sobald er vor Ort war, aber bis dahin hasste er seinen Job. Ein bisschen schizophren, aber in ihrem Metier war das vermutlich noch eine milde Ausprägung des Berufswahnsinns. Irmi gab sich Mühe, fröhlich zu klingen.

»Hilft aber nix, mein Hasi, vor allem solltet ihr euch mal genauer umsehen, ob da noch mehr Teile herumliegen. Ist ja eine Zumutung für unbescholtene Wanderer, die über so was stolpern können.« Ihr war heute so zynisch zumute.

»Ich lass alles in situ, damit du dir ein Bild machen kannst. Du triffst uns auf der Alm.«

Dann wandte sie sich wieder an Vitus und Iris. »Ihnen ist nichts aufgefallen, nehme ich an?«

»Nein, zumal das Geschehen wohl schon einige Tage zurückliegt, oder?«, meinte Iris von Gstalden.

Sie hatte »Geschehen« gesagt, nicht »Verbrechen«. Die Frau war ein Profi. Schließlich musste es ja kein Verbrechen sein.

Sie schwiegen alle drei eine Weile, bis Vitus irgendwann sagte: »Schreiner schneiden sich gerne amoi de Finger ab.«

»Seltener die Ohren«, kam es von Iris.

»Ja, i woaß, und wenns ihr mi froagts …« Vitus machte eine Kunstpause.

»Ja, ich frag Sie, Vitus«, entgegnete Irmi.

»Den ham d' Viecher og'fressn, und der Rest kann sonst wo umeinanderflackn.«

Der Mann hatte recht. Die ausgefransten Ränder, der Zustand der makabren Fundstücke – da hatten sich Fleischfresser gütlich getan, eine nette Abwechslung auf dem Speiseplan. Aber wo sollten sie dann suchen? Das war ja uferlos – und eklig.

»Gehen wir zurück«, sagte Irmi.

Vitus stürmte voran. Als echter Bergmensch verfügte er über eine perfekte Abwärtsgehtechnik: federnd, aus der Hüfte. Am Abwärtsgehen erkannte man diejenigen, die schon Tausende von Höhenmetern hinter sich hatten.

Die beiden Frauen blieben etwas zurück.

»Meine Knie sind nicht die besten«, erklärte Iris von Gstalden.

»Meine auch nicht«, meinte Irmi lächelnd.

Schweigend gingen sie weiter, bis Iris plötzlich verlauten ließ: »Bei Entführungen kommt so was doch öfter vor. Entführer schneiden gerne mal Körperteile ab und untermauern damit ihre Forderungen.«

Irmi sah Iris überrascht an. Die Frau Staatsanwältin a. D. hatte recht. Überhaupt gefiel ihr diese lakonische Dame ausnehmend gut.

Auf der Alm saßen nun alle brav auf den Holzbänken, Kathi hatte den Haufen gebändigt. Sailer und Andrea hielten Wandersleute und Mountainbiker fern. Der Schutzwaldtrupp wirkte ausgelaugt, sogar Orlowski schwieg.

»Ich nehme mal nicht an, dass von denen jemand was damit zu tun hat, oder?«, meinte Kathi leise zu Irmi.

»Ich auch nicht, zumal Vitus Weingand die Theorie aufgestellt hat, es könne sich um Tierfraß handeln«, sagte Irmi.

»Hast du ... hast du das Zeugs ... äh ... die Teile gesehen?«, fragte Kathi.

»Ja, und Tierfraß scheint durchaus plausibel.«

Sie schwiegen eine Weile.

»Aber dann könnte der Rest ...« Kathi brach ab.

»Ja, genau, der Rest könnte überall sein.« Irmi atmete tief durch. »Iris von Gstalden, diese Staatsanwältin a. D., hatte auch eine interessante Idee. Bei Entführungen würden doch gern mal Körperteile entfernt, um den Forderungen Nachdruck zu verleihen, meinte sie.«

Kathi überlegte. »Aber verschicken Entführer so was dann nicht mit der Post? Oder mit UPS oder Hermes?«

Irgendwie versuchte Kathi wohl witzig zu sein, schräger Humor oder Zynismus waren nun mal probate Mittel gegen Irrsinn. Und zudem hatte Kathi recht. Einem Entführer nützten abgetrennte Körperteile nichts, wenn sie im Schutzwald rumlagen. Alles war ziemlich undurchsichtig. Es blieb ihnen nur abzuwarten, was Hasibärchen beizutragen hatte.

Wenig später waren Bernd Hase und seine Leute vor Ort, der gequälte Gesichtsausdruck des Kollegen sprach Bände. Während die Spusi bergwärts marschierte, wandte sich Irmi an Kathi: »Dann pack ma's. Wir sollten die Vermisstenkarteien ansehen. Irgendwas müssen wir ja tun.«

Kathi nickte und ging auf den Pick-up zu. Irmi zögerte.

»Ich glaub, ich geh zu Fuß. Den Kopf lüften.«

Kathi sah sie an, als wäre sie dem galoppierenden Wahnsinn anheimgefallen. Freiwilliges Laufen?

»I kimm mit. I muaß eh oi und ebbas holn«, sagte Vitus, und Irmi war irgendwie erleichtert.

»Des is a koa schener Beruf«, meinte Vitus, nachdem sie bereits zwanzig Minuten unterwegs waren.

»Na ja«, meinte Irmi. »Ja und nein. Man sieht viele Tragödien, aber man kann einigen Opfern zu etwas Seelenruhe verhelfen.«

»Und du selber bleibscht auf dr Streckn«, erwiderte Vitus in seiner bemerkenswert schlichten Art. Es bedurfte keiner großen Worte, keiner Ratgeberbücher. Einige klare Sätze genügten, um das Leben zu begreifen.

»Man überlebt alles, man muss«, murmelte Irmi nach einer Weile.

»Aber des gibt Narben und Wunden«, sagte Vitus, der in einer Kehre angehalten hatte und Irmi einen Flachmann reichte.

Irmi testete. »Vogelbeer?«, fragte sie lächelnd.

»Ja, gut rausg'schmeckt.«

Sie blickten eine ganze Weile über die Baumkronen hinweg ins Tal.

»Du hast schon recht. Es gibt Wunden. Die heilen zu. Es sind die mit dem dicken Schorf«, sagte Irmi schließlich.

Vitus nickte. »Ja, den ma ganz leicht obkratzn kann. Oder der in der Badwanne 'derwoacht. Und ois is wieder offen.«

Irmi lächelte wehmütig.

»Bischt scho vergebn?«, fragte Vitus nach einer langen Weile. »Du bischt a netter Hund.«

Irmi lachte. »Danke fürs Kompliment.«

War sie vergeben? Nicht im landläufigen Sinn. Aber ihr Herz war vergeben, auch wenn *er* nur ihr Herz, ihre Seele und ihren Geist regierte. Nicht ihren Alltag. Sie liebte ihn. Er begleitete sie auf allen Wegen, in allen Gedanken. Sie trug ihn bei sich und wusste, dass er auch sie bei sich trug. Das Leben war so fragil. Und so endlich. Diese Endlichkeit ließ sie leiser werden. Sie sah in die Berge, hinüber in die grünen Wiesenhänge, die in solchem Kontrast standen zum Karwendelgrau. Heute waren ihre Gefühle voller Klarheit – und Reinheit. Das war nicht immer so. Sie litt öfter, als ihr lieb war.

»Vergebn?«, fragte er nochmals mit einem schiefen Lächeln. »Die Guadn san des oiwei.«

»Ja, schon«, sagte Irmi und ließ offen, worauf sich ihre Antwort bezog.

»Der soll auf di aufpassn«, sagte Vitus. »So was wie di kriagst so schnell nimma ... So, und jetzt?«

»Ich fahr nach Garmisch. Wir müssen die Ergebnisse der Spusi abwarten. Und du?« Irmi lächelte ihn an.

»I geh wieder aui.«

»Wenn dir noch was auffällt, melde dich bitte«, sagte Irmi. »Macht ihr denn weiter mit dem Pflanzentragen?«

»I bestimmt, was der Orlowski macht, woaß i ned.« Er schnippte ganz kurz mit dem Zeigefinger zum Gruß, wandte sich um und war in der Sägerei verschwunden.

Kathi lehnte rauchend am Pick-up.

»Und, gut gewandert?«, fragte sie.

Irmi nahm zu ihren Gunsten an, dass das keine Provokation war, sondern einfach eine Frage. Deshalb nickte sie nur.

»Dann sehen wir uns gleich in Garmisch, oder?«

Sie stiegen in ihre Autos: Kathi startete wie immer durch, und Irmi fuhr geruhsam hinterher.

3

Kathi saß schon am Computer, als Irmi eintraf. Klar, Kathi fuhr wie eine Wildsau. Irmi stellte sich einen Stuhl daneben und warf ebenfalls einen Blick auf die Vermisstenlisten.

Es war beklemmend, dass Menschen so einfach und spurlos verschwinden konnten. Die meisten waren Teenager, die man oft auf den Straßen der Großstädte auflas. Vermisste Mädchen verhießen nichts Gutes, und vermisste Kinder waren das Schlimmste, weil in den seltensten Fällen ein Happy End zu erwarten war.

In ihrer Gegend wurde aktuell niemand vermisst. Kathi hatte bereits E-Mail-Kontakt zu ihren Kollegen in Österreich aufgenommen. Vielleicht stammten die Körperteile ja von einem Bergsteiger, der schon länger abgängig war, dachte Irmi.

Was gab es nicht alles an bizarren Möglichkeiten der Konservierung – manche spuckte das Eis schließlich erst fünftausend Jahre später aus. Irmi war erst kürzlich in Bozen gewesen und hatte sich in den Pilgerstrom vor der Glasscheibe eingereiht, hinter der Ötzi zu sehen war. Was war es bloß, was die Menschen so daran faszinierte? Vielleicht, dass er ein normaler Mann gewesen war, der mitten aus dem Leben gerissen worden war, kein einbalsamierter König, nein, ein Händler. Und ein uralter Sack für seine Zeit! Mitte vierzig oder gar fünfzig. Im Magen Getreide, Gemüse, Hirsch- und Steinbockfleisch. Eine eindeutige Absage an die Vegetarier, wie Irmi fand. Eine gesunde Mischkost ohne viel Fett und Bewegung machte alt – sofern man nicht ermordet wurde. Heute wie vor fünftausend Jahren!

Ötzis Speiseplan erinnerte sie daran, dass sie Hunger hatte.

»Ich geh mal schnell zum Metzger. Braucht jemand was?«, fragte Irmi in den Raum. Sailer orderte zwei Leberkäs-Semmeln, Kathi Fleischsalat. »Aber nicht den mit Joghurt. Den mit g'scheiter Mayo, oder.« Kathi konnte fressen wie eine Mastsau und nahm nie zu. Begnadeter Stoffwechsel.

»Dass ihr jetzt was essen könnt!«, entrüstete sich die junge Kollegin Andrea.

»Mei, Madl, wenn mir bei jedem Toten fasten täten, dann täten mir ja vom Fleisch fallen«, sagte Sailer, und an Irmi gewandt: »Bringen Sie mir lieber drei Semmeln, Frau Irmgard.« Irmi flüchtete unter Glucksen.

Als sie alle ihr zutiefst ungesundes Bayern-Fast-Food verzehrt hatten, erhob sich Kathi und erklärte: »Ich geh dann mal, eigentlich hab ich heute frei. Ich hab Sophia versprochen, mit ihr am Nachmittag ins Schwimmbad zu gehen.«

Irgendwas in ihren Augen verriet Irmi, dass das eine Notlüge war. Sie selbst hatte doch heute auch frei, aber sie wäre nie auf die Idee gekommen, darauf zu beharren. Es kam sowieso nur alle Jubeljahre vor, dass sie und die Kollegin gleichzeitig ihre Überstunden abbauen konnten. Es war nur dieser Tage so ruhig im Revier – bis gerade eben. Sie war nun mal nicht Sachbearbeiterin bei irgendeiner Krankenkasse für die Buchstaben A–D mit Endloswochenenden von Freitag Mittag bis Montag Morgen. Irmi spürte, dass sie heute wirklich ziemlich zynisch war. Die Bilder der abgetrennten Körperteile waren noch zu präsent.

Sie presste ein pseudofröhliches »Na, dann viel Spaß im

Schwimmbad« heraus und sah Kathi nach, die ihren Rucksack schulterte und fast fluchtartig den Raum verließ. In diesem Moment stürmte Hasibärchen herein.

»Viel kann ich noch nicht sagen, bloß so viel: Ein erstes Labor hat ergeben, dass Finger und Ohr zu einem männlichen Exemplar gehören. Das Alter liegt zwischen zwanzig und dreißig. Älter auf keinen Fall.« Hasibärchen atmete tief durch, als hätte ihn diese Rede übermenschliche Kraft gekostet. »Wir werten noch aus, bitte keine weiteren Fragen.«

Bevor Irmi noch was sagen konnte, riss der Hase sein quiekendes Handy ans Ohr. »Ich komm ja schon. Ich eile.« Mit einer dramatischen Drehung auf dem Absatz, als würde er für die nächste Eisrevue üben, wirbelte er hinaus. »Ihr seht, wie es bei mir zugeht.«

Sie starrten ihm nach. »Drama, Baby, Drama!«, rief Andrea und schüttelte den Kopf. »Bruce Darnell ist ein Waisenknabe dagegen.«

»Wer?«, fragte Irmi.

»Na, Bruce Darnell, der bei der ersten Staffel der Topmodels in der Jury gewesen ist.«

Fernsehen gehörte nicht zu Irmis bevorzugten Tätigkeiten. Ab und zu sah sie sich Krimiserien an – um sich darüber aufzuregen, wie spannend das Leben dieser Kommissare doch war. Von nervtötenden Ermittlungen, von endlosen Serien an Telefonaten, nur um zum Beispiel einen Autohalter herauszubekommen, war da nie die Rede. Von diesem ganzen unspektakulären Alltagsjob. Was sie daran erinnerte, dass sie die Befragungsprotokolle von der Alm abtippen musste.

Kathi hatte ihre Notizen in die dicke Kladde gemacht. Irmi ließ den Blick über die Schreibtische wandern. Nichts zu sehen, hoffentlich hatte Kathi das Ding nicht versehentlich mitgenommen. Dann nämlich würde sie ihren Badeausflug noch etwas aufschieben müssen. Sie wählte Kathis Handynummer, doch das Mobiltelefon war aus. Am Festnetz ging Kathis Mutter dran.

»Grüß Sie, Frau Reindl, ich kann Kathi nicht erreichen. Könnten Sie ihr ausrichten, dass sie sich dringend bei mir meldet, wenn sie gleich bei Ihnen eintrifft?«

Kathis Mama war eine rührige Dame um die Sechzig, eine Seele von einem Menschen, eine Frau, die in sich ruhte. Irmi wusste, dass der Weg zu dieser Güte – ja, man konnte dies altmodische Wort getrost verwenden – nicht leicht gewesen war: den Mann an eine Jüngere verloren, den Brustkrebs niedergerungen. Aber Wege zur inneren Ruhe waren immer steinig und führten lange talwärts, bevor sie sich dann in weiten Serpentinen zum Licht hinaufschraubten.

Sie plauderten eine Weile, bis Irmi schließlich meinte: »Also, wie gesagt, die Kathi soll sich bitte bei mir melden, bevor sie mit Sophia zum Schwimmen geht. Hat ja recht an so einem schönen Tag. Dann hat das Madl mal was von seiner Mama!«

Frau Reindls Antwort verblüffte Irmi nur sehr kurz. »Ach, das Soferl ist gar nicht da, sie ist in Reutte bei einer Freundin.«

Als Irmi auflegte, machte ihr der Magen mit kurzen krampfartigen Meldungen zu schaffen.

Andrea hatte schon eine ganze Weile neben ihr gestanden, um nun endlich die Botschaft loszuwerden: »Dieser Herr Orlowski hat angerufen, dass das Buch von Kathi auf der Alm liegengeblieben ist. Er hätte es mal sichergestellt.« Sie verzog den Mund unwillig.

»Schön, danke, und das nächste Mal stehen Sie nicht ewig hinter mir, wenn ich telefoniere!«, bellte Irmi lauter als nötig.

Andrea zog den Kopf ein.

Sailer, der doch so was wie Gespür hatte hinter seiner

mal rauen und mal hektischen Schale, fragte: »Soll i vielleicht auffi fahrn?«

»Nein, ich fahr selber.«

Grußlos verließ Irmi ihr Büro. Würde sie von Schnaps nicht immer Sodbrennen bekommen, hätte sie jetzt einen doppelten Obstler genommen. Sie unterdrückte den Impuls, Kathi nochmals anzurufen, und fuhr einfach los. Zusehends beruhigte sie sich. Was auch an der neuen Pet-Shop-Boys-CD liegen mochte. Man gab ja eigentlich nicht zu, dass man mit gut fünfzig eine Pet-Shop-Boys-CD kaufte, aber die Jungs aus der Zoohandlung klangen akkurat wie in den Achtzigern. Und das beruhigte. Wenig später tauschte sie die Pet Shop Boys gegen die neue von a-ha ein. Gott, dieser Morten war fast so alt wie sie und wurde immer attraktiver. Das war nicht fair. Sie summte »Foot of the Mountain« mit und fühlte sich auf einmal großartig.

Sie war am Foot of the Mountain angekommen, am Sägewerk. Ihr Cabrio war natürlich nicht so recht für den Forstweg geeignet, und in einer scharfen Kurve lief sie auf vier Wandererwaden auf. Zwei Pärchen in den Fünfzigern. Ein Mann hieb ihr mit der Faust auf die Motorhaube und brüllte: »Das ist keine Fahrstraße, du dumme Kuh!«

Nun wäre so eine Attacke vom Revierinhaber schon grenzwertig, aber das hier war eindeutig ein Tourist mit norddeutschem Zungenschlag. Irmi gab Gas, dass die Steine nur so spritzten, schoss ein paar Meter bergwärts und hielt dann an. Bevor der Mann weiterschreien konnte, brüllte Irmi zurück: »Polizei!« Sie hielt ihm die Dienstmarke vor die Nase. »Was fällt Ihnen ein, mein Auto zu beschädigen?«

Der Mann erstarrte.

»Personalien, Ausweis!«

»Ich wusste nicht, ich …«

Seine Frau mischte sich ein: »Mein Mann wusste nicht, dass Sie von der Polizei sind.«

»Ach, und wenn ich das nicht gewesen wäre, meinen Sie, dann wäre es in Ordnung, Autos zu attackieren?« Irmis Augen sprühten Funken.

Der Mann hatte inzwischen seinen Personalausweis herausgezogen. Elmar Walter, geboren 1952, wohnhaft in Bremerhaven.

»Herr Walter! Ich weiß ja nicht, ob Selbstjustiz bei Ihnen *da oben* normal ist oder Sachbeschädigung, hier unten benehmen wir uns jedenfalls zivilisiert!« Sie sah ihn böse mit zusammengekniffenen Augen an. »Ich belasse es bei einer Verwarnung, Herr Walter!«

Der Mann nickte wie ein Schulbub.

Irmi reichte ihm den Ausweis. »Schönen Urlaub noch!«, schickte sie hinterher und musste im Weggehen fast schon wieder lachen. Sie verfügte schon über ein gewisses schauspielerisches Talent. Der Urlaub war denen wahrscheinlich verdorben, und der Tourismusverband Karwendel würde ihr dafür keine Verdienstmedaille verleihen, waren Touris doch so kostbar. Sie wurden weniger und immer älter, man musste sie pflegen. Aber nicht um jeden Preis, dachte Irmi. Ein alpiner Benimmkurs hatte noch keinem Fischkopf geschadet.

Sie war eindeutig besser gelaunt, als sie auf der Alm vorfuhr. Morten sang in seiner unverwechselbaren Stimme den Schlussakkord.

Die Schutzwaldsanierer saßen an einem langen Biertisch. Irmi ging langsam auf sie zu, murmelte einen Gruß und ließ sich auf der Bank neben der Staatsanwältin nieder. Iris von Gstalden hatte eine Käseplatte vor sich und langte ordentlich zu.

»Dass du jetzt essen kannst!«, rief die Bioladen-Lady.

Aha, noch so ein Seelchen, dachte Irmi. Diesen Spruch hatte sie doch gerade erst von Andrea gehört.

»Die isst doch auch«, sagte Iris und deutete auf die Grundschullehrerin, die vor einer Tüte Schokobons hockte, einen nach dem anderen auspackte und in sich hineinstopfte, als seien das die letzten vor dem Weltuntergang.

»Schokolade ist gut für die Nerven und die weibliche Figur«, sagte Orlowski und lächelte die Lehrerin anzüglich an. Er schien von ihren Rundungen durchaus angetan zu sein.

»Kas ist auch gut für die Nerven«, sagte Iris, spießte ein Stück auf das spitze Messer und hielt es Orlowski vor die Nase. Er schüttelte unwillig den Kopf.

Stille senkte sich über die Gruppe.

»Was machen wir jetzt?«, fragte Iris plötzlich und sah Orlowski herausfordernd an.

»Was machen?«, schrillte die Bioladen-Lady.

Iris deutete auf die verbliebenen Pflanzen. »Na, wollen wir die vielleicht noch hinauftragen? Es ist schon Nachmittag. Irgendwann ist der Tag vorbei. Tragen, ihr erinnert euch. Deshalb sind wir hier.« Sie klang herausfordernd.

Irmi hielt sich wohlweislich zurück. Sie fand ihre Beobachterrolle nicht uninteressant.

»Meine Damen, meine lieben Damen«, sagte Orlowski und mimte den netten Onkel, wahrscheinlich hatte er an einem Rhetorik- und Deeskalationsseminar für DAV-Gruppenführer teilgenommen. »Wir sind alle ein wenig angespannt.«

»Ich nicht«, maulte Iris.

»Frau Staatsanwalt muss immer das letzte Wort haben«, keifte die Lehrerin, die ihre Schokobons inzwischen komplett aufgefuttert hatte.

Der Heilpraktiker, der bisher geschwiegen hatte, mischte sich ein. »Darf ich eine kleine Meditation vorschlagen?

Wir sollten alle unsere Ängste und Aggressionen in den Griff bekommen. So ein einschneidendes traumatisches Erlebnis für uns alle! Frau Kommissar, machen Sie doch auch mit.« Er zog ein Handy aus seinem Rucksack und entlockte ihm sphärische Klänge. »Nehmt euch an den Händen«, sagte er mit entrückter Stimme, »atmet tief durch, spürt euch in eurer Körpermitte. Spürt die Kraft, die zwischen uns fließt.«

Iris von Gstalden gab ein gequältes Geräusch von sich, Irmi war dem Lachkrampf nahe und mühte sich dann aber um Ernst und Respekt vor ihrer Körpermitte. Die ja recht stattlich war.

Irgendwann begann die Grundschullehrerin zu weinen.

»Ja, lass es raus. Die negativen Energien müssen den Körper verlassen.« Die Stimme des Heilpraktikers klang, als käme sie aus einer anderen Welt.

Plötzlich ertönte eine Stimme aus dem Off: »Was is des für a Zirkus?«

Sie fuhren herum. Da stand Vitus und schaute sie missbilligend an.

Der Heilpraktiker hatte sich erhoben. »Herr Weingand! Sie sind zurück!« Es klang, als wäre Vitus gerade zur Polkappe gepilgert, hätte eine Flagge gehisst und wäre nun wieder unbeschadet retour gelangt.

»Ja sowieso. Und jetzt?«, fragte Vitus. »I muass jetzt ogreifn, sonst werd des heit nix mehr. Machts ihr no mit?«

Der Heilpraktiker übernahm das Kommando. »Ihr Lieben, was meint ihr? Ich glaube, wir haben Kräfte gesammelt, oder?«

Von der Lehrerin kam ein begeistertes Nicken. Die Frau vom Naturkostladen zuckte die Schultern, was man fast als Zustimmung werten konnte, denn sie war ein Mensch, dessen Lebensäußerungen generell im negativen Bereich lagen.

Bernd Orlowski, der gerade seinen Führungsanspruch schwinden sah, warf sich in die Brust.

»Wir danken dir für deine schöne Meditationsanleitung. Und ich sag jetzt mal unter uns Bergkameraden: Mir san mir. Pack mers, gehn mers an. Du doch sicher auch, Iris?«

Man sollte kein Bairisch reden, wenn man's nun mal nicht kann, dachte Irmi, verkniff sich aber jeden Kommentar. Sie sah Iris an, die in wohlartikuliertem Hochdeutsch erwiderte: »Sicher, Bernd. Da packen wir es doch.«

Vitus' Mund umspielte ein Lächeln. »Gut, dann schaugts her.« Er breitete eine Karte aus, auf der die weiteren Sanierungsgebiete eingezeichnet waren. »Mir nehmen uns jetzt des vor.« Er wies auf eine Flanke, die als »vordringlicher Standort« ausgewiesen war.

»Was heißt das?«, fragte die Lehrerin, der anscheinend die Schoko- und Meditationskur so gut getan hatte, dass sie wieder Feuer und Flamme war.

»Wir unterscheiden nach vordringlichen Sanierungsgebieten, dringlichen Gebieten und Gefährdungsgebieten. Hier geht es um Hochwasserschutz, zunehmende Erosion und eine Zerfallsstufe, die hier relativ weit fortgeschritten ist«, referierte Orlowski.

Vitus mischte sich ein: »Die Bäume, die wir einpflanzen, fangen mit ihren Kronen Wasser auf, das dann erst gar ned zum Boden kimmt. Außerdem kann des Niederschlagswasser in durchwurzeltem lockerem Boden gut einsickern und fließt verzögert ab. Die tiefe Durchwurzelung hält den Boden fest und huift, dass kein Hang rutscht.«

Bernd Orlowski schaute unwirsch. Vitus hatte ihm, dem Platzhirsch, die Show gestohlen. »Ja nun«, wiegelte er ab, »dann lasst uns beginnen.«

Iris schlenderte zu Zilly hinüber. Irmi folgte ihr. Sie begannen Zillys Packtaschen auf der linken Seite zu beladen.

Der Heilpraktiker hatte sich die andere Seite vorgenommen, als sein Handy läutete. Er ging dran. Die Person, die angerufen hatte, schien ihn ziemlich lange zuzutexten. Er blieb lange stumm und stieß dann nur kurze Fragen aus: »Seit wann? Wo? Warum? Und wieso erfahr ich das erst jetzt?«

Wenig später erklärte er den Umstehenden mit bebender Stimme: »Mein Sohn ist verschwunden, sagt meine Frau. Schon seit heute früh. Und er war nicht bei seinem Freund, zu dem er eigentlich wollte. Er ist mit dem Rad los, aber nie angekommen.«

Vitus war näher getreten. »Wie oid is er denn?«

»Zwölf. Kevin ist zwölf.«

Kevin! Man hüte sich vor Kindern, die Kevin heißen, dachte Irmi.

»Dann is er ja nimma so kloa«, meinte Vitus. »Habts ihr alle Spezln ogrufen? Mei, des is a Lausbua, der kimmt scho wieder.«

Der Heilpraktiker japste. »Was heißt da Lausbub! Kevin hat seine klaren Zeiten. Pünktlichkeit ist eine Tugend in unserer Familie. Und dann, in der heutigen Zeit, man weiß doch …« Er brach ab.

»Jetzt wollen wir mal nicht das Schlimmste annehmen«, sagte Irmi beruhigend. Ein verschwundener Bub fehlte ja gerade noch. »Wahrscheinlich hat er die Zeit vergessen. Hat er ein Handy?«

»Ja, aber er geht nicht dran, sagt meine Frau.«

»Hat er einen besten Freund mit Handy? Man könnte den mal anrufen und nachfragen, ob die zusammen unterwegs sind?«, schlug die Lehrerin vor. Irmi sah sie erstaunt an.

»Das hat meine Frau schon gemacht. Keiner weiß, wo Kevin ist. Sein bester Freund Jason auch nicht.«

Hießen Kinder dieser Tage wirklich Jason und Kevin?,

fragte sich Irmi und wandte sich an den Heilpraktiker: »Was ist mit Oma oder Opa?«

»Die sind im Rheinland. Da hat meine Frau aber auch angerufen.« Der Mann war wirklich verzweifelt. Plötzlich rief er: »Ich hab's! Er hat ein GPS. Der Junge ist doch ständig beim Geocaching! Ich hab auch eins.«

»Beim wos?«, fragte Vitus. Auch Irmi hatte das Wort noch nie gehört. Das war sicher eine Bildungslücke.

»Geocaching, Schatzsuche per GPS«, erklärte die Grundschullehrerin. »Man sucht per GPS bestimmte Punkte, wo dann etwas versteckt ist. Das ist der Cache. Man muss sich in ein Logbuch einschreiben oder Fragen beantworten oder auch mit einer Kamera ein Bild von sich selbst schießen. Eben eine moderne Schnitzeljagd. Kinder lieben das.«

Die Lehrerin schien in der modernen Welt verankert. Anders als sie. Irmi spürte das heute schon zum zweiten Mal. Wer war Bruce Darnell? Was war Geocaching? Die Erdkugel drehte sich schneller. Sie kam nicht mehr mit. Erst kürzlich hatte sie noch eine Begegnung der ganz anderen Art gehabt. In ihrem Büro hatte es einen Luftangriff gegeben. Surrende Mutanten hatten von ihm Besitz ergriffen. Es hatte eine Weile gedauert, bis sie begriffen hatte, dass es sich um Miniaturhubschrauber handelte, irrwitzige Flugderwische, von Menschenhand gesteuert. Das sei der Megatrend, hatte ihr der junge Kollege erklärt. Ganze Führungsetagen in großen Firmen seien besessen davon. Was war mit dieser Welt nur geschehen? Und nun also Geocaching.

»Ja und? Was nutzt uns das?«, fragte Irmi.

»Man könnte ihn orten«, sagte der Heilpraktiker.

»Nicht das GPS«, korrigierte die Lehrerin. »Das sendet ja nicht. Orten können wir nur das Handy. Du hast doch gesagt, er ginge nicht ran. Wenn das Handy aber eingeschaltet ist, können wir ihn orten.«

Irmi war beeindruckt und ließ sich Kevins Nummer geben, griff zu ihrem Handy und rief die Kollegen an. Der Hase war erreichbar. Und er bot sich widerwillig an, das Handy orten zu lassen. »Ruf mich zurück, wenn du was hast. So schnell es geht.«

4

Da saßen sie nun. Iris von Gstalden hatte sich einen Veltliner bestellt, den sie mit Vitus teilte. Die Zeit zog sich so zäh wie Gummi.

Endlich kam der erlösende Anruf. Irmi hörte aufmerksam zu, dann machte sie sich Notizen.

»Und?!« Der Heilpraktiker schrie fast.

»Sie haben ihn. Und das Seltsame ist: Er muss irgendwo hier oben sein.«

»Wieso sollte der Bub hier oben sein?«, fragte Iris von Gstalden. Und für einen Sekundenbruchteil schienen sie alle denselben grauenvollen Gedanken zu haben: Was, wenn die Leichenteile von Kevin stammten? Niemand sprach ein Wort.

Irmi atmete tief durch und gab etwas preis, was sie eigentlich gar nicht weitergeben durfte: »Der Tote, von dem die Leichenteile stammen, ist älter. Das wissen wir aus der Pathologie.«

»Danke«, sagte der Heilpraktiker. »Kevin wollte unbedingt mit hier herauf. Was, wenn er das auf eigene Faust gemacht hat und irgendwo abgestürzt ist?«

»Jetzt regts eich ned auf. Immer mit der Ruh. Dem Buam is nix passiert. Des spür i doch.« Es war seltsam. Irmi glaubte Vitus, und die anderen schienen das auch zu tun.

»Jetzt passt mal auf«, meinte Irmi. »Ihr bleibt jetzt mal alle hier. Vitus und Herr …« Sie stockte, nun war ihr auch noch der Name des Heilpraktikers entfallen, obwohl der natürlich in den Protokollen stand.

»Seibold. Werner Seibold.« Der Mann zitterte richtig.

»Vitus und Herr Seibold kommen mit. Können Sie in Ihr GPS die Koordinaten von Kevins Standort eingeben?«

Er wand sich ein wenig. »Nein, äh ... ich hatte Kevin immer versprochen, äh ... ich ...«

»Ich kann das«, sagte Katja schlicht.

Da steckte offenbar weitaus mehr in der Grundschullehrerin, als Irmi auf den ersten Blick angenommen hatte. Auch von Vitus kam ein anerkennendes »Sauber, Katl«.

Sie ließ sich das Gerät geben, und was für Irmi ein Buch mit sieben Siegeln war, ging der jungen Frau rasch von der Hand.

»Gehen Sie mit?«, fragte Irmi. »Ich glaube, Sie beherrschen das am besten!«

»Gerne, ich bin bloß nicht so gut zu Fuß.« Katjas Lächeln war eine Mischung aus Jungmädchennaivität und entwaffnender Ehrlichkeit, die Irmi berührte.

»Werd scho«, brummte Vitus aufmunternd und schulterte einen Rucksack, in dem sich, wie er erklärte, Sanitätsausrüstung befand – »bloß falls was wär«.

Katja hatte inzwischen das GPS in der Hand und meinte: »Da lang.«

Sie folgten dem Weg bergab, bis in eine scharfe Spitzkehre, wo der Weg geradeaus in den Talschluss führte und der Steig zum Soiernhaus begann. Katja aber navigierte nach links Richtung Vorderriß.

»Des is der Weg in die Eng. Nach Vorderriß. Was, wenn der Bua von do aui is?«, sagte Vitus mehr zu sich selbst.

Schweigend stapften sie weiter, und der Weg ging in eine Spur über, die von einem Hangrutsch unterbrochen war. Ein Schild besagte, dass Radfahrer hier absteigen sollten. Irmi fragte sich ernsthaft, wer wohl auf die dämliche Idee kam, hier Rad zu fahren.

»Wir sind ganz nahe«, meinte Katja, die wieder alle

Mühe hatte, die Füße richtig zu setzen. Schließlich zeigte das GPS nur noch zwanzig Meter an.

»Kevin!«, rief Seibold, »Kevin!«

Sie lauschten seinen Rufen, die sich irgendwo am Fels brachen und ein Echo zurückwarfen. Es war gespenstisch. Eine Wolke hatte die Sonne verdunkelt, Irmi sah zum Himmel. Da schob sich ein grauschwarzes Wolkengebirge heran. Grau in allen Schattierungen, die Wolken ballten sich zusammen. Weit weg war der erste Donner zu hören.

Vitus hatte die Stirn gerunzelt. »Kevin!«, rief er. »Kevin, mir san Freunde. Dei Vater is ned bös auf di.«

Wieder dieses verzerrte Echo.

»Hier!« Ein dünnes Stimmchen.

»Kevin!« Seibolds Stimme explodierte.

Vitus machte eine beschwichtigende Handbewegung. »Bleibts!«

Die Stimme war von unten gekommen, dort, wo der Fischbach durch ein enges Tal floss. Vitus verschwand hinter ein paar Büschen, die sich an die Schutthalde krallten. Irmis Herz klopfte so laut, dass sie meinte, dieses Geräusch müsse auch ein Echo ergeben.

Minuten später raschelte es in den Büschen. Vitus hatte einen Jungen an der Hand, der mit seiner Brille wie Harry Potter aussah und für einen Zwölfjährigen ziemlich klein war. Seibold stürzte zu ihm, sank auf die Knie, umarmte den Bub und heulte wie ein Schlosshund. Auch dem Jungen kullerten ein paar Tränchen die Wangen hinab, aber er wirkte erstaunlich ruhig. Irmi beobachtete ihn genauer. Irgendetwas stimmte nicht mit ihm. Er schien unter Schock zu stehen.

Als sich Seibold von dem Jungen gelöst hatte, lächelte sie Kevin an. »Hallo, Kevin, alles klar bei dir?«

Der Junge reagierte nicht, er war wie erstarrt.

»Bist du ganz alloa da auig'stiegn?«, fragte Vitus.

Der Bub nickte.

»Respekt, Bua. Dass du des so leicht g'schafft hast, des san ja doch a paar Meter gwesn! Bist ja doch a guter Sportler!«

Seibold wollte etwas sagen, aber Irmi stoppte ihn mit einer Handbewegung und einem warnenden Blick. Der Junge lächelte nun ein sehr zaghaftes Lachen. Er suchte Vitus' Blick.

»Hast du mit dem GPS navigiert?«, fragte Irmi.

Der Junge nickte wieder.

»Respekt!«, meinte Vitus nochmal. »Aber ganz hast uns ned troffn?«

Er formulierte das nicht als Vorwurf, sondern so, als frage er aus reinem Interesse. Irmi hätte Vitus küssen können und hätte ihm am liebsten Kathis Job angeboten. Der Mann war ein Geschenk für jede Befragung.

»Da war so ein komisches Signal«, flüsterte der Bub.

»Und dem bist du nach?«, fragte Vitus unendlich sanft.

»Ja.«

Das Donnergrollen war näher gekommen, die Sonne hatte endgültig verloren. Von Westen her wurde es immer schwärzer, im Süden lag ein galliges Gelb. Das verhieß nichts Gutes.

Und plötzlich brach es aus dem Jungen hervor: »Ich war ganz nah, und dann hab ich das Signal verloren. Ich bin zum Bach nunter, da ist eine kleine Höhle, weil, weil …«

»Weil das ein Cache hätte sein können?«, fragte Irmi und hoffte, dass sie das mit dem Geocaching richtig verstanden hatte.

»Ja, genau.« Der Junge begann zu weinen. Das war gut, das war sehr gut. Weit besser als die Erstarrung. Seibold nahm ihn wieder in den Arm.

Irmi sah zu Vitus hinüber. Er schien dasselbe zu denken wie sie. Wie dankbar war sie, ihn an ihrer Seite zu haben bei diesem Gespräch.

»Du warst nicht allein in der Höhle?«, fragte Irmi schließlich sehr sanft.

Der Junge zitterte. Sein »Nein« war ein Hauch.

»Kevin, es ist alles in Ordnung. Alles ist gut«, beruhigte Irmi ihn.

»Du bist a tapferer Bursch, Respekt!« Vitus trat auf ihn zu. »Jetzt trink amoi wos.« Er reichte ihm eine Wasserflasche. Der Junge trank brav. Vitus nickte. »So, und jetzt gib mir die Hand. I bin der Vitus, Kevin. Wenn du amoi a Problem host, dann kimmst zu mir. Wenn i eins hob, dann kimm i zu dir. I hob's ned so mit Computer.«

Ein Lächeln huschte über Kevins Lippen. »Mama auch.«

Inzwischen schien auch Seibold begriffen zu haben, er war aschfahl im Gesicht.

»Herr Seibold und Katja, geht ihr doch bitte schon mal ganz langsam mit Kevin Richtung Alm, ja? Herr Seibold, rufen Sie Ihre Frau an. Die muss ja ganz verrückt sein vor Angst. Alles Weitere klären wir später.«

»Mein Rucksack ist da unten«, hauchte Kevin.

»Den bringen wir mit«, sagte Irmi, und dann flüsterte sie Seibold noch schnell zu: »Fragen Sie ihn nichts. Lassen Sie ihm Zeit. Nur wenn er von sich aus redet.«

Seibold nickte und legte die Hand auf die Schulter seines Sohnes. Sie gingen los, Vater und Sohn. Katja kam hinterher.

Vitus nickte Irmi zu. »Des wird ned schee.«

»Hmm«, machte Irmi. »Hast du eine Lampe?«

»Freilich.«

Vitus hielt ihr ein paar Büsche zur Seite, ganz galant, so wie man eine Autotür aufhält. Vor ihnen lagen der Bach und auf der anderen Uferseite eine Felsspalte, die etwa fünfzig Zentimeter hoch war. Vitus hatte seine Lampe zwischen den Zähnen und robbte hinein. Irmi folgte. Drinnen konnte man sich wieder aufrichten.

Gleich am Eingang stand der Rucksack. Vitus' Lampe irrlichterte über die Wände, über die Decke, dann über den Boden. Die Höhle mochte fünfzig Meter lang sein. Ganz hinten, am anderen Ende, war ein Bündel zu sehen. Sie traten näher. Mit jedem Schritt wurde der Geruch unangenehmer.

Das Bündel war noch als Mensch zu erkennen, gerade noch. Irmis Magen rebellierte.

»Der arme Bua«, murmelte Vitus.

Draußen zuckte ein Blitz.

»Kimm, mir miassn. Des wird gefährlich«, sagte Vitus und griff nach dem Rucksack des Jungen.

Irmi wusste, dass Höhlen als Schutz vor Gewittern keine gute Wahl waren, weil sich der Blitz dort hineinverirren und sich vielfach an den Wänden brechen konnte, hin und her zuckend wie ein Derwisch.

Ihr Kollege Hase würde nochmals kommen müssen, in dem Fall beneidete sie ihn nicht. Wieder erhellte ein Blitz den Himmel, der immer gelber wurde. Hochkonzentriert liefen sie Richtung Alm und holten auf dem Weg die anderen ein. Die Abstände zwischen Blitz und Donner wurden kürzer. Sie erreichten die Hütte in dem Moment, als ein gewaltiger Blitz niederfuhr und ein Böllerschuss die Almhütte erbeben ließ. Apokalypse, das himmlische Gericht – Irmi war weder besonders gläubig noch abergläubisch, aber die Natur gab ihr manchmal das Gefühl, sehr klein zu sein. Ihr schien, als wolle der Himmel den menschlichen Übermut in seine Grenzen weisen.

Als sie in die Hütte traten, gab es Applaus. Iris von Gstalden lächelte Kevin an. »Da ist er ja, der Sportsmann. Hast du nicht Hunger?«

Kevin nickte zaghaft.

»Was magst du denn?«

»Kaiserschmarrn?«

»Super, den machen die dir sofort.«

Draußen war Wind aufgekommen, die Hütte ächzte, irgendwo im Obergeschoss schlug ein Fensterladen. Wie Pistolenschüsse klang das. Bald kam der Kaiserschmarrn, und die Erwachsenen unterhielten sich leise, während Kevin das Essen verputzte. Der Regen begann zu prasseln. Irmi bestellte sich ein Käsebrot und Veltliner, und Vitus balancierte eine Runde Obstler herein.

Er zwinkerte Katja zu. »Nix für ungut, Madl, dank dir recht schön.« Sie prosteten sich zu.

»Was i ned versteh«, sagte Vitus nach einer Weile eher beiläufig. »Wie is der auf den Soiernweg auikemma? Des is doch a narrischer Weg.«

»Ich bin den gelaufen«, sagte Kevin. »Ist wirklich ziemlich weit. Drum konnt ich dann auch nicht mehr.«

»Respekt, Bua, Respekt.«

Irmi stoppte mit Blicken die anderen, hieß sie schweigen. Vitus würde den Jungen schon zum Reden bringen. Von Mann zu Mann. Viel besser, als jeder und jede andere das gekonnt hätte. Sie inklusive.

»Was i ned versteh«, begann er von Neuem. »Du wohnst doch in Wallgau. Warum bischt ned vorne aui, von Krün?« Er sah Kevin dabei nicht an.

»Ich wollt ja nicht gesehen werden«, sagte Kevin leise.

»Ja, aber wie bischt dann nach Vorderriß kemma, Bua?«

»Mit dem Radl.«

»Die ganze Strecke? Und dann no zu Fuß aui. Ja, Bua, des is ja a Marathon. A Berglauf!«

»So schwer war das nicht. Ich bin mit dem Radl an der Isar entlang, nicht über die Mautstraße, weil ich ja nicht gesehen werden wollte. Aber dann wurde der Weg so steil.«

»Da hast du recht, Bua! Ja, und dann bischt zu Fuß weiter?«

»Genau, ich hab ja auch eine Karte im GPS. Ich wollt zur Alm, aber da war so ein Signal, dem bin ich nach. Bis zu der Höhle …« Er brach ab. »Ich konnte dann einfach nicht mehr weitergehen. Ich musste sitzen bleiben. Ich weiß nicht, warum.«

Irmi wusste, warum. In solchen Situationen versagte der Körper seine Dienste.

»Guat, Bua, ganz guat«, murmelte Vitus.

Kevins Augen waren weit aufgerissen. »Und der, der …?«

»Kevin, der hot an Unfall g'habt. Des kimmt scho vor in den Bergen. Deswegn soll ma ned alloa losgehn. Versprich mir's! Des machst nimma, ja?«

Kevin nickte.

»Aber der, der …?«

»Den holn mir nachad scho. Der muass ja unter die Erden. Mach dir koane Sorgn, Kevin.«

Vitus machte das völlig richtig. Totschweigen wäre falsch gewesen. Der Junge hatte den Leichnam gesehen. Das war nicht wegzudiskutieren. Mit einer Augenbewegung dirigierte Irmi Herrn Seibold nach draußen. Das Gewitter war abgezogen. Hie und da grummelte es noch. Das klang eher versöhnlich. Der Regen hatte fast aufgehört.

»War Kevin wirklich mit einer Leiche in der Höhle? Der Mann, von dem der Finger und das Ohr stammen, ich meine …« Die Stimme des Vaters bebte.

»Das müssen wir alles noch klären. Dafür haben wir Fachleute. Und was Kevin betrifft: Ich glaube, er kann das verarbeiten. Brauchen Sie Hilfe?«

»Meine Frau ist Psychologin. Ich …«

»Dann wissen Sie ja, was zu tun ist. Falls Sie außerfamiliär Hilfe brauchen sollten, können Sie mich jederzeit anrufen. Vitus sicher auch.« Irmi reichte ihm ihre Karte.

»Herr Weingand hat das grandios gemacht. Ich weiß gar nicht, wie ich ihm danken soll. Und dabei war ich so, so …«

»Unfreundlich?«, fragte Irmi und lächelte aufmunternd. »Ich glaube, Vitus ist mit einem einfachen Danke zufrieden. Geben Sie ihm die Möglichkeit, sich mal wieder mit Kevin zu treffen. Er hat einen guten Draht zu ihm. Ist übrigens wirklich ein toller Junge.«

»Ich weiß, aber ich zeig's ihm zu wenig.«

»Das geht uns allen so. Den Besten sagen wir selten, dass sie die Besten sind.«

Inzwischen war Vitus mit Kevin herausgekommen.

»Vitus hat mich eingeladen, am Wochenende zu helfen. Darf ich?«, fragte Kevin.

»Klar, das ist ja toll.« Das Sprechen bereitete Seibold sichtlich Mühe.

»Ich fahr ins Tal. Ich nehme Sie und Kevin mit, wenn's Ihnen recht ist«, sagte Irmi.

Seibold nickte. Die anderen würden oben bleiben. Eine Verabschiedungszeremonie mit zahlreichen Umarmungen begann. Solche Situationen holten aus Menschen eben doch Gutes hervor, das in irgendwelchen Winkeln versteckt war. Irmi und Vitus standen etwas abseits.

Vitus klopfte ihr etwas linkisch auf die Schulter. »Ihr holts den morgen?«

»Ja, die Spurensicherung muss nochmals kommen. Das ist alles ziemlich unschön. Gott sei Dank geht es dem Jungen gut. Danke für deine Hilfe. Wenn du mal einen Job suchst, ich könnt dich als Kollegen gut brauchen.«

Vitus lächelte. »Is recht, meld di halt amoi.«

Irmi konnte nicht anders, sie musste ihn in die Arme nehmen. Er erwiderte ihre Umarmung, sein Bart kitzelte dabei.

Endlich saßen sie im Auto. Langsam steuerte Irmi ihren Wagen talwärts. Als sie Seibold und Kevin in Wallgau absetzte, war es fast schon dämmrig. Ein Regenbogen überspannte das Tal.

Sie fühlte sich schwer, alt und behäbig, als sie zu Hause aus dem Wagen stieg. Es war still. Ihr Bruder Bernhard war wie jeden Abend unterwegs: Stammtisch, Feuerwehr, was wusste sie schon. Sie war froh um die Ruhe. Schmierte sich ein Brot. Füllte Näpfe für Wally, die alte Hündin, und Kater, der neuerdings nur noch zarte Stückchen aus Frischhaltebeuteln aß. Die großen Supermarktdosen strafte er mit Hungerstreik.

Irmi starrte ihr Handy an und horchte in sich hinein. Sie wollte nicht anrufen, keine SMS schicken, obwohl sie *ihn* ja liebte und Telefonieren oder Simsen das Einzige an Nähe war, das ihnen über lange Strecken blieb. Doch zu oft schon war ein »Vorsicht, ich stehe unter Aufsicht« oder ein »Ich kann grad nicht« zurückgekommen. So war das mit verheirateten Männern.

Sie zweifelte nicht an seiner Liebe, aber sie zweifelte an ihrer Stärke. Wenn sie sich nach langer Zeit wieder trafen, war da Freude, aber auch Distanz. Nach ein oder zwei Tagen ging dies Gefühl in Leidenschaft über, nach einer Woche oder länger wurden Liebe und eine tiefe Verbundenheit daraus. So hätte es bleiben können, aber dann ging er wieder, und das »System Affäre« nahm seinen umgekehrten Lauf. Zuerst war da Verzweiflung, sie vermisste ihn so sehr, dass es körperlich schmerzte. Irmis Magen streikte, und sie bekam Rückenschmerzen. Dann begann sie sich in ihrem Leben wieder zu installieren, einige Tage noch voller Dankbarkeit, dass es *ihn* gab. Bald aber überfiel sie ein Gefühl der Verlassenheit, der Verunsicherung, manchmal auch der Wut.

Er war kein Telefontyp, Telefonate mit ihm waren unerfreulich, so höflich-distanziert. Sie wollte nicht wissen, wie bei ihm zu Hause das Wetter war. Sie wollte nicht dieses Kippen in seiner Stimme spüren, wenn jemand aus seinem Freundeskreis anwesend war und er so tat, als telefoniere er mit einem Geschäftskontakt. Häufig fehlte ihr die Stärke, bei ihm anzurufen oder ihm eine SMS zu schreiben. Es herrschte oft tagelang Funkstille.

Irgendeiner von ihnen simste dann doch wieder. Mit Erfindung der SMS war Fremdgehen deutlich leichter geworden. Sofern man sein Handy nicht herumliegen ließ und sofern man Verräterisches sofort löschte. Bei mancher seiner SMS fiel ihr das schwer, aber letztlich war es bei ihr ohnehin egal, ob jemand ihre Kurznachrichten las. Bei ihm war diese Frage essenziell, und genau da lag das Problem. Nein, heute war kein guter Tag, um ihn zu kontaktieren.

Irmi schenkte sich einen Ramazzotti ein, genau genommen einen sehr doppelten, und trat vor das Haus. Der Herbst war im Anzug, die Tage wurden kürzer. Der Geruch, der aus den Wiesen stieg, hatte sich verändert: er war nicht mehr frisch, sondern es mischten sich Nuancen des Verfalls darunter, Moder von ersten gefallenen Blättern.

Mit einem Seufzen ging sie zu Bett. Ihr Magen rumorte noch immer.

5

Am nächsten Tag rückten Kollege Hase und seine Leute aus, um den Leichnam beziehungsweise das, was davon übrig war, zu bergen. Irmi hätte darauf verzichten können, mitzugehen, aber sie sah das als ihre Pflicht an. Der Anblick war so, dass sie mit Sicherheit einen Diättag einlegen würde.

Nach der Bergung konnte sie nichts weiter tun. Die Spurensicherung würde die Höhle auf den Kopf stellen, die nähere Umgebung, aber sie alle hatten wenig Hoffnung, etwas Brauchbares zu finden – bei den Regenmassen, die vom Himmel gestürzt waren, und zwar nicht nur am Vortag, sondern in der ganzen letzten Zeit.

»Wir müssen auch noch klären, was das für ein Signal war, das Kevin empfangen hat«, meinte Irmi zu ihrem Kollegen.

Doch Hasibärchen gab nicht mal eine Antwort. Er war überarbeitet, seine Überstunden wuchsen weiter an, irgendwann würde er ein Magengeschwür bekommen – und Irmi flüchtete ins Büro.

Als Kathi anrief, unterließ sie es, sie zur Rede zu stellen, obgleich es ihr wirklich auf den Nägeln brannte. Sie war zu aufgewühlt, und sie wusste, dass sie ungerecht werden würde und laut, der Zeitpunkt war einfach der falsche. Also berichtete sie Kathi von den Ereignissen, die sich am Vortag überschlagen hatten, was diese mit einem »Das ist ja mal ein Ding« quittierte. Ihre Kollegin hatte noch Urlaub, kündigte sich aber für den nächsten Tag an. »Oder soll ich heute etwa noch reinkommen?«, fragte sie eher rhetorisch.

»Nein, wir müssen eh auf die Ergebnisse warten.« Irmi seufzte und widmete sich diversem Bürokram.

Erst am frühen Nachmittag tauchte der Hase wieder auf.

»Also, Finger und Ohr gehören zu dem Corpus in der Höhle. Ohne Zweifel.«

»Wie lange ist er tot?«, fragte Irmi.

»Das ist wegen des Tierfraßes und des Zustands der Leiche nicht ganz exakt zu bestimmen.«

»Okay, und weiter? Die Tiere werden ihn kaum getötet haben. Bären sind aktuell keine unterwegs, und Wolfsrudel sind auch keine in Sicht!« Irmi ärgerte sich. Wieso musste sie eigentlich ständig allen ihren Kollegen die Wortwürmer aus der Nase ziehen? Als ob das nicht alles schon mühsam genug wäre.

»So weit sind die noch nicht. Wie gesagt, der Typ ist etwas zerfleddert. Aber ich hab noch was.« Mit einer schmissigen Handbewegung förderte ihr Kollege einen Computerausdruck zu Tage. Er schien ein Ah und Oh zu erwarten. »Sie haben ein Phantombild angefertigt, so in etwa hätte der Mann ausgesehen.«

»Toll«, sagte Irmi lahm.

Der Hase warf ihr einen strafenden Blick zu und ging.

Irmi starrte das Bild an. Der Mann war etwa Mitte zwanzig, hatte ein attraktives Gesicht. Er war sicher gut gebaut gewesen, durchtrainiert. Doch ein Bergsteiger? Er wirkte so gesund – bis auf die Tatsache, dass er tot war.

Irmi überlegte, ob sie das Bild an die Zeitung oder gar ans Fernsehen geben sollte. Sie zögerte, irgendwas hielt sie momentan davon ab. Der Mann kam ihr irgendwie bekannt vor, aber sie konnte ihr Hirn noch so sehr zermartern, es stellte sich keine Idee ein. Sie beugte sich wieder über die Vermisstenlisten. Ein Mann in den Zwanzigern war definitiv nicht dabei.

Sailer kam ins Zimmer und wollte für die Abschiedsparty eines Kollegen, der in Rente ging, sammeln. Andrea reichte ihm zehn Euro, Irmi zwanzig. Sailer nickte ihr freudig zu.

»Ach, Sailer, kennen Sie den zufällig?«, fragte Irmi und hielt ihm das Bild unter die Nase. Sailer kannte nämlich so ziemlich das gesamte Werdenfels und hatte Anverwandte hier und in den umliegenden Landkreisen.

»Hot er so ausg'schaugt? I moan, der Ogfressne?«, fragte Sailer.

»In etwa. Und?«

»Was, und?«

»Ja, kennen Sie ihn?«

»Naa, sonst hätt i Eana des ja g'sagt, Frau Irmgard.«

»Ja, danke, Sailer.«

Irmi holte sich einen Kaffee und beugte sich wieder über die Vermisstenlisten, als Sailer schon wieder hereingestolpert kam. Diesmal war er kreidebleich.

»Frau Irmgard, des glauben S' jetzt eh ned, aber do is a Gespenst ...« Seine Stimme überschlug sich, und er bediente sich der Sailerschen Schnappatmung, die die Konversation mit ihm so schwierig machte. Sailer konnte keine längeren Sätze sprechen, schon gar nicht, wenn er dermaßen erregt war.

»Sailer! Ganz gschmach! Was ist los?«

Sailer schnappte erneut nach Luft und faselte etwas von einem Gespenst, das auf dem Gang stehe, der Rest ging wieder unter.

Irmi trat auf den Gang hinaus, wo ein junger Mann sie erwartungsvoll ansah. Nun blieb auch Irmi kurz die Luft weg. Sie versuchte sich unter Kontrolle zu bringen.

»Ja bitte?«

»Ich wollte was melden, aber Ihr Kollege scheint etwas wirr im Schädel. Er hat mich hier auf den Gang gezerrt und ist dann zu Ihnen«, sagte der junge Mann.

»Herr …?«

»Fichtl. Fichtl, Peter.«

»Herr Fichtl, kommen Sie doch bitte rein«, sagte Irmi und hoffte, dass ihre Stimme einigermaßen normal klang. Und an Sailer gewandt: »Danke, Sailer, ich mach das schon.«

Sailer japste auf und verließ den Raum, als würde er gejagt.

Peter Fichtl sah ihm mit gerunzelter Stirn nach.

»Herr Fichtl, Sie wollten etwas melden, sagten Sie eben?« Irmi hatte es irgendwie geschafft, den dicken Klops im Hals hinunterzuwürgen.

»Ja, und zwar wollte ich meinen Bruder als vermisst melden.«

»Ihren Bruder?«

»Ja, der heißt Pius. Genau genommen ist das mein Zwillingsbruder. Sieht aus wie ich.«

Allerdings, das tat er. Irmi riss sich zusammen. »Herr Fichtl, seit wann ist Ihr Bruder denn weg?«

»Na ja, er wollte nach Serfaus in Tirol zum Darrehof und dort Haflinger kaufen. Wir züchten ein bisschen. Er hat meinen Jeep genommen und unseren Viehwagen. Eigentlich wollte er nur zwei Nächte wegbleiben und am dritten Tag mittags wieder da sein. Er war aber abends immer noch nicht da, und an sein Handy ist er auch nicht drangegangen.«

»Wann genau ist er denn verschwunden?«

»Vor einer Woche.«

»Wie, heute ist Dienstag, und er ist schon eine Woche weg? Seit Dienstag letzter Woche? Und Sie haben nichts unternommen?«

»Na ja, er wurde Freitag zurückerwartet, und dann war Wochenende. Kann ja mal was dazwischenkommen, oder? Und der Vater wollt dann auch, dass wir nichts unternehmen. Aber der Pius hat doch die Landwirtschaft, und er ist sonst recht zuverlässig.« Peter Fichtl sah besorgt aus.

»Und dann?«

»Dann hab ich gestern, also nach dem Wochenende, in Tirol angerufen. Und wissen Sie was? Er war nie dort, die wussten auch gar nichts davon, dass er kommen wollte.« In der Stimme von Peter Fichtl lag tiefes Unverständnis.

Irmi überlegte kurz, dann griff sie nach der Computerzeichnung und legte sie Peter Fichtl vor.

»Das bin ja ich!«, rief er. Dann schwieg er eine Weile, und Irmi konnte sehen, wie es in seinem Hirn zu rattern begann. »Woher haben Sie das?«, fragte er schließlich leise.

»Herr Fichtl, das ist ein Bild, das erstellt wurde, um das ungefähre Aussehen eines Toten zu rekonstruieren.«

»Wieso mussten Sie das Aussehen rekonstruieren?«

Irmi sah ihn prüfend an. »Herr Fichtl, es tut mir wirklich leid, aber der Tote war ziemlich verunstaltet, vermutlich durch Tierverbiss.«

Peter Fichtl gab einen Laut von sich, der in seiner Kehle erstarb. Irmi stand auf und stellte ihm ein Glas Wasser hin, das er in hektischen Zügen austrank. Als das Glas leer war, sah er Irmi hilfesuchend an. Sie kannte diesen Blick. Es war jedes Mal schwer auszuhalten, wenn Menschen sie so ansahen, als müsse sie gleich sagen: War ein Irrtum, war ein Witz, war ein Test … Alles wäre besser als der Tod. Aber man spaßte nicht mit dem Tod.

Peter Fichtl wirkte so verletzlich wie ein kleiner Bub. Am liebsten hätte sie ihn in den Arm genommen, aber sie war hier im Werdenfels, wo die Welt noch in Ordnung war. Große Jungs weinten nicht. Emotionen wurden unter den Teppich gekehrt, in dunklen feuchten Kartoffelkellern gelagert, im Bauschutt verborgen.

»Herr Fichtl, woher kommen Sie denn?«, fragte Irmi.

»Mittenwald«, sagte er beinahe tonlos.

»Und Ihr Bruder?«

»Auch. Wir wohnen beide daheim. Pius hat die Landwirtschaft übernommen. Ich bin beim Bund.«

»Bei den Gebirgsjägern?«

»Ja.« Er rang mit den Tränen, Irmi schob ihm Papiertaschentücher über den Tisch und stand auf.

»Ich hol uns mal einen Kaffee.« Als sie die Tür schloss, hörte sie das nun hemmungslose Weinen. Sie ließ sich Zeit, bis sie die Tassen auf den Tisch stellte.

Peter Fichtl hatte sich gefasst. »Sind Sie sicher? Ich meine …«

Was sollte sie sagen? Abwiegeln? Ihn beruhigen? Nein, das half ja alles nichts. »Herr Fichtl, könnten wir eine DNA-Probe von Ihnen nehmen, um sicher zu sein, dass er es ist?«

Fichtl nickte nur. »Muss der Tote nicht identifiziert werden? Ich meine …«

So wie die Leiche aussah, wollte Irmi ihm das ersparen. Das Gesicht von Pius Fichtl war furchtbar entstellt. »Das wird nicht nötig sein, wenn wir Ihre DNA haben. Bei Zwillingen …«

Nun kam sie ins Stocken. Peter Fichtl hatte einen Teil von sich verloren, und dann rührten Irmi diese blauen Augen. Wieso musste der junge Mann nur solche blauen Augen haben?

»Herr Fichtl, Ihr Bruder wurde unterhalb der Fischbachalm gefunden. Haben Sie eine Ahnung, was er da gewollt hat? Wieso er Ihnen erzählt hat, er sei in Tirol?«

»Keine Ahnung.« Peter Fichtl schüttelte den Kopf.

»War er Bergsteiger?«, erkundigte sie sich.

»Ja mei, mir gehn alle in die Berge. Klettern, Bergsteigen, Mountainbike, das ist doch normal. Pius war früher richtig extrem. Er ist sogar mal beim Klettern abgestürzt. Das ist doch nicht wieder passiert, oder?«

»Wir wissen bisher noch nicht, wie er zu Tode gekommen ist.« Irmi sah ihn aufmerksam an.

»Sie meinen aber nicht …«

»Wie gesagt, Herr Fichtl, ich habe bisher keine weiteren Informationen für Sie. Könnten Sie mir Ihre genaue Adresse geben? Wir werden später vorbeikommen.« Irmi überlegte kurz. »Ihre Eltern, Herr Fichtl. Wollen Sie es ihnen sagen, sollen wir? Brauchen Sie Hilfe?«

Sein Blick wurde noch düsterer. »Der Vater hatte einen Schlaganfall. Er sitzt im Rollstuhl. Vielleicht versteht er es gar nicht. Und die Mama …« Er schluckte mühsam.

»Soll ich?«, bot Irmi an.

»Nein, ich rede mit der Mama. Aber Sie wollten ja später eh …«

Es war eine Kommunikation der unvollendeten Sätze. Aber wie sollte man einen Satz auch beenden, wenn der Irrsinn so nah war?

»Ja, Herr Fichtl. Selbstverständlich. Ich komme am Nachmittag zu Ihnen.« Irmi lächelte ihn an und kam sich dabei so armselig vor. »Verraten Sie mir noch das Autokennzeichen und was das für ein Jeep ist?«

»GAP PF 3000. Ein Gallopper. Schwarz. Ziemlich alt. Der Viehwagen ist ein grauer Meyer mit Plane.«

»Danke schön.« Irmi notierte die Nummer.

Peter Fichtl war aufgestanden und gab Irmi die Hand. »Vergelt's Gott, Frau Kommissar«, sagte er und ging, ohne sich noch mal umzudrehen, hinaus.

Vergelt's Gott! Du Allmächtiger, wofür danken? Dass du immer wieder Menschen aus der Mitte ihres Lebens reißt? Und wenn der junge Mann gewaltsam gestorben war? Dann schaute der liebe Himmelpapa einfach so den Mördern zu. Millionenfach auf dieser irren Welt.

Irmi wusste natürlich, dass das eine sehr kindliche Betrachtungsweise war, aber manchmal konnte einen die Wut packen. Ganz kindlich wie damals im Sandkasten, als der böse Nachbarsbub immer ihre Sandburgen zerstört hatte. Nur, dass es hier nicht um Sandburgen ging, sondern um den übel zugerichteten Leichnam von Pius Fichtl.

6

Irmi gab das Autokennzeichen durch, damit die Kollegen auf Streife verstärkt nach dem verlassenen Gespann suchen konnten. Es konnte sich ja nicht in Luft aufgelöst haben.

Pius Fichtl. Sie hatte den Namen schon mal gehört, da war sie sich sicher – allerdings konnte sie ihn momentan nicht einordnen. Auch Sailer kannte ihn nicht. Einem Impuls folgend wählte sie die Nummer zu Hause. Ihr Bruder Bernhard ging ausnahmsweise mal dran, was fast schon an ein Wunder grenzte.

»Mangold!« Er klang unwirsch.

»Hier ist deine dich liebende Schwester. Du verschreckst ja jeden mit deiner Brummstimme«, rief Irmi.

»Schwesterherz, ich bin ja auch kein Callcenter. Was ist los? Mir pressiert's.«

»Sagt dir der Name Fichtl was? Pius Fichtl, Mitte zwanzig, Landwirt aus Mittenwald. Einen Zwilling hat er, sein Bruder heißt Peter.«

Es war kurz still am anderen Ende. »Der Fichtl! Wenn du damit zu tun hast, ist er wohl gar tot? So was aber auch!« Bernhard klang richtig bösartig.

»Bernie, was soll das? Ich brauch eine vernünftige Antwort!« Irmi war beunruhigt. So reagierte ihr brummiger, aber doch gutmütiger Bruder normalerweise nicht.

»Ja, ich kenne den Fichtl. Du kennst ihn auch. Fichtl ist beim Bauernverband. Er war einer der wenigen, die beim Milchstreik nicht mitgemacht haben. Er hat uns BDMler ausgelacht. Ein Betonschädel, und dabei ist der Bursche so jung.« Bernhard schnaubte regelrecht ins Telefon.

Irmi holte tief Luft. Fichtl, klar!

»Ja, was jetzt!«, kam es von Bernhard. »Hat's dir die Sprache verschlagen? Eins sag ich dir, Schwesterherz, wenn der tot ist, wenn der ermordet wurde, dann hast du ungefähr tausend Verdächtige. Den gesamten BDM und mich vorneweg.« Er lachte trocken. »So, ich muss jetzt, du kannst mich gern heute Abend verhören.«

Es klackte in der Leitung, Bernie war heute anscheinend besonders witzig drauf.

Irmi fuhr ihren Computer hoch und googelte sich in einige Zeitungsarchive. 2008 waren die Wellen hochgeschlagen zwischen dem Bauernverband und dem BDM, dem Bund Deutscher Milchviehhalter. Der Milchstreik hatte die Gemüter erhitzt, nur wenige hatten sich dem Lieferboykott nicht angeschlossen. Diese wenigen hatten sich den Hass der Bauernschaft zugezogen. Bernhard war einer der Wortführer gewesen, ein ruheloser und wortgewaltiger dazu. Er war dabei gewesen, als die Bauern die Hochlandeinfahrten zugeparkt hatten. Bernhard hatte sogar einen Schongauer Polizeikollegen geschubst. Für Irmi war das eine furchtbare Zeit gewesen, denn natürlich lag ihre Sympathie aufseiten der Streikenden. Aber sie war eben auch Polizistin.

Bernhard hatte recht: Wenn Pius Fichtl einem Gewaltverbrechen zum Opfer gefallen war, dann gab es Feinde ohne Ende, viele unschöne Geschichten und Verdächtige zuhauf.

Irmi griff wieder zum Telefon. Es dauerte eine Weile, bis sie in der Gerichtsmedizin den richtigen Ansprechpartner erwischt hatte.

»Na, da haben Sie mir ja was Schönes angeliefert«, sagte der. »Könnt ihr da draußen nicht ordentlichere Leichen anschleppen?«

Irmi fand das nur bedingt witzig, riss sich aber zusammen. »Ich bemühe mich beim nächsten Mal. Können Sie mir schon was über die Todesursache sagen?«

»So eilig, Frau Mangold, da draußen im geruhsamen Werdenfels?«

»Ja, stellen Sie sich vor, die beschaulichen Zeiten des Bauerntheaters sind vorbei, das Königlich Bayerische Amtsgericht hat ausgetagt. Es macht sogar hier draußen einen Unterschied, ob das ein Unfall war oder Mord.« Ironie war auch eine Waffe.

Er schien zu kapieren, dass Irmi keine Lust auf Plaudereien hatte, und antwortete nun deutlich kühler und professioneller: »Ich habe den abschließenden Bericht noch nicht fertig, aber eins ist sicher. Der Schädel sieht übel aus, und das kommt nicht vom Tierfraß.«

Irmi bebte innerlich. Konnte der Typ nicht einfach Klartext reden? »Und das heißt konkret?«

»Auf den Schädel wurde massiv eingewirkt. Die Schädeldecke ist Matsch«, erklärte der Gerichtsmediziner.

»Ihm wurde der Schädel eingeschlagen?«

»Zu siebzig Prozent ja. Es besteht allerdings eine Chance von dreißig Prozent, dass er beim Bergsteigen extrem unglücklich gestürzt ist. Finden Sie die Absturzstelle oder die Mordwaffe. Steine haben Sie da draußen ja genug rumliegen.« Er lachte, riss sich dann aber am Riemen und meinte: »Ich maile Ihnen den Bericht, sobald er fertig ist. Um hundertprozentig sicherzugehen, müssten Sie wirklich die Mordwaffe finden. Der Schädel ist durch einen kantigen Gegenstand verletzt worden. Ich habe Spuren von Calcit und Aragonit gefunden, kommt im typischen Kalkstein des Karwendels vor.«

»Und wann ist es passiert?«, fragte Irmi.

»Mittwoch letzter Woche. Das können wir relativ genau sagen, obwohl der Kerl wirklich übel zugerichtet ist.« Er klang, als erwarte er Lob.

Doch das Lob blieb aus. »Was ist mit dem Fundort?«, erkundigte sich Irmi stattdessen.

»Ich gehe davon aus, dass der Ort des Geschehens nicht identisch ist mit dem Fundort. Es gab an dem Toten Schleifspuren und weitere Prellungen, aber ob diese von einem Sturz herrühren oder ihm vorher beigebracht worden sind, das wissen nur die Bergtrolle. Der Zustand der Leiche macht das alles eben etwas schwieriger.«

Irmi bedankte sich. Sie war mehr als unzufrieden mit den Ergebnissen. Eine Chance von siebzig zu dreißig bedeutete, dass es nicht unbedingt ein Gewaltverbrechen sein musste. Wo sollte sie bloß anfangen mit den Ermittlungen? Sie beschloss, erst einmal auf den Hof der Fichtls zu fahren, um sich ein Bild von der Familie zu machen.

Auf dem Weg nach Mittenwald spielten die Gedanken in ihrem Kopf Fangen. In Mittenwald war sie schon länger nicht mehr gewesen. Zuerst begrüßten sie der Ein-Euro-Shop, das Dubrovnik und der Mercedes-Grill. Das also waren die Ikonen eines alpenromantischen Geigenbauorts, dachte sie. Sie parkte ihr Auto in der Bahnhofstraße, wo bald ein Fünfsternehotel entstehen sollte. Dann lief sie ein wenig planlos herum, ehe sie das Tourismusbüro enterte.

Ein bulliger Mann machte gerade eine Urlauberfamilie flott, die nett anfragte, ob es eine Alm gebe, die man mit dem Auto erreichen könne, damit die gehbehinderte Oma auch mal ins Tal schauen könne.

Er blaffte sie an: »Des san Barch und koane Buckln. Mir san doch ned im Allgäu, wo ma auf d' Barch aui fahrt.«

O ja, das war die vielgepriesene Charmeoffensive im Karwendeltourismus! Mit solchen Leuten an vorderster Front schuf man eine echte Gästebindung. Irmi hatte sich eigentlich einen Ortsplan holen wollen, verwarf den Gedanken aber umgehend und zog von dannen. Lieber fragte sie im

Gasthaus Stern nach dem Hof der Fichtls, wo man ihr weiterhalf.

Der Hof lag draußen in den Buckelwiesen. Hügelchen, kleine Asphaltsträßchen, ein Meer aus wogenden Gräsern – umstanden von schroffen Bergen. Eine eigene Welt, wie ein Labyrinth. Nach einigen Irrwegen stand sie vor dem Wohnhaus. Es war alt, aber gut gepflegt. Der Agrotron war neu, der Pöttinger Kreisler und Ladewagen desselben Fabrikats ebenfalls. Die Haustür stand offen und gab den Blick auf einen langen, dunklen Gang frei. Irmi rief ein »Hallo?« hinein.

Wenig später trat Peter Fichtl aus einer Tür am Ende des Ganges. »Frau Kommissar, kommen Sie doch herein«, rief er ihr zu.

Sie folgte ihm in die Küche. Der hellbraune Linoleumboden war abgewetzt, an einigen Stellen kamen alte Bodenfliesen durch. Die Küchenzeile in einem undefinierbaren Farbton zwischen Grün und Gelb hatte bessere Zeiten gesehen. An der gegenüberliegenden Wand stand ein altes dunkelbraunes Büfett mit Glasschiebefächern. Auf den Fliesen klebten Pril-Blumen. Viele Bauernküchen sahen so aus: lieblos zusammengewürfelt, Orte des Kommens und Gehens, Latzhosenzone. Fürs ordentliche Sitzen gab es schließlich die Stube.

An der Stirnseite der Küche, unter dem kleinen Fenster mit den rotkarierten Vorhängen, stand ein wackliger Tisch mit Eckbank. Am Tisch saßen ein schmaler Mann in einem Rollstuhl und ihm gegenüber eine kleine, zarte Frau. Bartholomäus und Afra Fichtl, die Eltern des Toten. Die Mutter erhob sich, als Irmi eintrat, und es schien ihr unendlich schwerzufallen.

»Frau Fichtl, Herr Fichtl, mein Beileid«, sagte Irmi.

Frau Fichtl hauchte ein »Danke«. Herr Fichtl sah ins Leere. Seine linke Gesichtshälfte hing ein wenig herab, genauso wie sein linker Arm, der baumelte, als gehöre er nicht zum Körper.

»Nehmen Sie einen Kaffee?«, fragte Frau Fichtl.

»Gerne.«

Sie verschwand durch eine Tür und kam wenig später mit den guten Tassen wieder. Rosenthal, feines, fast durchsichtiges Porzellan. Der Kaffee war dünn wie gefärbtes Regenwasser. In der Zuckerdose hatte eine Fliege ihr Leben gelassen.

Sie schwiegen eine Weile, bis Herr Fichtl plötzlich sagte: »Des hot so kommen müssen!«

Trotz seiner Lähmung sprach er überraschend artikuliert. Mit seinem gesunden Arm hatte er den anderen gepackt und auf die Lehne seines Rollstuhls gezogen.

»Wenn man sich an allen versündigt!«, rief er, auch seine Stimme war kräftig und passte nicht zu seiner Erscheinung.

Irmi bekam eine Ahnung davon, dass dieser Mann trotz seiner mangelnden Körpergröße einst einer von denen gewesen war, denen man zugehört hatte. Der sich Gehör verschafft hatte. Plötzlich begannen seine Augen zu flackern. Sie waren blau wie die seiner Söhne, verwaschen, aber immer noch sehr blau. »Verraten hat er unsere Sache, die Nachbarn, das Dorf, schämen hat man sich müssen!«

Seine Frau sagte mit gepresster Stimme: »Bartl, so versündig du dich doch nicht. Der Bua ist tot.«

Irmi griff ein: »Herr Fichtl, Ihr Sohn hatte es abgelehnt mitzustreiken. Warum?«

Von Bartl Fichtl kam nur ein wütendes Schnauben. Peter Fichtl antwortete an seiner Stelle: »Pius war der Meinung, dass so ein Streik sowieso nichts nütze, weil die Molkereien sich dann stattdessen Milch aus dem Osten holen würden, und dass nur ein europaweiter Streik etwas bewirken könne.«

Irmi kannte diese Argumente aus Diskussionen mit Bernhard. Die Streikgegner hatten in gewisser Weise recht behalten: Die Molkereien waren tatsächlich auf Milch aus dem Osten ausgewichen. Dennoch war Irmi fest davon überzeugt, dass der Streik Bewegung in die Sache gebracht hatte. Sie hatten nur zu früh mit dem Streik aufgehört, fand sie. Nächtelang hatte sie in ihrer Küche den harten Kern des BDM debattieren hören. Sie hatte Hasstiraden gegen den Bauernverband gehört und nie ganz begriffen, warum man sich in Zeiten wie diesen auch noch gegeneinanderstellen musste. Wo es um die Existenz und nicht um Parteibücher oder Verbandszugehörigkeiten ging.

»Ihr Bruder war beim Bauernverband, nicht beim BDM. Warum eigentlich?«

»Wir waren immer beim Bauernverband«, sagte Peter Fichtl lahm.

»Ich war zehn Jahre Kreisvorsitzender«, wetterte der Vater. »Des san alles Kasperlköpf beim BDM. Do hocken Großkopferte in München, die sich fettfressen und BMW fahren. Die ihre Milch beim Aldi kaufen. Sack drüber, draufschlagen, immer gut, du triffst den Richtigen.«

Selbst im Rollstuhl strahlte der Alte ungeheuer viel Kraft aus, und Irmi konnte ermessen, was es für ihn bedeuten musste, gefesselt zu sein. Gefesselt an einen schwachen Körper, der ihm nicht mehr gehorchte.

»Aber meinem sauberen Herrn Sohn war das sowieso egal. Die Milch hat ihn gar nicht mehr interessiert.«

Als Afra Fichtl leise zu weinen begann, drosselte Bartl Fichtl auf einmal seine Stimme: »I bin ja scho ruhig, Stutzerl.« Sie erhob sich, ging um den Tisch herum, setzte sich neben ihn. Er legte seine gesunde Hand auf ihre.

Irmi schluckte einen Kloß hinunter, der von irgendwo gekommen war. Der scharfzüngige und cholerische alte

Mann nannte seine Frau liebevoll »Stutzerl«. Offenbar war sie die Einzige, die ihn bändigen konnte.

»Es tut mir leid, dass ich so was fragen muss, aber Ihr Sohn hatte ja ganz offensichtlich Feinde. Wer davon könnte so weit gegangen sein, ihn körperlich zu attackieren?«

»War es denn Mord?« Peter Fichtls Stimme zitterte.

Irmi suchte den Blick von Afra Fichtl, anschließend den von Bartl. »Das wissen wir nicht«, sagte sie dann. »Wir können einen Unfall nicht ganz ausschließen. Und es gibt ja auch die Möglichkeit, dass es Streit gegeben hat, dass Ihr Sohn gestürzt ist. Wir stehen erst am Anfang unserer Ermittlungen. Und deshalb ist es so wichtig, dass Sie mir sagen, wer Pius wirklich gehasst hat.«

»Gehasst hat ihn keiner«, sagte Afra. »Sie haben ihn nur nicht verstanden.«

»Ich hab ihn auch nicht verstanden«, sagte Bartl. »Peter auch nicht. Oder, Bua?«

Peter Fichtl nickte. »Es war wirklich so. Pius war früher bei allen beliebt. Er war ein begnadeter Bergsteiger. Er wurde bewundert. Als er diesen Unfall in der ›Chinesischen Mauer‹ in der Leutasch hatte, kamen Hunderte von E-Mails ...«

»Und gerade weil er so ein guter Typ war, verwunderte es die anderen erst recht. Ausgerechnet der Fichtl. Gerade der! War es so?«, fragte Irmi.

Peter Fichtl nickte. »Drum haben sie auch das mit dem Haberfeldtreiben gemacht. Bei jedem hätten sie das sicher nicht getan.«

Irmi starrte ihn an. Was für eine krude Logik. Und was redete er da eigentlich? Ganghofers Zeiten waren eigentlich vorbei. »Haberfeldtreiben?«

»Ja, bei uns am Hof. Mit Fackeln, Klappern und Rasseln. Sie haben eine Puppe abgebrannt, die aussah wie er.«

Peter Fichtls Stimme klang beinahe emotionslos, während Afra zu weinen begann. Er nahm seine Mutter ein wenig linkisch in den Arm. »Mama, es ist doch gut.«

»Nichts ist gut!« Ihr Weinen verstärkte sich.

Irmi füllte an der Spüle ein Glas Wasser, das sie Afra Fichtl hinstellte. Mit einer Kopfbewegung beorderte sie Peter Fichtl in den Gang und sagte leise: »Sie sollten Ihren Hausarzt holen. Rufen Sie bitte an. Ihre Mutter braucht Hilfe.«

Peter Fichtl nickte.

»Sagen Sie, wer war beteiligt am Haberfeldtreiben? Ich brauche Namen. Es geht nicht mehr um einen üblen Scherz. Können Sie mir die Namen aufschreiben? Gleich?«

Er nickte wieder.

»Dann machen Sie das. Rufen Sie den Arzt, schreiben Sie eine Liste. Ich geh so lange wieder in die Küche.«

Das Ehepaar Fichtl saß immer noch dort. Er im Rollstuhl, sie auf der Bank. Ein alter Radiowecker klackte jedes Mal, wenn die Zahlen umsprangen. Eine dreibeinige Katze kam herein, die bemerkenswert gut hochspringen konnte, trotz ihrer Behinderung. Sie legte sich neben Afra Fichtl auf die Bank, kreiselte ein wenig, fand einen Platz an Frauchens Oberschenkel und schloss die Augen. In einem nächsten Leben werde ich Katze, dachte Irmi. Katzen konnten einfach die Augen zumachen und die Welt aussperren.

»Kann ich noch etwas für Sie tun?«, fragte Irmi. »Noch ein Wasser?«

Afra schüttelte den Kopf. Dann sah sie Irmi an. »Finden Sie heraus, was mit unserem Bua passiert ist. Er war ein guter Mensch und so a g'scheiter Kopf.«

»Na, ob des so g'scheit war mit dem ganzen neumodischen Zeug im Stall?«, grummelte der Alte.

Afra begann wieder zu weinen. Irmi fühlte sich hilflos.

In diesem Moment kam Peter wieder herein. »Der Doktor kimmt glei, Mama«, sagte er. »I begleit die Frau Kommissar noch raus.«

»Wiedersehen«, sagte Irmi. Ihr Gruß blieb unerwidert.

7

Draußen setzte sich Irmi auf das Hausbankerl. Peter Fichtl nahm neben ihr Platz und reichte ihr die Liste. Sie umfasste sieben Namen. »Das sind die, die ich erkannt hab. Es waren insgesamt sicher zwanzig Mann, aber viele hatten Perchtenmasken auf, die konnte ich nicht erkennen.«

Irmi überflog die Liste. »Wer war denn der Anführer?«

»Der Leismüller Tassilo. Der ist vielen hier bei uns zu fanatisch. Und er vertragt nix. Dem ham s', glaub ich, die Milz raus, und seitdem sollte der weniger saufen. Tut er aber nicht, und nach drei Halbe haut der schon mal zu.«

»Da steht noch ein Leismüller drauf«, bemerkte Irmi.

»Ja, der Vinzenz. Das ist sein Sohn, der Vinzi war mit uns in der Schule. Früher war der eher schüchtern, aber seit einigen Jahren schlagt er seinem Vater nach.«

»Und wo find ich diese Leismüller-Sippe?«

»In Wallgau. Aber ich glaube einfach nicht, dass einer von denen meinen Bruder angegriffen hätte. Ich mein, vielleicht mal im Bierzelt, bei den Sitzungen, aber doch nicht so …«

»So brutal, dass er dabei zu Tode kommt?« Irmi suchte seinen Blick. »Herr Fichtl, Situationen eskalieren. Menschen kennen sich in ihrer Wut auf einmal selbst nicht mehr. Sie sagen doch auch, dass dieser Rädelsführer Leismüller ein Choleriker war.«

»Ja, stimmt.« Peter Fichtl überlegte. »Er stänkert ja auch schon seit zwei Jahren gegen uns. Bereits vor dem Milchstreik. Seit wir das mit dem Computer machen.«

»Computer?«

»Ja, also ...« Er sah Irmi ein wenig ratlos an – mit einem »Wo soll ich da beginnen?«-Blick.

»Sie dürfen ein gewisses Fachwissen voraussetzen. Wir haben auch eine Landwirtschaft zu Hause«, erklärte Irmi.

»Echt?«

»Echt.« Irmi lächelte ihn aufmunternd an.

»Ja, gut, dann kennen Sie das ja. Bei der Milchleistungsprüfung, der MLP, das kennen Sie ja, haben wir immer einen recht guten Eiweiß- und Fettgehalt und haben immer ganz ordentliche Preise erzielt. Wir lagen auch mit unserer Durchschnittsmenge von 7800 Liter im Jahr pro Kuh über dem Durchschnitt.«

»Wie viele?«, fragte Irmi.

»26 Milchkühe und halt die Jungviecher.«

»Ja, das ist ordentlich«, sagte Irmi.

»Ordentlich schon, aber Pius wollte mehr. Er hat unseren Ausstoß über die letzten drei Jahre kontinuierlich gesteigert und den Tierarzt gewechselt. Sehr zum Ärger vom Vater.«

»Wieso Ärger?«

»Mei, früher haben wir halt zugewartet, ob's besser wird, und dann erst den Tierarzt geholt, aber der Pius hat einen neuen Tierarzt konsultiert, der hat alle unsere Daten auf dem Laptop. Er behandelt die Viecher schon, wenn noch gar kein Tier krank ist. Das hat der Vater nie verstanden.« Peter Fichtl schaute unglücklich.

Irmi lächelte. »Das ist bei uns nicht anders. Prävention und Prophylaxe sind halt besser, als nur die Symptome mit Medikamentengaben zu kurieren. Wir können uns kranke Kühe gar nicht mehr leisten.«

»Eben, das sagte Pius auch, und er hat einen Tierarzt an der Hand, der sofort die MLP-Liste interpretiert und bedarfsgerecht gegensteuert.«

Irmi sah bei ihrem Bruder Bernhard, wie sich die Landwirtschaft veränderte. Wie die Kuhexperten, eine Reihe von innovativen Tierärzten, den Landwirten leistungs- und bedarfsgerecht helfen konnten. Wie auch Kühe noch fit blieben, die eigentlich viel zu alt waren. Fleckvieh wurde in Oberbayern im Durchschnitt 5,1 Jahre alt, Braunvieh 5,9 Jahre. Der deutschlandweite Durchschnittswert lag bei 2,8 Jahren pro Kuh. Bernhard hatte sogar einige weitaus ältere Kuhdamen, und genau das liebte Irmi. Auch Tiere sollten mit Respekt altern dürfen, vor allem solche, die einem den Lebensunterhalt erwirtschafteten.

»Und das hat Ihrem Vater nicht gefallen?«

»Wenn Worte wie Kuhkomfort fallen, können Sie sich vorstellen, wie das bei ihm angekommen ist. Mein Vater war fuchsteufelswild. Und Leismüller hat versucht, Pius lächerlich zu machen. Er war eifersüchtig, er hatte immer Probleme mit seiner Milch, und er war halt auch sauer wegen der Anzeige.« Peter Fichtl zuckte mit den Schultern.

»Welche Anzeige?«

»Pius hat ihm den Amtstierarzt auf den Hals gehetzt.«

»Aha, und warum?«

»Na ja, Vinzi hat mal am Stammtisch erzählt, dass sie im Januar die Kälber in die Iglus rausgeschickt hätten, und die würden jetzt ganz witzig aussehen.«

Irmi runzelte die Stirn. Kälber in die Eiseskälte zu verbannen, war schon nicht tierschutzgerecht, aber witzig?

Fichtl fuhr fort: »In der Nacht haben die Füchse den Kälbern bei lebendigem Leib Schwänze und Ohren abgefressen. Vinzi fand das wirklich witzig.«

Irmi fühlte sich auf einmal elend. Ihr Magen rebellierte. Ihr Geist auch. Die Welt war voller solcher Leismüllers, und das Schlimme an ihrem Job war, dass sie näher an solchen erbärmlichen Kreaturen dran war als andere Menschen.

»Ich werde mir den Leismüller auf jeden Fall mal ansehen, Herr Fichtl. Wenn Ihnen noch jemand einfällt, der Pius nicht mochte, melden Sie sich, ja?«

Peter Fichtl nickte. Doch irgendetwas an ihm war anders. Eine Nuance. Ein kurzes Flackern in seinen Augen. Irmi kam es so vor, als wollte er ihr etwas sagen.

»Wissen Sie noch etwas? Alles ist wichtig, auch wenn es Ihnen nichtig vorkommt!« Irmi sah forschend in seine blauen Augen, aber er hatte sich wieder im Griff.

»Nein, ich weiß nichts. Ich kenne keine Feinde, außer ein paar fanatischen BDMlern.«

Trotzdem hatte Irmi ein merkwürdiges Gefühl. »Herr Fichtl, hatte Ihr Bruder denn eine Freundin?«

Ein kurzes Erschrecken. »Mei, mal die, mal die. Nichts Festes.«

»Und Sie? Haben Sie eine Partnerin?«

»Nein, momentan nicht. Ich bin beim Bund ziemlich eingespannt, Frauen wollen ja immer, dass man Zeit hat. Essen geht. Und ins Kino. Dafür hab ich jetzt echt keinen Nerv.«

In diesem Moment kam ein Auto auf den Hof gefahren. Der Mann, der ausstieg, hatte eine Arzttasche dabei.

»Ach, Peter, mein Beileid!«, rief er. »Was ist denn da Furchtbares passiert?«

Peter Fichtl hatte sichtlich Mühe zu sprechen. Irmi sprang ein. »Mein Name ist Mangold, ich bin von der Kriminalpolizei. Pius Fichtl wurde tatsächlich in der Nähe der Fischbachalm tot aufgefunden.« Sie stockte kurz. »Herr Doktor, wie war es denn um seine Gesundheit bestellt? Ich meine, hätte er beim Bergsteigen verunglücken können, weil er Herzprobleme hatte oder so?«

Eigentlich hatte Irmi einen Hinweis auf die ärztliche Schweigepflicht erwartet, aber der Mann gab bereitwillig Auskunft: »Der Junge war pumperlg'sund, schließlich war er Hochleistungssportler. Er hatte vor zwei Jahren einen Kletterunfall, aber davon hat er sich bestens erholt. Ich meine, er klettert keine Routen mehr im Schwierigkeitsgrad zehn, aber der nimmt es mit uns trotzdem noch locker auf. Wenn ich dem seine Kondition hätte …«

Der Arzt hielt inne, schwieg eine Weile und ging dann ins Haus. Peter Fichtl wirkte unentschlossen.

»Gehen Sie nur hinein!«, meinte Irmi. »Stehen Sie Ihren Eltern bei, Herr Fichtl. Und wenn Ihnen irgendetwas einfällt, dann rufen Sie mich an, ja?«

»Ja, Auf Wiedersehen und Vergelt's Gott.«

Wofür dankte ihr der Bursche nur schon wieder? Es gab doch nichts zu danken. Sie war immer die Überbringerin von schlechten Nachrichten.

Langsam fuhr Irmi los, hinein ins Sträßchengewirr der Buckelwiesen. Ihr Handy läutete. Es waren ihre Kollegen. Mittlerweile war der Jeep mit dem Viehanhänger aufgetaucht. Ein Mountainbiker hatte das Gespann entdeckt. Es hatte bei der Brünstalm gestanden, hinter dem Haus. Pius Fichtl hatte es offensichtlich versteckt. Und ganz offensichtlich hatte er irgendwas in der Nähe der Fischbachalm zu tun gehabt. Wie Kevin war er sozusagen durch den Hintereingang gekommen. Eine tödliche Mission.

Widerwillig fuhr Irmi nach Wallgau. Sie hatte ein Bild vor Augen. Scharfer Frost, Nebelschwaden. Abgemagerte Kälber mit gebrochenen Augen und offenen Wunden. Die Ohren und Schwänze einfach abgefressen. Bilder konnten gewalttätiger sein als die Realität. Weil die Phantasie immer auch Vergangenes daruntermengte, Erlebtes einfach nicht ausblenden konnte.

Irmi lief ein Schauer über den Rücken, als sie mit dem Auto auf das Anwesen von Tassilo Leismüller fuhr. Ein aktiver Bauernhof war natürlich kein geeignetes Motiv als Titelbild für »Schöner Wohnen«, ihrer auch nicht, aber das hier war ein Grattlerhof. Der grattligste, den sie seit Langem gesehen hatte.

Der gesamte Bereich rund um die Tenne mit einer Tennenbrücke, die wohl nicht mehr in Betrieb war, war zugestellt mit Rostlauben: Erntewagen, Heuwender, ein Normag Zorge ohne Nummernschild, zwei Betonmischer, ein paar alte Zinkwannen und ein Viehwagen, bei dem Irmi nur hoffte, dass darin kein Tier mehr transportiert würde.

Rechts vom Wohnhaus, von dessen Wänden der Putz abblätterte und das Stockflecken aufwies, hing ein Holzschuppen in Schräglage – den nächsten Winter würde der definitiv nicht überstehen. Ein paar zerrupfte Hühner rannten umher und zaunrackendürre dreckige Katzen mit verklebten Augen, die erbärmlich anzusehen waren. Ein neuer Kälteschauer packte Irmi, sie schluckte.

In diesem Moment kam ein älterer Mann aus dem Haus. Groß war er nicht, aber ein zäher, sehniger Typ. Er trug eine höchst antike Lederhose und dazu ein schmutziges Leinenhemd. Seine Füße steckten in Schuhen, die wahrscheinlich schon einen Russlandfeldzug hinter sich hatten. Sein Bart war ungepflegt und der Hut speckig. Schon von Weitem brüllte er: »Wieder so eine fette Tierschutz-Tusse. Scher di vom Hof!«

Sein Dialekt hatte einen eindeutig rheinischen Einschlag, sein Bairisch, das er sich offenbar über die Jahre angeeignet hatte, war doch nie in der Lage gewesen, den Heimatdialekt, die Sprache der Kindheit, zu eliminieren. Irmi sagte nichts.

»Ich lass die Viecher nicht kastrieren, des san meine Viecher. I zeig di an wegen Hausfriedensbruch!«

Der Mann kam näher. Er war kleiner als Irmi und roch unangenehm modrig aus dem Mund: nach Zigaretten und billigem Schnaps.

Irmi brüllte zurück: »Klar, lass sie sich völlig unkontrolliert vermehren! Bloß keinen Kater entmannen! Ist das Männersolidarität? Gefällt euch das, dass einer ungewollte Kinder zeugt und mit allem rauft, was ihm vor die Nase kommt? Taugt dir das? Und du gehörst bestimmt zu den Oberschlauen, die sagen, dass eine Kätzin werfen muss, weil sie sonst keine Mäuse mehr fängt. Ein Schmarrn! Auch kastrierte Katzen fangen Mäuse, viele große Mäusekiller sind Kastraten.«

Er funkelte sie an. »So eine wie du kann eh bloß mit Kastraten.« Er lachte unangenehm. »Was woaßt denn du, was a g'scheiter Mann ist?«

»So einer wie du? Wo solche Viecher rumhuschen, abgemagert, mit chronischem Katzenschnupfen, Würmern und Milben. Ist das männlich? Du hast bestimmt solche jungen, viel zu schwachen Katzenmütter, die beim verzweifelten Versuch, das Junge rauszuziehen, dem eigenen Kind den Kopf abbeißen oder bei der Geburt sterben und verbluten. Ist es männlich, wenn man am Stammtisch erzählen kann, dass der Fuchs den Kälbern bei lebendigem Leib die Ohren abfrisst? Tiere quälen, ihr qualvolles Verenden einkalkulieren – ist das männlich?« Irmi war übel, und die Worte sprudelten nur so aus ihr heraus. Sie wusste gar nicht, wo sie plötzlich hergekommen waren.

Er starrte sie an. »Der Stärkste überlebt. So is des!«

»Survival of the fittest! So ein Schmarrn! Es handelt sich nicht um Wildkatzen, und es sind auch keine wilden Rinder. Sie sind von einem Grattler wie dir abhängig.«

»Hast du grad Grattler zu mir g'sagt, du Schlampe?« Er gab Irmi einen leichten Schubs.

Die fuhr blitzschnell herum, trat ihm in die Kniekehle, woraufhin Leismüller mit einem verdutzten Schnauben zusammensackte. Während er sich berappelte, zog Irmi die Dienstmarke und ihre Dienstwaffe hervor.

»Mangold, Kriminalpolizei. Das war ein tätlicher Angriff auf eine Polizistin. Dazu kommt Beleidigung. Fette Tusse. Schlampe. Ich werd jetzt mal eine Streife kommen und Sie abtransportieren lassen.«

Leismüller erhob sich und setzte seinen Hut wieder auf. Er starrte Irmi an, und auf einmal trat ein neuer Ausdruck in sein Gesicht. »Jetzt kommen S', vergessen wir das. Aber diese Tierschützer sind wirklich lästig. Ich hätte ja sehen müssen, dass Sie keine von denen sind. Sie sind doch ein anderes Kaliber.« Er lächelte schief.

Der versucht doch nicht etwa, mir zu schmeicheln oder mit mir zu flirten?, dachte Irmi angewidert. Der Alte war gefährlich. Und eines war er sicher nicht: dumm.

»Wie war das mit den Kälbern? Und dem Amtstierarzt?«

»Das war eben so. Quasi ein Unfall.« Er verlieh seiner Stimme immer noch etwas Verschwörerisches. So als steckten sie unter einer Decke. Mit so einem würde sie nirgendwo stecken, schon gar nicht unter einer Decke.

»Mit dem Sie sich am Stammtisch gebrüstet haben?« Irmi hatte die Augen zusammengekniffen.

»Ich nicht, mein Sohn. Das sind ja gute Freind, die einem gleich das Amt auf den Hals hetzen.«

»Pius Fichtl, meinen Sie?«

»Der Sack!«

»Der Sack, auf dessen Hof ein Haberfeldtreiben stattgefunden hat. Und Sie waren dabei, vorneweg sogar. War das auch männlich?« Irmi blieb eisern.

»Das war notwendig. Wenn einer sich so querstellt. Der hat's verdient.«

»Weil er nicht mitstreiken wollte?«

»Wir müssen z'sammhalten. Wir müssen dastehen wie ein Mann. Wenn so einer wie der Fichtl, des Bürscherl, der moant, er sei was Besseres, wenn der das nicht kapiert, dann muss man's ihm vermitteln. Des war letzten Sommer.

Hot er mi jetzt ein Jahr später angezeigt? Des is ja schon verjährt.« Er lachte wieder unangenehm.

»Nein, aber er ist tot. Das verjährt nicht so schnell.« Irmi beobachtete ihn genau.

Er war überrascht. Wirklich überrascht. »Tot, der Fichtl?«

»Ja, der Fichtl. Pius Fichtl, des Bürscherl.« Sie sah ihn provozierend an.

Er überlegte kurz. »Was hob i damit zu tun?«

»Gute Frage. Wo waren Sie Mittwoch letzter Woche?«

»Was woaß denn i?«

»Es wäre aber gut, wenn Sie das wüssten.« Der Mann verursachte ihr körperliches Unbehagen.

»I fahr Futtermittel aus, da müsst ich in meinem Kalender nachsehen.«

Himmel, so einer war auch noch Lieferant für Tierfutter. Wohl mit dem Lkw, der so zerdengelt aussah, dass Irmi daran zweifelte, ob das Ding noch TÜV hatte.

»Dann tun Sie das, und außerdem machen Sie mir eine Liste von allen, die am Haberfeldtreiben beteiligt waren. Von allen.«

»Jetzt?«

»Jetzt, ja. Und zwar außerordentlich zügig. Sofort, nicht bloß glei.« Irmi war überrascht, dass Leismüller sich tatsächlich trollte und ins Haus ging. Man hörte von drinnen irgendwelches Geschepper, wenig später kam er wieder. Er hatte ein Schulheft in der Hand, das ihm wohl als Notizblock diente. »Am letzten Mittwoch war i im Miesbacher Raum. Den ganzen Tag.«

»Kann das wer bezeugen?«, fragte Irmi.

»Sicher. Die Kunden.« Er fixierte Irmi mit einem unangenehmen Blick.

»Namen, Anschrift, Telefon.«

Er riss eine Seite aus dem Heft und machte Notizen.

Seine Schrift war überraschend ordentlich. Große geschwungene Buchstaben.

»Wir überprüfen das«, sagte Irmi und wünschte sich weit weg.

Er zuckte mit den Schultern. »I hob nix zu verbergen.«

»Schön. Wo ist eigentlich Ihr Sohn?«

»Ned da.«

»Geht's etwas genauer?«

»Ja, der fahrt au aus. Er ist unterwegs. Kommt sicher erst spat wieder.«

»So, so. Dann können Sie ihm ausrichten, dass er sich auch schon mal überlegen kann, wo er am Mittwoch war.« Und sich gleich mal ein Alibi zurechtlegen, dachte Irmi verbittert. »Und wo sind die Namen vom Haberfeldtreiben?«

»Do auf der Liste.«

Er reichte ihr ein Papier, das sie einsteckte, ohne es genauer in Augenschein zu nehmen. »Sind das alle?«, vergewisserte sie sich.

»Ja, alle. Mir ham alle nix zu verbergen.«

»So, so«, sagte Irmi nochmals. Gerade als sie sich zum Gehen wenden wollte, hatte sie eine Idee. »Ach, Herr Leismüller. Weil wir uns doch jetzt so gut vertragen und Sie ja doch so kooperativ sind, kann ich doch sicher den Tierschutzverein anrufen, damit der die Katzen einfängt. Die Kosten übernimmt ja sowieso der Tierschutz.«

Er schnappte nach Luft, aber Irmi hatte schon ihr Handy am Ohr. »Ja, Gitta, wunderbar. Ich steh in Wallgau am Hof von Tassilo Leismüller. Der Herr Leismüller hat es sich überlegt. Ihr könnt die Katzen holen. Warte, der Herr Leismüller bestätigt das kurz.« Sie hielt ihm das Handy ans Ohr.

Er war ehrlich verblüfft. Dann rotzte er ins Telefon: »Von mir aus, holts die Katzenbagage.«

Irmi strahlte ihn an. »Fein, Herr Leismüller. Fein. Wir melden uns morgen noch mal wegen Ihres Sohnes. Wo der so war. Wiedersehen.«

Leismüller sagte nichts mehr. Im Rückspiegel beobachtete Irmi, dass er ihr nachstarrte.

8

Irgendwie fühlte sie sich besser. Nur hatte ihr das Ganze nicht gerade weitergeholfen. Immerhin hatte sie ein paar Katzen gerettet. Man würde natürlich das Alibi überprüfen müssen, und sie würde sich die Liste ansehen.

Da kam ihr ein Einfall. Sie griff nach ihrem Handy und wählte die Nummer von Vitus Weingand.

»Hallo, Vitus, hier ist Irmi Mangold. Ich hätte da mal eine Frage: Kennst du Tassilo Leismüller?«

Was sie erfuhr, war haarsträubend: Leismüller hatte nicht immer Leismüller geheißen und Tassilo auch nicht. Er war Ende der Siebziger als Theo Hormann in Mittenwald aufgetaucht, ein Düsseldorfer mit großer Klappe und noch größerem Weiberverschleiß. Womit er sein Geld verdiente, hatte keiner so recht gewusst. Mitte der Achtziger hatte er die hübsche und schüchterne Ramona Leismüller, die ihre Eltern verloren hatte, geheiratet und ihren Namen angenommen. Dass er auf ihr Geld aus gewesen war, das war jedem klar. Noch bei der Hochzeitsfeier hatte er eine Bedienung auf dem Damenklo gevögelt, was wohl jeder mitbekommen hatte. Auch die frisch angetraute Gattin.

Damals war das Anwesen ein schmucker Hof in Wallgau gewesen, mit viel Land und Forst. Ramona hatte 1981 ein Kind geboren, das behindert war, und er hatte sie gezwungen, es wegzugeben. Beim Stammtisch hatte er sich damit gebrüstet, dass er seine »Alte jeden Tag in der Küche ordentlich nagele, damit diesmal kein Mongo rauskommt«. 1982 wurde ein zweites Kind geboren, ein gesunder Bub. Vitus wusste zu berichten, dass Ramona Leismüller mehrfach geflüchtet war, einmal sogar ins Frauenhaus nach Peißenberg, sie hatte sich aber nie getraut, ihn zu verlassen. 1990 hatte sie sich schließlich in der Tenne erhängt. Wenig später hatte Tassilo Leismüller eine ganze Menge Grund und Boden verkauft.

Eine junge Dorfhelferin wollte ihn 1991 wegen Vergewaltigung anzeigen, aber der Vater des Mädchens hatte das vereitelt. »Was woaß ma, was die für gemeinsame Leichen im Keller g'habt ham«, meinte Vitus. Das Mädchen war dann weggezogen. Leismüller blieb Junggeselle, die Erziehung seines Sohnes beschränkte sich darauf, ihn morgens ohne Frühstück aus dem Haus zu jagen. Ein paar Vorstöße von Lehrern auf dem Jugendamt hatten auch zu nichts geführt. Aus Theo war Tassilo geworden – wenn ihn jemand Theo nannte, verprügelte er ihn ohne Gnade. Bis zum Ende der Neunziger prasste er mit seinem Geld herum und hielt die Stammtische frei, dann hatte er so ziemlich alles durchgebracht.

Irmi atmete tief durch. Vitus' lakonischer Bericht hatte ihre Übelkeit zurückgebracht, von dem kleinen mentalen Zwischenhoch war nichts mehr zu spüren. Das Tief, das sich in ihr festgesetzt hatte, würde Regen und Tränen bringen und viel Sturm.

Sie fuhr wie in Trance nach Garmisch. Es war fast dunkel, als sie ankam, und im Büro war keiner mehr. Sie sank auf einen Stuhl und versuchte ihre Gedanken zu ordnen. Morgen würden die Kollegen das Alibi von Leismüller überprüfen müssen. Irmi befürchtete, dass es stimmte. Er war der Typ, der immer davonkam, das hatte sein bisheriges Leben gezeigt. Er war brutal und unmenschlich, aber er konnte taktieren und manipulieren. Auch das Alibi der anderen Haberfeldtreiber war zu überprüfen. Die Kollegen würden begeistert sein.

Seufzend förderte sie die Liste zutage. Sie ging Namen

für Namen durch – und blieb an einem hängen. Das durfte doch nicht wahr sein!

Ihr Bruder saß in der Stube, als sie nach Hause kam. Sie hatte gehofft, er wäre beim Wirt, wie so oft. Er sah vom Landwirtschaftlichen Wochenblatt auf.

»Du schaugst aus wie der Tod. Arbeit halt nicht so viel. Du hast doch auch Mitarbeiter. Wo ist denn Kathi, das Rotzgör?«

Normalerweise wäre nun ein Streit übers richtige Delegieren entbrannt, und Irmi hätte ihm im Gegenzug vorgeworfen, dass er ja auch alles selber mache und endlich mal seine tausend Pöstchen abgeben solle. Am Ende wäre der Streit in Geplänkel umgeschlagen, sie hätten ein Bier getrunken und wären ins Bett gegangen. Eingebrannte Rituale unter Geschwistern eben. Er war schließlich ihr Bruder. Und nun musste sie voller Bitterkeit feststellen, dass sie ihn so schlecht kannte. Sie schwieg.

»Ja, wie nun, Schwesterlein? Keine Widerworte?«, stichelte Bernhard.

Da brach es aus Irmi hervor: »Das ist nicht dein Ernst, oder? Du warst beim Haberfeldtreiben dabei? Bist du von allen guten Geistern verlassen? Du bist ein verdammter Sturschädel, aber so gutmütig, wie Mama es war. Dachte ich zumindest bis vor Kurzem. Wie konntest du so was tun?«

»Jetzt bausch das doch nicht so auf«, brummte Bernhard.

»Ach, ich bausch das auf!« Irmi schrie so laut, dass sogar Wally, die fast taub war, den Schwanz einzog und in die Küche flüchtete. »Ihr greift zu archaischen Methoden. Ihr spielt Gerechtigkeit. Und ich Idiot frag dich noch, ob du Fichtl kennst!« Ihre Stimme überschlug sich. »Ich frag dich! Und du hast mir nichts zu sagen?«

»Ach, kimm! Die Bauern haben auch beim Sonnleitner ein Haberfeldtreiben gemacht. Dadurch bekommen wir Aufmerksamkeit für unsere Sache. Auch in der Presse.« Bernhard machte sich an seinen Händen zu schaffen.

»Eure Sache! Ha! Indem ihr einen Kollegen heimsucht und seine alten Leute zu Tode erschreckt? Ihr Idioten!« Irmi war zum Heulen.

»Vielleicht sind da die Pferde mit uns durch. Die Emotionen lagen letztes Jahr echt blank. Da ist manches entgleist.«

»Entgleist! Putziges Wort! Aber Fichtl ist tot! Ist das etwa auch entgleist?«

Bernhard, der bisher leicht verunsichert vor sich hin gebrummt hatte, war nun wirklich bestürzt. »Du glaubst doch nicht, dass einer von uns …? Dass wir Bauern …? Dass ich …?«

»Wir Bauern! Ein tolles Wir. Ein Wir hinter Masken und abscheulichen alten Bräuchen. Klar glaube ich, dass es einer von euch war!« Sie zog überhaupt nicht mehr in Betracht, dass Fichtl verunglückt sein könnte. Aber egal! Sie war in Rage, und es war gut, dass Bernhard in Deckung gegangen war. Dass er in der Defensive war.

»Aber das war letztes Jahr!«

»Ja und? Der Hass schwelt weiter. Fichtl war doch immer und zu aller Zeit nicht angepasst genug für euer Wir. Für die Kampftrachtler, die du deine Kollegen nennst.«

Bernhard schwieg.

Irmi holte aus: »Wo warst du letzten Mittwoch?«

»Du fragst mich nach meinem Alibi?« Bernhard war konsterniert.

»Ja, das ist mein Job. So wie es anscheinend deiner ist, den Rächer des Bauernstands zu geben.«

Nun wurde auch Bernhard wütend. Er brüllte: »Ja, ich sag dir, wo ich war! Ich war mal wieder als Rächer des Bauernstands unterwegs! Und zwar auf der Fischbachalm auf einer Demo. Die neue Frau Landwirtschaftsminister und weitere Politprominenz wollten sich über die Nöte der Bergbauern informieren. Wir waren auch da. Wir Rächer.«

Sarkasmus stand ihm nicht, fand Irmi. Die Lautstärke auch nicht. Bernhard war eigentlich keiner, der brüllen musste.

Doch es hing ein Wort in der Luft: Fischbachalm. In deren Nähe Pius Fichtl zu Tode gekommen war. An genau diesem Tag. Irmi erinnerte sich an einen Zeitungsartikel. »Mittwochsdemo im Karwendel« hatte der geheißen, und der Schreiberling hatte noch versucht, Insiderwissen zu demonstrieren, indem er vom »Bauernsonntag« gesprochen hatte. Und ihr Bruder mittendrin.

Irmi flüchtete aus dem Raum. Riss den Kühlschrank auf. Trank einen großen Schluck Ramazzotti aus der Flasche und noch einen. Die alte Hündin schickte ihr einen Hilfe suchenden Blick. Langsam ging Irmi in die Knie. Dann sackte sie neben Wally auf den Holzdielenboden. Und mit der Abwärtsbewegung kamen die Tränen.

Es verging geraume Zeit, bis Bernhard in die Küche kam und hilflos im Türrahmen stehen blieb. Sie hob den Blick, er reichte ihr zögernd ein zerknülltes Tempo. Bernhard, dieser Bauernschädel! Männer polterten und rumpelten durchs Leben, und ihre Entschuldigungen waren dann so, dass man Hellseher sein musste, um sie als solche zu erkennen. Ihr ein Tempo zu reichen, war so eine linkische Geste – voller Hilflosigkeit.

Irmi schnäuzte sich und kam langsam auf die Knie. So war das Leben immer. Man war am Boden, raffte sich mühsam hoch, ging erst auf die Knie, dann in gebückte Haltung, bis man langsam wieder in die Vertikale gelangte. Aufrappeln musste man sich, immer wieder, den Schmerz irgendwohin verbannen, bis man wieder mit erhobenem Kopf und klarem Blick dastehen konnte.

Irmi rappelte sich auf, ohne die von Bernhard angebotene Hand zu nehmen. Sie sah an ihm vorbei, dorthin, wo in der Spüle ein paar Tassen standen, Brotkrümel die Arbeitsfläche übersäten und wo wie immer jemand vergessen hatte, das angeschnittene Brot in eine Tüte oder in den Brotkasten zu legen. Das Brot würde hart werden, und Irmi würde es an Irmi Zwo, ihre Lieblingskuh, verfüttern. Alles war wie immer, und doch wurde es mit jedem Mal beschwerlicher.

»Ich brauche von dir eine genaue Aufstellung der Leute, die mit dir auf der Fischbachalm waren. Ich brauche Angaben von dir, wo genau du an diesem Tag zu welchem Zeitpunkt warst – vor, während und nach der Veranstaltung. Je genauer, desto besser für dich«, sagte Irmi mit einer Kälte, die sie selber erschreckte.

Bernhard schaute sie verständnislos an.

»Pius Fichtl, der Verhasste, der Verfemte, der euch sogar ein Haberfeldtreiben wert war, kam in der Nähe der Fischbachalm zu Tode. Am Tage eurer werten Anwesenheit.«

Auch ihr stand der Sarkasmus nicht wirklich.

Bernhard schien langsam zu begreifen. »Aber du kannst doch nicht ...«

»Doch, ich kann. Ich muss sogar und kann deinen Namen da nicht raushalten. Weißt du, was los ist, wenn das rauskäme? Dass ich meinen Bruder decke? Aber du hast ja nichts zu verbergen als guter Robin Hood des Bauernstands.« Nein, der Sarkasmus stand ihr nicht.

Ohne ein weiteres Wort ging sie hinaus und die Treppe hinauf in ihr Schlafzimmer, wo Kater schon lag und ein Auge öffnete. Er schien ihr zuzuzwinkern. Ein leises Lächeln huschte über Irmis Gesicht. Es war gut, dass es Vierbeiner gab in einer Welt verbohrter, eigensinniger, böswilliger oder auch kranker Zweibeiner. Sie schlief schnell ein, trotz oder gerade wegen ihrer Erschöpfung.

Als sie am nächsten Morgen in die Küche kam, war der Kaffee bereits aufgebrüht, und zwei Blätter lagen auf dem Tisch. Bernhard hatte ihr die Namen der Demonstranten aufgeschrieben, drei Namen deckten sich mit denen vom Haberfeldtreiben. Bernhard war dabei gewesen, ein gewisser Anton Ott und Franz Diepold. Beide aus Nachbargemeinden von Garmisch. Die anderen stammten vor allem aus dem Miesbacher und Tegernseer Raum.

Das zweite Blatt enthielt eine Aufstellung über Bernhards Erlebnisse am vergangenen Mittwoch. Von der Stallarbeit am Morgen über die Fahrt zum Hof von Anton Ott, von wo aus ihn der Kollege mitgenommen hatte. Von einem kurzen Frühschoppen in der Post in Krün über das Treffen aller beim Sägewerk bis hin zu den Gesprächen auf der Alm. Von der Abfahrt über eine erneute Einkehr, diesmal in Kaltenbrunn, bis zur Ankunft bei Ott, wo Bernhard laut seinen Aufzeichnungen bis zur Stallzeit gewesen war.

Irmi trank ihren Kaffee und starrte auf Bernhards Gekrakel. Das war natürlich alles recht und schön, klar war aber auch, dass inmitten des brodelnden Emotionskessels auf der Alm jeder die Gelegenheit gehabt hätte, sich zu absentieren. Und theoretisch bestand auch die Möglichkeit, dass sich Bernhard und Ott gegenseitig Alibis geben konnten.

Irmi kannte diesen Toni Ott. Er war einer dieser schon fast ausgestorbenen Bauern, die ihre Kühe noch täglich putzten. Und Diepold war Ende zwanzig und sah eher wie ein E-Technik-Student aus als wie ein Bauer. Ein kluger junger Bursche. Irmi waren die Männer immer eher besonnen vorgekommen, wenn sie die hitzigen Diskussionen bei sich zu Hause in der Küche so am Rande mitverfolgt hatte.

Aber sie hatte Bernhard bisher auch immer als gutmütig eingestuft. Gerade kam er aus dem Stall und drückte sich im Türrahmen herum.

»Morgen«, sagte Irmi kühl. »Ich hab mir das angesehen und geb das so an die Kollegen weiter. Kann sein, dass sich jemand bei dir meldet. Wir überprüfen alle deiner Haberfeld-Freunde. Sei so nett und gib ohne größere Aktionen Auskunft, ja?« Sie wandte sich um und stapfte nach draußen.

An diesem Tag war sie früh dran. Nach und nach trudelten die Kollegen im Büro ein, und Irmi berief eine kleine Runde ein. Kathi sah müde aus, und in Irmi stieg plötzlich eine Woge von Verärgerung hoch. Wieso hatte Kathi sie belogen? Aber das war ein anderes Thema, eines, das auf später vertagt wurde.

Irmi erklärte den Sachverhalt und verteilte Teams, die die ganzen Haberfeldtreiber befragen sollten. Es ging ein Raunen und Murren durch die Runde. Kathi sollte überprüfen, wer bei der Bauerndemo auf der Alm gewesen war.

»Hat jemand irgendwelche Probleme?«, fragte Irmi am Ende ihrer Ausführungen ziemlich barsch.

Kathi schien zu einer Rede anheben zu wollen, aber Irmis frostiger Blick stoppte sie.

»Gut. Dann treffen wir uns um fünfzehn Uhr wieder. Ich muss weg.« Und ohne weitere Erklärungen verließ sie das Büro. Noch auf der Treppe hörte sie das erboste Stimmengewirr. Das Leben war eben kein Ponyhof, dachte sie verbittert. Die Arbeit auch nicht.

9

Obwohl Fichtl in den letzten Monaten offenbar wenig Freunde gehabt hatte, war der Friedhof zum Bersten gefüllt. Aber so war das auf dem Land. Hochzeiten und Todesfälle – da war man auf den Beinen. Wo Irmi in ihren jungen Jahren noch die Scheinheiligkeit solcher Veranstaltungen angeprangert hatte, war sie heute differenzierter. Natürlich kamen die Dorfratschen und die Freibiernasen, aber es kamen eben auch jene, die der Familie damit ihre Reverenz erweisen wollten.

Der alte Fichtl war eine Institution gewesen: Vorstand der Blasmusik, Feuerwehrkommandant. Er und seine Frau stammten aus jener Zeit, in der man die Kühe noch täglich geputzt hatte. Das Wort Silofolie hatte der alte Fichtl nicht mal aussprechen können, und die heutige Laufstalllandwirtschaft war nicht mehr seine Welt. Und auch der Sohn Pius war letztlich ein Fichtl gewesen. Der Bergsteiger, das hübsche Blauauge.

Irmi war froh, dass es kein offenes Grab gab, sondern nur eine einfache Urne. Dahinter stand mit regungslosem Gesicht die Mutter. Bartholomäus Fichtl sah heute deutlich schlechter aus als beim Gespräch in seiner Küche. Der Anblick von Peter Fichtl versetzte Irmi einen Stich. Diese Augen so blau. Sie nickte ihm unmerklich zu, schwenkte ihren Weihwasserbuschen, trat zur Seite und blieb an der Mauer stehen. Ihr Blick glitt über den Friedhof, wo sie sich in Reih und Glied bis zur Grabstelle drängten.

Hinter einem hohen polierten Stein stand eine junge Frau. Sehr blond, sehr verweint, sehr hübsch. Irmi blieb stehen, während sich die Menschen allmählich zerstreuten oder zur Gaststätte strebten, wo der Leichenschmaus stattfinden sollte.

Als alle fort waren, trat das Mädchen näher, legte eine hellrote Rose unendlich langsam nieder. Ihre Schultern bebten. Als das Mädchen sich umwandte, erschrak es kurz und murmelte dann ein »Entschuldigung«.

Irmi lächelte sie an. »Verzeihen Sie. Ich hab Sie erschreckt.« Sie zögerte kurz. »Ich bin Irmi Mangold von der Kriminalpolizei. Ich nehme mal an, Sie kannten den Toten näher?« Das war eine blöde Frage, dachte Irmi, aber was sollte man in einer solchen Situation schon fragen?

Das Mädchen begann zu weinen.

Nach einer Weile meinte Irmi leise: »Würden Sie einen Kaffee mit mir trinken? Oder gehen Sie zum Leichenschmaus?«

»Ganz sicher nicht.« Irmi registrierte einen Akzent, den sie nicht gleich einordnen konnte. »Ich geh nicht in den Stern. Ich doch nicht.«

Der Stern, natürlich. Wo sonst würde man eine schöne Leich abhalten! Eine Traditionsfamilie ging in den Stern, und die Fichtls gehörten definitiv zum Inner Circle. Es war ein Clan, der seine Bergvorfahren ungefähr bis zu jenen Karwendelhaudegen zurückverfolgen konnte, die damals an der Porta Claudia mitgebaut hatten.

Es war still, irgendwo sang ein Vogel. Eine dicke Hummel schwirrte heran und umsummte einen der Kränze.

»Pius mochte Hummeln. Er sagte immer, sie würden Glück bringen«, sagte das Mädchen leise.

Die junge Frau hatte einen holländischen Akzent, das war es! Sie klang wie Rudi Carrell oder eher wie Frau Antje. Sie sah auch so aus. Blond, genauso blauäugig wie Fichtl. Sie hatte eine sportliche, kräftige Figur, sah aus wie ein Mädchen, das zupacken konnte.

»Gehen wir?«, fragte Irmi.

Sie nickte. Schweigend liefen sie nebeneinander her. Durch Mittenwalds Gassen, vorbei an leicht vernachlässigt wirkenden Gästehäusern. Sie passierten den Bahnhof, der den Charme einer Industriebrache verströmte und kaum eine Visitenkarte für einen Touristenort war. »Mittenwald – ein gutes Gefühl« – so lautete der Slogan der Karwendelgemeinde. Rechts würde demnächst ein Fünf-Sterne-Hotelkomplex entstehen, sogar das Schwimmbad wurde deshalb verpflanzt. Wellness, Spa, Event – das waren die Schlagworte all jener, die trotz Wirtschaftskrise offenbar genug Geld hatten. Die touristische Schere ging weiter auf: Hotelzauberberge wie das Kranzbach boomten, der günstige Urlaub auf dem Bauernhof ihrer Nachbarin auch. Die ganz normale Pension ihrer Tante jedoch wurde höchstens mal von einem abgewrackten Staubsaugervertreter besucht.

Wie zufällig verlangsamte Irmi ihren Schritt am Café Hochland. Bis auf zwei Mountainbiker waren sie allein auf der Terrasse. Irmi konnte sich nicht helfen, aber auf einmal hatte sie geradezu animalische Gelüste. Ihre Bestellung – ein Helles und dazu Käsekuchen – rang der Bedienung ein Lächeln ab, der jungen Frau auch. Sie nahm ebenfalls ein Bier – allerdings ohne Käsekuchen.

Irmi schwieg noch immer, wohl wissend, dass Schweigen manchmal besser war. Es lockerte die Zungen, weil die meisten Menschen Wortlosigkeit nicht ertragen konnten.

Irgendwann fragte das Mädchen: »Sie sind von der Kripo. Wegen Pius. Ermitteln Sie?«

Ihr Akzent war hinreißend, das ganze Mädchen war hinreißend!

»Sagen Sie mir zuerst, wie Sie heißen?«, fragte Irmi mit einem Lächeln.

»Oh, entschuldigen Sie. Meike.«

»Meike, sind Sie Holländerin?«

»Nein, Belgierin. Ich bin aus Brügge.«

»O, wie schön! Ich war da mal, auf dem Weg zur Irlandfähre in Zeebrügge. Was macht denn so ein Küstengewächs hier im Gebirge?«

Meike lächelte, was sie noch hinreißender machte. »Ich arbeite auf der Alm.«

Irmi runzelte die Stirn. War sie eine dieser jungen Frauen auf dem Selbstfindungstrip? Ein Mädchen, das sich irgendwo in der Tiefebene eine Idee von der Almenromantik zusammengestrickt hatte? Dabei war das ein Knochenjob! Irmi wusste, wovon sie sprach. Sie hatte früher mal einen Almsommer in Graubünden verbracht. Und sie wusste, dass hier in Oberbayern der Almwirtschaftliche Verein Leute aller Altersklassen an jene Bauern vermittelte, die Bedarf hatten. »Alle schauen so wie Sie«, sagte Meike. »Wir waren früher immer zum Skifahren hier. Meine Mutter ist übrigens aus Deutschland, vom Kaiserstuhl. Ich liebe die Berge. Und ich studiere zu Hause Agrarwissenschaft. Ich wollte mal die andere Seite sehen, was von der Transhumanz heute noch übrig ist.«

Irmi lächelte. »Hm, Almen haben Sie in Belgien wohl keine?«

»Nein! Was mich fasziniert hat, ist die Tatsache, dass trotz vieler Betriebsaufgaben im Flachland die Abnahme von Bergbauern viel geringer ist.«

»Tatsächlich?«

»Ja, die Abnahme liegt bei nur 1,5 Prozent. Mein Professor sagte, das wäre aber logisch, weil es sich im Alpenraum um absolute Grünlandlagen handelt, die nur mit Wiederkäuern sinnvoll genutzt werden könnten.« Sie betonte die Worte akkurat, sie sprach gewählt.

Ein ungewöhnliches Mädchen, fand Irmi. »Stimmt«, meinte sie. »Und was hat er noch gesagt, der Herr Professor?«

»Dass es ums Emotionale geht, um die enge Bindung der Bauern an ihren Grund, an ihr Erbe. Dass gerade Bergbauern im Nebenerwerb wirtschaften. Wenn mehrere Generationen Hand in Hand arbeiten, hat man sein Auskommen, die Frau vermietet Fremdenzimmer, der Mann arbeitet beim Maschinenring oder fährt Schneepflug. Und die Almwirtschaft bleibt konstant.« Die hübsche Belgierin schaute finster drein.

»So weit die graue Theorie – wollen Sie das sagen? Deute ich da Ihre Miene richtig?«, fragte Irmi mit einem prüfenden Blick auf das Mädchen. »Zu viel Almromantik?«

»Ach, ich wusste schon, dass da harte Arbeit auf mich wartet. Mir war auch klar, dass die Almen zuwachsen. Früher gab es auf den Almen spezielle Almputzer, die nichts anderes taten, als die Weiden freizulegen. Das mach ich heute, und das ist viel Arbeit, viele Höhenmeter sind das. Man bleibt fit, das ist der Vorteil.«

Dennoch hatte Irmi das Gefühl, dass sich bei der jungen Frau, die anscheinend so gut vorbereitet gewesen war, die Erwartungen nicht mit der Realität deckten. »Trotzdem sind Sie ein wenig enttäuscht?«, fragte Irmi schließlich vorsichtig.

Meike hatte den Kopf gesenkt, wippte ihr Bierglas hin und her. Plötzlich riss sie den Kopf hoch. »Ja, ich bin enttäuscht. Von den Menschen. Als ich hier ankam, waren alle supernett zu mir. Es sprach sich natürlich herum, dass eine blonde Belgierin da ist, ich wurde sozusagen besichtigt. Ich war ein paar Mal unten im Dorf am Stammtisch dabei, die Leute waren wirklich superlieb zu mir.«

Irmi lächelte. »Und ich nehme mal an, es gab eine Reihe von jungen Burschen, die interessiert waren?«

»Ja, natürlich. Nicht bloß die Jungen. Aber es war Spaß. Wie sagt man? Alle blieben Kavaliere.« Sie machte eine Pause und lächelte ein wenig wehmütig. »Die ersten

Wochen waren richtig schön. Die Männer wussten, dass bei mir nichts geht, und ich war so eine Art Maskottchen.«

Irmi ahnte, worauf es hinauslief. »Aber dann kam Pius? Pius Fichtl?«

Tränen waren in Meikes Augen getreten. Irmi wühlte in den Taschen und reichte ihr ein Tempo.

»Pius kam mit ein paar Haflingern. Wir haben ja auch Pferde oben. Dann kam er eines Tages mit dem Mountainbike. Hier sind ja einige mit dem Rad unterwegs.«

»Er sah sehr gut aus«, bemerkte Irmi und betrachtete das Mädchen.

»Ja, aber das war es nicht.«

Irmi nahm das Bier in Empfang, schenkte die beiden Gläser voll. Wartete.

»Klar sah er gut aus, besser als die anderen. Ich meine, die Jungs hier haben gerne mal einen Bauch. Auch die Jüngeren. Das gefällt mir nicht so.«

Irmi musste lachen, das entkrampfte die Situation irgendwie. Meike lächelte nun auch.

»Stimmt doch, oder? Die trinken alle zu viel Bier. Aber Pius war auch sonst anders. Er war viel erwachsener. Mit ihm konnte man reden. Er wusste, was er wollte. Er ...« Nun kamen die Tränen wieder.

Irmi überlegte. Was wusste sie letztlich über Pius Fichtl? Er war der Jungbauer, der sich ins Abseits manövriert hatte, der alle gegen sich aufgebracht hatte, der mit dem Kopf durch die Wand gewollt hatte. Den sie dennoch nicht gehasst hatten. Sie hatte ihn nicht gekannt, sie wusste nur, dass Bernhard auf ihn reagierte wie der Kampfstier auf das rote Tuch. Dass in der Arena hitzige Diskussionen entbrannt waren, dass es kleinere Schlägereien gegeben hatte. Dass sie ein Haberfeldtreiben initiiert hatten, die sauberen Freunde ihres Bruders.

Die Wut in ihr kehrte zurück. Sie erinnerte sich voller

Groll daran, dass Peter Fichtl in verquerer Logik dieses Haberfeldtreiben sogar als Auszeichnung verstanden hatte: Das hätte man nicht wegen jedem getan. Wegen eines Fichtls aber schon.

»Meike, wussten Sie, dass Pius ziemlich unbeliebt war? Dass er viel Ärger hatte mit den anderen Bauern?«, fragte Irmi.

Nun sah Meike fast entrüstet aus. »Sicher, sie haben sich gezankt wegen des Milchstreiks. Natürlich haben wir darüber geredet. Pius hatte eben andere Ansichten.«

»Ja, und damit hat er provoziert.« Irmi gab sich Mühe, neutral zu klingen.

»Ach, das ist so typisch!« Meike geriet in Rage. »Wenn alle etwas tun, muss es recht sein. Ist das Demokratie? Sind das denn Lemminge? Ist das schlau, wenn alle in eine Richtung rennen?«

Sie war nicht nur hübsch, sie war auch klug. Sie war bereit, für ihre Ideen einzustehen. Irmi atmete tief durch und sagte dann: »Wissen Sie, mein Bruder und ich, wir haben zu Hause auch eine kleine Landwirtschaft. Mein Bruder ist vom Verfall des Milchpreises akut bedroht. Wenn einer wie Pius dann nicht solidarisch ist mit den Streikenden, dann gibt das böses Blut.«

»Das ist mir klar, ich habe Pius auch gesagt, er soll mitstreiken, aber er war der Überzeugung, dass das alles nichts bringt. Hat es ja auch nicht. Pius hat immer gesagt, dass die Molkereien dann Milch aus dem Osten holen, dass in der allgemeinen Hektik und Panik diese Milch dann auch gar nicht mehr kontrolliert wird, weil die Anlagen in den Molkereien ja weiterlaufen müssen. Pius war tief überzeugt, dass in einer so eng verflochtenen ...« Sie unterbrach sich. »Sagt man das so? In einer eng verflochtenen Welt?«

Irmi nickte. »Ja, Ihr Deutsch ist sowieso perfekt.«

Sie lächelte. »Ich sprech mit meiner Mutter immer

Deutsch. Also in so einer Welt, wo die Aktion eines einzigen Landes nichts bringt. Und so war es doch auch. Bei Hochland in Schongau haben sie ungarische und polnische Milch angeliefert. The Show must go on!«

»Aber es ging doch auch darum, ein Zeichen zu setzen! Den Verbraucher wachzurütteln!«, rief Irmi. Sie wusste, dass diese ganze Sache sie viel zu stark emotional berührte. Viel zu stark für eine ermittelnde Kommissarin.

»Wie gesagt, ich bin da auch eher Ihrer Meinung, aber Pius konnte eben nicht gegen seine Überzeugung ankämpfen. Hier macht man viel ›wegen de Leut‹, oder? ›Wegen de Leut‹ hätte er mitstreiken sollen, aber genau das wollte er nicht. Die wenigsten sehen die größeren Zusammenhänge, scheint mir.«

Irmi runzelte erneut die Stirn. Musste sie sich von einer Zwanzigjährigen die Welt erklären lassen? Größere Zusammenhänge – was für eine hochtrabende Formulierung!

Meike ignorierte Irmis Blick und fuhr fort: »Die wenigsten wissen doch, dass der Verfall des Milchpreises auch damit zu tun hat, dass Ersatzprodukte inzwischen billiger sind als echte Milch. Solange echte Milchprodukte zum Beispiel für Pizzakäse subventioniert waren, verwendeten die Firmen auch Milch. Der Wegfall dieser Subventionen fiel mit dem Milchstreik zusammen. Jetzt ist Synthetik eben billiger, und wir fressen Plastik auf der Pizza. Da steht dann ›analoger Käse‹. Wer weiß denn schon, was das heißt?«

Irmi musterte das Mädchen. Was sie sah, war eine junge Frau im Disko- und Partyalter, doch wen sie hörte, war eine mindestens Dreißigjährige, die ruhig und sachlich argumentieren konnte. Fast schmerzlich wurde ihr bewusst, dass sie selbst den Elan der Jugend verloren hatte. Das Diskutieren, das Die-Welt-retten-Wollen gehörten der Vergangenheit an. Sie machte ihren Job, sie funktionierte, sie nutzte kleine Fluchten ins Holz oder mal ins Gebirge zum Wiedererstarken. Sie konnte auf Stammtischniveau mitdiskutieren, mit Halb- oder Viertelwissen.

Irmi räusperte sich, eine typische Übersprungshandlung. »Das mag ja alles stimmen, aber für mich geht es um mehr.«

»Frau Mangold, mal ganz ehrlich: Die Existenz mancher Betriebe ist bedroht, das leugne ich nicht, die meisten aber werden mit Einschnitten überleben können.«

Irmi geriet in Rage. »Na ja, so einfach ist das auch nicht, wie Sie meinen! Einschnitte! Da müssen Bankkredite bedient werden, viele haben neue Laufställe gebaut.«

»Ich behaupte ja auch nicht, dass das ein Spaziergang ist, aber die meisten Kleinbauern haben noch einen Job, vermieten Zimmer, verkaufen Holz. Ich will das gar nicht schönreden. Aber man überlebt. Wer aber nicht überlebt, sind die Großen. So ein Betrieb im Osten mit ein paar Tausend Kühen hat sechs Angestellte, die er bezahlen muss. So ein Betrieb verliert im Monat zwanzigtausend Euro. Da ist kein Spielraum, da sind keine Rücklagen, da kann man keine Gehälter mehr auszahlen. Die gehen kaputt, unweigerlich, da wo der Kleine noch Spielraum hat.«

Wieder konnte Irmi wenig dazu sagen. »Und am Ende kriegen die Kleinen dann wieder bessere Preise, weil die Großen raus sind«, konstatierte sie schließlich und merkte, dass das wie eine Frage klang.

»Das kann passieren«, sagte Meike. »Eine gewisse Schizophrenie. Erst macht die Preistreiberei der Großen die Kleinen kaputt, und dann verenden sie an ihrer eigenen Gier.«

Irmi versuchte den Faden wiederzufinden. »Also, das waren die Argumente von Pius Fichtl, nehme ich an?«

»Ja, er war sehr gut informiert, hat im Internet recherchiert, hat sich mit Jungbauern in Mecklenburg ausgetauscht ...« Sie stockte, Tränen traten in ihre Augen. Irmi reichte ihr noch ein Taschentuch. »Aber seine Argumente wollten die hier nicht hören. Die haben lieber gepoltert und gewettert.«

Irmi wusste genau, was Meike meinte. Das Mädchen hatte recht. Nur wer informiert war, wer ein profundes Hintergrundwissen hatte, konnte überzeugen. Aber wer aufrichtig war und klug, wurde skeptisch beäugt. Wer besser war, brachte den Pöbel gegen sich auf. Sprichmacher, Spruchbeutel – so hatten sie Fichtl genannt. Fichtl hatte argumentiert, anstatt zu polemisieren. Polemik kam aber besser an. Und auf einmal wurde ihr klar, wie sehr dieser Pius Fichtl gefährdet gewesen sein musste. Er war anders. Und das konnte auf dem Land tödlich sein. Sie schluckte.

»War es ihm egal, dass alle gegen ihn waren?«, fragte sie schließlich.

»Nein, natürlich nicht! Er war wütend und traurig. Aber wir hatten ja uns.«

Zwei junge Menschen, zu zweit gegen alle. Wie lange konnte man das aushalten?, fragte sich Irmi. Wie lange konnte der Mensch es überhaupt aushalten, ein Aussätziger zu sein? Zumal hier, wo Gemeinschaft noch etwas zählte.

»Wurden Sie denn auch angefeindet, Meike?«

Sie nickte. »Ja, das G'spusi vom Verräter, haben sie gesagt. Es kam kaum mehr jemand auf die Alm. Im Dorf unten haben sie nicht mehr gegrüßt. Ich bin auch nirgends mehr hin. Und auf dem Hof hatte ich ja sowieso Hausverbot.«

»Wie, Hausverbot?«, fragte Irmi.

»Pius hat mich mal zum Kaffeetrinken mitgenommen, und da hat mich sein Vater rausgeworfen.«

»Bitte?«

»Pius hat ihnen erzählt, dass wir uns verlobt hätten. Haben wir auch.« Sie zeigte vorsichtig ihren Ringfinger, den ein schmaler Goldring zierte.

»Sein Vater hat auf den Tisch gehauen und gesagt,

dass keine dahergelaufene studierte belgische Bäuerin seinen Hof bekäme. Das Erbe seiner Vorfahren. Pah, als ob das heute noch zählt. Anstatt dass er froh war, dass sein Sohn überhaupt weitermachen wollte. Dass er eine Frau gefunden hatte, die bereit war, mit ihm diesen Weg zu gehen.«

Irmi schluckte. Sie fühlte sich, als müsse sie sich entschuldigen für ihre Landsleute. Diese Betonschädel hinter den hohen Gipfeln, wo es mehr Schatten gab als Licht. Irmi wusste nicht, was sie sagen sollte, was nicht eine Plattitüde gewesen wäre. Aber Meike machte es ihr leicht, indem sie weitersprach.

»Pius war wahnsinnig wütend, ich musste ihn beruhigen. Seine Mutter wollte vermitteln. Sie ist eine Liebe, und ich glaube, Bartl hat der Satz schon leid getan, als er ihn ausgesprochen hatte. Er ist so einer mit einer harten Schale, aber drinnen sieht es anders aus. Glaub ich. Außerdem vergöttert er seine Frau. Das ist ja selten bei so alten Leuten.« Sie machte eine Pause.

Die beiden Fichtls verband etwas Unsichtbares, stärker als das Leben und stärker als der Tod – das war auch Irmis Eindruck gewesen.

Meike fuhr fort: »Pius hat mich regelrecht aus dem Haus gezerrt, da war keine Zeit mehr, etwas richtigzustellen. Ich glaube, er hätte seinen Vater am liebsten erwürgt. Aber zum Glück hat er sich wieder beruhigt, wir haben in den nächsten Tagen viel geredet, und aus einer Idee wurde ein konkreter Plan.«

»Plan?«

»Pius wollte mit den Kühen aufhören, so oder so. Entweder wir hätten auf seinem Hof etwas Neues begonnen, oder wir wären weggegangen. Pius hätte dazu den Hof verkaufen müssen. Er musste dazu mit seinem Bruder reden, dem ja ein Teil zusteht. Und dann war auch noch zu klären, wie genau der Wortlaut im Übergabevertrag ist. Ob er überhaupt verkaufen konnte.«

Irmi kannte das Problem. Wenn die Alten in den Austrag gingen, gab es oft Klauseln, die dem Nachfolger den Verkauf von Feldern oder Forst untersagten. So richtig trauten die Alten der Jugend nicht. Wer wollte es da den Jungbauern verdenken, dass sie den eigenen Vater ins Jenseits wünschten?

»Was hattet ihr denn vor?«, fragte Irmi schließlich.

Sie lächelte. »Wahrscheinlich schauen Sie nun genauso wie alle anderen. Wir wollten Bisons züchten!«

»Bisons?«

»Ja, genau die. Bisons sind perfekt angepasst an sehr heiße, trockene Sommer im Wechsel mit extrem kalten und schneereichen Wintern. Bisonfleisch ist sehr würzig und zart. Es enthält mehr Protein und Nährstoffe als Rindfleisch und hat weniger Kalorien und weniger Fett. Bisons leben von Raufutter, ohne Mastmittel, Hormone, Wachstumsstoffe oder Antibiotika. Eine naturnahe Tierhaltung ist das und rentabel.« Meike nickte zur Beteuerung.

»Kann man die einfach so halten?«, hakte Irmi nach, die sich über Bisons noch nie Gedanken gemacht hatte.

Meike lachte. »Nicht wie Hasen oder Schafe. Man muss bei der zuständigen Kreisverwaltungsbehörde eine Genehmigung zur Errichtung eines Bisongeheges beantragen. Man benötigt einen zwei Meter hohen Geflechtzaun, der durch einen elektrisch geladenen Stromdraht an der Innenseite zusätzlich gesichert ist. Und dann braucht es eine Fanganlage mit Rondell, Treibgang und Behandlungsstand.«

»Eine ziemliche Investition, oder?«

»Sicher, aber wir haben uns gut informiert. Die Amtstierärztin in Garmisch hat uns beraten, sie war vorher in Landshut und hatte da mit Bisons zu tun. Wir haben einen

Züchter in Niederbayern besucht, Klaus Weinfurtner. Er hat sechzig Tiere, und die sind ungeheuer beeindruckend«, sagte Meike.

»Haben Sie Ihren Plan denn jemandem vorgestellt?«, fragte Irmi.

»Na ja, wir haben mal vorgefühlt, ob man daraus nicht auch einen touristischen Nutzen ziehen könnte.«

So wie sie das sagte, war Irmi klar, dass die Antwort eher negativ ausgefallen war. Hier wurden schon Leute angefeindet, die Westernpferde hielten oder Isländer. Das Standardargument lautete: De san ned von do. Nein, waren sie nicht, aber die Holsteiner Kühe, die so mancher Bauer in seiner Herde hatte, waren auch nicht »von do«. Aus dieser Gegend kamen Murnau-Werdenfelser wie ihre Lieblingskuh Irmi Zwo, die einem methusalemischen Kuhalter zustrebte. Aber diese Rassen waren eben zäh und geländegängig, keine wandelnden Fleischberge und keine Milchmaschinen.

»Wir dachten, wir könnten ein Erlebniszentrum für Kinder machen. Eins, das das Drama der Bisons und der Indianer erklärt. In ihrem klassischen Lebensraum gab es zeitweise zwischen 34 und 120 Millionen dieser Tiere. Mit den europäischen Einwanderern kam die Vernichtung. Für die Mounties, die kanadische Polizeieinheit, wurden riesige Herden umgebracht, um Bisonfellmäntel zu gewinnen. Und bald schon schossen Europäer aus der Canadian Pacific Railway heraus diese Tiere zu Hunderttausenden nieder und ließen sie verrotten! Sie taten das aus Spaß an der Jagd, aber auch, um damit den Indianern ihre Lebensgrundlage zu entziehen. Denn die Indianer jagten Bisons und verwendeten das ganze Tier, Fleisch, Felle. Die Bisonjagd involvierte das ganze Dorf, der Medizinmann legte einen günstigen Tag fest, die Frauen sprachen Beschwörungsformeln, denn das Unterfangen war lebensgefährlich.«

Irmi starrte das Mädchen an. Sie hätte sich gewünscht, einfach so aus dem Stegreif reden zu können. Ohne Vorbereitung, ohne Spickzettel. Mit dieser Energie und diesem Wissen. »Sie sind sehr gut informiert«, sagte sie lahm.

»Es gab ein Konzept, einen Wirtschaftsplan. Und weil die hier so verbohrt sind, wollten wir das woanders machen. Drüben in Tirol vielleicht. Ist ja nicht weit, aber offener«, sagte Meike schlicht.

Irmi war aufgewühlt. Wegen des Mädchens, aber auch weil ihr mehr und mehr bewusst wurde, dass Fichtl noch ganz andere Feinde gehabt haben konnte. Neider unter den Nachbarn, Neider unter den Touristikern. Es war das alte Lied: Wer etwas bewegte, setzte damit auch das gesamte Spektrum an Neid und Missgunst in Bewegung.

Irmi atmete tief durch. »Ich nehme mal an, deshalb war Pius am Ende auch der Milchstreik egal?«

»Ja, aber erst später. Viel später. Er hatte sich anfangs so sehr reingekniet. Er wollte mit einer Delegation von jungen Bauern zum Landwirtschaftsminister und ihm klarmachen, dass man eine Molkerei ins Boot holen müsse. Sie hier in Bayern haben mit der Milch das ja wohl am besten überwachte Lebensmittel der Welt! Pius' Idee und die einiger anderer war es, dass man Milch als Qualitätsprodukt vermarkten müsse.«

»Na ja, das tun ja einige Biomolkereien schon«, warf Irmi ein.

»Ja, aber das ist doch keine Lösung. Eine große, ich sag mal: normale Molkerei müsste da mit großem Marketingbudget einsteigen. Sie glauben doch nicht, dass irgendein Konsument weiß, wie gut die Milch in Bayern überwacht ist.«

Irmi schüttelte den Kopf. Nein, das wussten in der Tat die wenigsten. Aber sie wussten, welcher Supermarkt gerade wieder die Preise gesenkt hatte. »Hat Pius also aufgegeben?«

»Er hat seine Mitmenschen aufgegeben, wenn Sie so wollen. Aber nicht die Idee, mit Landwirtschaft Geld zu verdienen.«

Das warf ein völlig neues Licht auf den Fall. Was, wenn die Eltern davon Wind, und was, wenn der Bruder Angst um seine Pfründe bekommen hatte? Was, wenn die Familie diesen Plan hatte vereiteln wollen? Wenn der Bruder in Rage geraten war? Wenn Peter seinem Zwillingsbruder den Schädel eingeschlagen hatte? Die meisten Verbrechen geschahen im engsten Kreise, weil hier auch die engsten Bande bestanden. Bande, die einschnürten. Fesseln, die einschnitten. Verletzungen, die wie Feuer brannten.

»Und Pius war auch am vergangenen Mittwoch bei Ihnen oben, um gemeinsam mit Ihnen eine definitive Zukunftsentscheidung zu treffen?«

»Ja, und er wollte am Morgen gleich eine kleine Biketour machen. Um den Kopf auszulüften. Er ist nicht wiedergekommen.«

»Haben Sie ihn denn nicht gesucht? Ich meine, wenn jemand einfach so verschwindet ...« Irmi war sprachlos.

»Es herrschte den ganzen Tag die pure Hektik auf der Hütte. Ich habe ab Mittag ab und zu sein Handy angerufen, aber ich hatte viel zu tun. Da waren ja diese ganzen Politiker. Erst abends habe ich es immer und immer wieder versucht. Sonst konnte ich wenig tun. Hätte ich bei ihm zu Hause anrufen sollen? Ich? Mir stand das nicht zu. Ich existiere doch gar nicht für die!«

Irmi wollte sich nicht ausmalen, was Meike die letzten Tage durchgestanden hatte. Die Angst, die Ungewissheit, schlimmer noch: ganz allein zu sein, allein mit ihrer Angst und ihrer Hilflosigkeit. Mit dem Gefühl, langsam durchzudrehen. Und nun war ihr Freund tot. Ach was – ihr Verlobter, derjenige, mit dem sie eine Zukunft erdacht hatte. Nicht nur erträumt, nein, eine konkrete Zukunft war das gewesen.

Nach einer Weile sagte sie: »Meike, was machen Sie denn nun?«

»Meine Mutter kommt morgen. Sie bleibt eine Weile. Ich möchte den Almsommer noch beenden. Er dauert nicht mehr lange. Sie können mich nicht vertreiben.«

Irmi nickte. »Das ist gut.« Sie meinte eigentlich, dass es gut war, die Mutter da zu wissen. Aber es war auch gut, sich nicht vertreiben zu lassen. »Darf ich Ihre Handynummer haben? Für den Fall, dass ich noch Fragen habe?«

Meike nickte, kramte in ihrem Rucksack, förderte einen Stift zutage und kritzelte die Nummer auf einen Bierdeckel. Sie sah Irmi fest an. »Werden Sie mir sagen, was passiert ist?«

»Werde ich. Natürlich.«

»Unfall oder Mord.« Dabei sprach sie das Wort »Mord« deutlich leiser aus als »Unfall«. Sie flüsterte es, hauchte das Unfassbare hin.

»Meike, es gibt nichts, was ich Ihnen momentan sagen könnte. Wir tappen im Dunkeln. Aber ich danke Ihnen für Ihre Offenheit. Viel Glück.«

Meike gab ihr die Hand. »Pius war ein toller Kerl und ein guter Mensch, auch wenn das andere nicht so gesehen haben.«

»Sicher«, sagte Irmi, obwohl sie das gar nicht sicher wissen konnte. Da fiel ihr noch etwas ein. »Sagen Sie: War am Tag seines Verschwindens jemand auf der Alm, den Sie kannten?«

»Ja, da waren sogar einige, die ich zumindest vom Sehen kannte. Da oben ist ja auch die Hütte vom Bayerischen Landtag, und es fand so ein Treffen der Bauern mit der Landwirtschaftsministerin statt.«

»Wissen Sie noch, wer das alles war?«, fragte Irmi.

»Der Vinzenz Leismüller war da. Ein ziemliches Großmaul. Pius hat ihm mal eine geklebt, weil er mir an den Hintern gefasst hat.«

Der Leismüller junior. Das war interessant. Vinzenz hatte nicht auf Bernhards Liste gestanden. Noch interessanter! Irmi versuchte sich ihre Aufregung nicht anmerken zu lassen. »Können Sie sich denn erinnern, wann genau er da war? Zusammen mit den anderen Bauern, die demonstriert haben?«

Meike überlegte kurz. »Ich glaube schon.« Sie stockte. »Warten Sie mal. Ich weiß nicht so genau, ob der bei dem großen Haufen dabei war. Das waren ja ziemlich viele. Ich hab ja auch bedient, Brotzeitplatten gemacht und so. Aber der Leismüller drückte sich noch rum, als die anderen weg waren.«

Irmis Herz raste. »Haben Sie gesehen, wann er gegangen ist?«

Sie sah Irmi forschend an. »Meinen Sie, der hat damit was zu tun?«

»Das weiß ich nicht. Ich weiß nur, dass er und sein Vater unangenehme Typen sind, die Zoff hatten mit Pius. Das stimmt doch, oder?«, fragte Irmi.

»Ja, das stimmt. Sehr unangenehme Typen. Ich dachte aber immer, der Vater sei der Schlimmere. Sein Sohn ist etwas unterbelichtet und ein Mitläufer.« Meike lächelte verlegen.

»Das sehe ich auch so«, meinte Irmi. »Der alte Leismüller ist gefährlich, weil er nicht dumm ist. Dummheit gepaart mit Grausamkeit ist schlimm, aber Intelligenz gepaart mit Grausamkeit mordet und stürzt Regime oder hält Unrechtsregime am Leben. Aber um auf Vinzenz zurückzukommen: Wissen Sie, wann er gegangen ist?«

Meike schüttelte den Kopf. »Nein, ich war dann in der

Küche. Wie gesagt, es war alles ziemlich hektisch an diesem Tag. Aber die Politiker und kurz drauf die Bauern sind gegen zwei Uhr weg. Leismüller hab ich danach noch gesehen. Als ich um fünf mit allem fertig war, war er nicht mehr da.«

Irmi versuchte neutral zu klingen, obgleich sie erstmals das Gefühl hatte, endlich eine echte Spur erschnüffelt zu haben. »Und sonst? War außer den Demonstranten und den Politikern noch jemand da?«

Meike dachte wieder eine Weile nach. »Dieser Mann von Alpenverein«, sagte sie dann. »Bernd.«

»Bernd Orlowski?«

»Ja, er hat diesen Schutzwaldeinsatz vorbereitet. Er war oft oben. Na ja …«

»Was, na ja?« Irmi sah sie scharf an.

»Na ja, er war relativ oft oben. Er hat öfter mal …«

»Sie wollen sagen, er wollte was von Ihnen?« Irmi starrte das Mädchen an.

»Ja, aber er war doch uralt.« Das kam entrüstet. Nun war sie in erster Linie wieder ein junges Mädchen.

»Kannte er Pius?«, fragte Irmi.

»Klar, er hat oft mit ihm diskutiert. Er hat uns immer wie Kinder behandelt, und er hat es schlecht vertragen, dass Pius manches einfach besser wusste.«

O ja, das konnte sich Irmi vorstellen. Orlowski konnte keine anderen Götter neben sich ertragen. Schon gar nicht, wenn sie jünger waren. »Aber Orlowski konnte doch nicht ernsthaft annehmen, dass Sie sich mit ihm einlassen würden? Der könnte locker Ihr Vater sein!«, rief Irmi.

»Männer glauben so was. Und es gibt genug junge Frauen, die auf Geld stehen oder darauf, dass einer so klug redet. Ich meine, diese Lehrerin hatte doch auch was mit ihm.«

»Lehrerin?«

»Die bei der letzten Schutzwaldtour dabei war. Sie war zwei Wochen vorher auch schon dabei. Ich hab zufällig ihren Pass gesehen, die war auch erst siebenundzwanzig.«

Irmi hätte sie älter geschätzt. Wahrscheinlich, weil Katja einen eher stattlichen Körperbau hatte. Wahrscheinlich schätzte man sie auch älter. Die stattliche Irmgard. Was mit fünfzig natürlich fatal war. Da zählte jedes Jahr, das man jünger geschätzt wurde. Ach was, jedes halbe! Orlowski und Katja? »Und das wissen Sie genau?«

Meike lächelte. »Hm, ich habe sie gehört. Na, Sie wissen schon. Im Zelt. Ich hab ihn auch rauskommen sehen.«

Irmis Gedanken tanzten wilde Sprünge und Drehungen, keinen gepflegten Walzer oder Foxtrott. Orlowski hatte Fichtl nicht gemocht. Aus gekränkter Eitelkeit wurde gemordet, vor allem von Männern. Meike hatte ihn verschmäht und dem Jüngeren den Vorzug gegeben. Orlowski verschmäht, der sonst jede haben konnte. Auf der Alm, da gab's jede Menge Sünd'. Und noch ein Gedanke wirbelte vorbei wie ein Blatt im Herbststurm. »Eine letzte Frage: Wie kommt es eigentlich, dass Sie an dem Tag, als ich auf der Alm war, als …« Irmi stockte. Das war ja nun wirklich pietätlos. Hätte sie sagen sollen: an dem Tag, an dem wir das Ohr und den Finger von Ihrem Verlobten gefunden haben?

»Ich war in Miesbach«, erwiderte Meike leise. »Da fand ein Treffen für ausländische Almhelfer statt. Wir waren eingeladen, es gab ein zweitägiges Programm mit Referaten und Ausflügen. Wir waren bei Schlyrs, wo sie den bayerischen Whisky brennen, und sind dann aufs Rotwandhaus gewandert. Ich wollte mich ablenken, weil Pius ja weg war. Als ich dann zurückkam, haben sie es mir erzählt.«

Meike nickte Irmi zum Abschied zu, warf den Rucksack

über die Schulter und ging. Schnell, mit festem Schritt, ohne sich nochmal umzudrehen.

Nun war es vorbei mit Irmis Beherrschung. Die Tränen liefen ihr herab, und sie schnäuzte sich in die Café-Serviette, die um die Gabel gewickelt gewesen war. Und dann tat sie etwas sehr Unvernünftiges: sie bestellte sich noch ein Bier, das sie fast auf Ex leerte. Die Bedienung warf ihr einen so seltsamen Blick zu, dass Irmi gleich zahlte und fast fluchtartig das Café verließ. Wieder brummte eine Hummel heran. Pius hatte sie gemocht. Hummeln und Bisons und die schöne Meike.

10

Als Irmi pünktlich zum Meeting im Büro auflief, wirkte Kathi im Gegensatz zu den anderen Kollegen ungewohnt fröhlich und hatte ganz rote Bäckchen. »Das sind ja alles so Herzchen, deine Bauernfreunde, oder!«, schmetterte sie Irmi entgegen. »Puh!«

Vielleicht hatte Kathi ja doch den richtigen Job ergriffen. Sie war schon eine, die kombinieren konnte und sich, wenn es nötig war, wie ein Bluthund an eine Spur heftete. Wenn sie nur nicht so grundaggressiv gewesen wäre!

»Wo waren S' denn, Frau Irmgard?«, fragte Sailer.

»Auf Pius Fichtls Beerdigung. Was ausgesprochen interessant war. Dazu später. Ich würde jetzt gerne eure Ergebnisse hören.«

Die Überprüfung der Alibis aller Haberfeldtreiber hatte ergeben, dass keiner von ihnen zur fraglichen Zeit in der Nähe der Fischbachalm gewesen war – mit Ausnahme von Bernhard, Ott und Diepold. Kathi hatte in dem Fall ganze Arbeit geleistet. Sie hatte ein riesiges Poster entworfen, auf dem sie festgehalten hatte, wer wen wie lange gesehen hatte. Bernhard und Ott waren nie länger als zehn Minuten außer Sichtweite gewesen, weshalb es mehr als unwahrscheinlich war, dass einer von ihnen Zeit gehabt hätte, Fichtl zu ermorden. Allerdings war dieser Franz Diepold offenbar früher gegangen. Er hatte die Alm mindestens eine Stunde vor den anderen verlassen.

Irmi runzelte die Stirn. »Das ist ja interessant. Wo war er denn?«

»Tja«, meinte Kathi, »das wissen wir noch nicht. Er ist

laut seiner Frau in München-Riem bei irgendeinem Kaltblutzuchtgedöns gewesen. Er geht nicht an sein Handy. Wird aber zur Stallzeit zurückerwartet.«

»Gut, den knöpfen wir uns vor! Tolle Arbeit!«, sagte Irmi und meinte das auch so. Außerdem fiel ihr ein Felsbrocken vom Herzen, was ihren Bruder betraf. »Eine Frage noch: Was hat Vinzenz Leismüller denn angegeben, wo er war?«

»Er fährt Viehfuader aus. Und er war in Penzberg und Seeshaupt, hot er g'sogt«, erklärte Sailer.

»Kann er das beweisen?«, wollte Irmi wissen.

»Hob i ihn auch g'frogt. Er hätt a Büchl, wo des ois drinnasteht«, meinte Sailer.

»Und zwar eins, das er selber führt. Tolles Alibi! Wenn, dann müssen wir seine Kunden anrufen. Aber das wird eventuell gar nicht nötig sein. Dazu kann ich euch nämlich was erzählen.«

Irmi berichtete von dem Gespräch mit Meike, in dem diese erzählt hatte, dass sie Leismüller am Mordtag gesehen habe. Auch dann noch, als die anderen schon weg gewesen waren.

»Da wir von keinem der anderen Demonstranten den Namen Leismüller gehört haben, können wir es als gesichert ansehen, dass er tatsächlich erst nach dem Almauftrieb der Politiker gekommen ist oder aber sich vorher schon irgendwo versteckt hatte«, meinte Kathi.

»Genau, und da wird uns der Herr Leismüller mal erklären müssen, warum er gelogen hat. Penzberg und die Fischbachalm, da liegen doch ein paar Kilometer und Höhenmeterchen dazwischen.« Irmi war auf einmal richtig gut gelaunt. Endlich kam Bewegung in die Sache.

»Und dieser Diepold?«, fragte Andrea, der der Kopf zu rauchen schien.

»Den haben wir auch im Blick. Ach, Andrea, bleiben Sie

da mal dran. Wenn er zu Hause ist, fahren Sie doch mit Sailer hin, und lassen Sie sich erklären, warum er früher weg ist und wo er war.«

In Andreas Augen trat so was wie Panik.

»Das schaffen Sie schon. Mit tatkräftiger Hilfe von unserem Sailer. Gell, Sailer!«

»Jawohl, Frau Irmgard.«

»Gut, Kathi und ich schauen uns den Leismüller junior mal genauer an.« Sie sah auf die Uhr. Es war Viertel vor vier. »Sieht nach Überstunden aus. Wir tauschen unsere Ergebnisse gegen sieben noch mal aus, ja?«

Auf dem Weg Richtung Mittenwald setzte sie Kathi ins Bild, was Orlowski betraf. »Den dürfen wir nicht ausblenden.«

»Meinst du, dieser Alpenvereins-Kultur-Natur-Schwafler kann einem kräftigen Bauern wie Fichtl was antun?«

»Sicher. Wenn er ihn gestoßen hat? Und Fichtl dann dumm gefallen ist? Dem Orlowski dürfen wir Ortskenntnisse zutrauen. Der wuselt laut Meike schon seit Wochen auf der Alm rum.«

»Okay, das ist ein Argument. Wann willst du dir die Schwallerbacke vorknöpfen?«, fragte Kathi.

»Morgen, heute interessiert mich vor allem Vinzenz Leismüller.«

Irmi war ziemlich angespannt, als sie sich Wallgau näherten. Sie hatte noch überlegt, ob sie Kathi vorwarnen sollte, unterließ es aber lieber. Kathi sollte sich der seltsamen Vater-Sohn-WG ganz unvoreingenommen nähern.

Als sie auf den Hof fuhren, wirkte das Anwesen noch verwahrloster als am Vortag, was aber auch daran liegen mochte, dass sich gerade dunkle Wolken am Himmel zusammenballten. Es war ein verdammter Gewittersommer gewesen. Die Feuchtigkeit hatte nicht weichen wollen, und die Sonne hatte nur selten angenehm gewärmt, sondern stechende Sonnenpfeile vom Himmel gesandt. Auch jetzt würden bald wieder der Donner in den Karwendelwänden widerhallen und die Blitze über das Land zucken.

Als sie ausstiegen, war es stickig. Heute standen zwei Rostlauben-Lkws auf dem Hof, was den Schluss zuließ, dass die beiden Herren Leismüller daheim waren.

»Ich geh da nicht rein«, flüsterte Kathi.

Das war auch nicht nötig, denn Tassilo Leismüller polterte heraus. Er wollte schon wieder zu einer Schimpftirade ausholen, als er Irmi erkannte. Mit kaum verhohlener Gier musterte er Kathi.

»Sie schon wieder! De ham die Katzenviecher schon geholt.«

»Ich freu mich auch, Sie zu sehen«, bemerkte Irmi ironisch. »Aber freuen Sie sich nicht zu früh, Herr Leismüller. Heute würde ich gerne Ihren Sohn sprechen. Holen Sie ihn doch bitte mal raus.«

»Vinzi?«

»Ja, oder haben Sie etwa noch einen Sohn?« Der Rest von Irmis guter Laune war verflogen.

»Wir würden gerne Vinzenz Leismüller sprechen. Ich habe heute schon mal mit ihm telefoniert. Es ging um eine seiner Lieferfahrten. Er wollte mir sein Notizbuch zeigen.« Kathi klang sehr kühl – und sah dabei wie immer sehr schön aus. Das bemerkte auch Leismüller.

»Hast du keinen besseren Beruf gefunden?«

»Ach, das höre ich öfter. Danke der Nachfrage. Ich bin sehr zufrieden. Wo ist Ihr Sohn?«

Kathi war heute überraschend beherrscht, fand Irmi, und erfolgreich dazu, denn Leismüller brüllte plötzlich in Richtung Haus: »Vinzi, kimm! Zwei Damen wollen dich sprechen.« Er lachte dreckig.

Vinzi sah seinem Vater überhaupt nicht ähnlich. Er war größer, etwas aufgeschwemmt, und seine Augen waren weniger flink als die des Vaters.

»Reindl mein Name. Wir haben telefoniert. Sie wollten mir das Buch zeigen, in dem Sie Ihre Fahrten aufschreiben«, sagte Kathi.

Es dauerte eine Weile, bis er begriff. »Und zwecks dem seids kemma?«

»Genau.«

Er stapfte zu seinem Lkw, öffnete knarzend die Türe, hing halb im Auto und förderte ein ähnliches Schulheft zutage wie das seines Vaters. Provozierend langsam kam er zurück und baute sich vor Kathi auf.

»Und?«, fragte diese in etwas schärferem Ton.

»Was, und?«

»Ja, wo sind nun die infrage kommenden Termine? Heut noch, morgen ist die Nacht vorbei, oder!« Kathi lief allmählich zu Höchstform auf.

In Zeitlupe blätterte er in dem Büchlein und hielt es Kathi unter die Nase. Irmi stellte sich dazu. Wie erwartet hatte er das Heft vollgekrakelt, am fraglichen Tag waren Adressen rund um Penzberg eingetragen: drei in Antdorf, eine in Nantesbuch und je zwei in Maxkron und Iffeldorf und dann noch fünf Höfe rund um Königsdorf.

»Und da waren Sie auch?«, vergewisserte sich Irmi.

»Freilich.«

Irmi verzog den Mund und sagte leise zu Kathi: »Mei, da können wir jetzt anrufen und erfahren, dass der Herr Leismüller gar nicht da war.«

Kathi fiel ein: »Ja, eben, und da fragen wir uns doch, warum uns der Herr Leismüller so offen anlügt? Glaubt er, wir sind ein bisschen deppert, oder?«

Irmi gab sich betroffen. »Ja, das wird er wohl denken. Aber so einfach ist das leider nicht, und wir sind auch gar nicht so deppert, nicht wahr?« Sie fuhr herum. »Leismüller, zum letzten Mal, wo waren Sie am fraglichen Tag?«

Er hatte von der einen zur anderen geblickt und starrte Irmi nun mit offenem Mund an.

»Klappe zu, es zieht!«, raunzte Kathi.

Er klappte den Mund wieder zu. »Do steht doch, wo i war.«

»Und wann sind Sie losgefahren? Wann zurückgekommen?«

»Um siebene los. Um fünfe war i z'ruck.«

Er konnte nie und nimmer all diese Höfe beliefert haben und rechtzeitig auf der Alm gewesen sein. »Schauen Sie, Leismüller. Ich drücke mich vielleicht unklar aus, aber ich möchte wissen, wo Sie waren. Zwischen zwei und drei zum Beispiel«, erklärte Irmi.

Er schaute in sein Buch. »Die letzten auf der Tour warn in Königsdorf.«

Bisher hatte der alte Leismüller geschwiegen, aber nun brüllte er plötzlich: »Was soll der Schmarrn, hä? Was fragen S' denn so blöd? Hin und her dauert's je a gute Stund, dazwischen Liefertermine. Das is doch klar. Weiber!«

Kathi funkelte ihn an. »Danke, wir können auch rechnen. Bloß warum war Vinzi dann gegen zwei auf der Fischbachalm, wo er gesehen und zweifelsfrei erkannt wurde?«

Tassilo Leismüller fiel sekundenlang alles aus dem Gesicht. »Was!« Er war wirklich überrascht.

»Ja was?« Irmi lächelte frostig. »Fragen Sie doch mal Ihren Sohn, warum er auf der Fischbachalm gewesen ist und was er da wollte. Warum er vorgibt, eine Tour gefahren zu sein. Oder wissen Sie eh davon?«

Bevor Irmi es verhindern konnte, hatte Leismüller seinen Sohn gepackt und geschüttelt. Obwohl er kleiner war und älter, verfügte er über Bärenkräfte. »Was reden die da? Wo warst du?«

Vinzi schwieg. Der Alte nahm ihn in eine Art Schwitzkasten und gab ihm eine Kopfnuss nach der anderen. »Red, du Depp!«

»Lassen Sie Ihren Sohn los!«, brüllte Irmi. Überraschenderweise ließ er von ihm ab.

»Ich stelle hier die Fragen! Vinzenz Leismüller. Sie waren auf der Fischbachalm? Warum?«

Der junge Mann schwieg.

»Momentan befrage ich Sie noch als Zeugen zu den Vorkommnissen auf der Alm, aber wenn Sie weiter so verstockt sind, lass ich Sie verhaften.«

Bei Vinzi schien der Informationsfluss nur sehr langsam durchs poröse Hirn zu tropfen. Tröpfchen für Tröpfchen kam jetzt offenbar bei ihm an, dass er allmählich etwas sagen sollte.

»Ja red, du Schwachkopf!«, brüllte Tassilo Leismüller.

»Sie machen sich vom Acker!«, brüllte Irmi zurück. »Wir reden mit Ihrem Sohn. Ich ruf Sie, wenn wir Sie brauchen.«

»Des geht mich aber auch was an«, sagte er.

»Das können Sie gerne hinterher in einer gemütlichen Plauderei mit Ihrem Sohn klären«, meinte Irmi. Der vierschrötige, grenzdebile Bursch tat ihr jetzt schon leid. Womöglich war er aber der Mörder von Pius, da sollte er ihr eigentlich nicht leid tun.

Leismüller ging tatsächlich ins Haus. Irmi hätte mit mehr Widerstand gerechnet.

Vinzi stand noch immer auf dem Hof. Ein gefährlich dunkler Himmel wölbte sich inzwischen über ihnen.

»Letzte Runde. Warum waren Sie auf der Alm?«

Nichts.

»Ich kann Sie umgehend verhaften.«

Nichts.

»Haben Sie da oben Pius Fichtl getroffen?«

Nichts.

»Gut!« Kathi hatte von irgendwoher Handschellen gezaubert. »Dann packen mir's nach Garmisch.«

Als sie auf ihn zutrat, sagte er plötzlich: »I war do eh bloß zwecks dem Schaun. Glaub mir's! Do wor i öfters.«

»Was schauen?«, fragte Irmi

Er wand sich und schwieg. Kathi wirbelte mit den Handschellen, was albern aussah, aber Vinzi wohl beeindruckte.

»Des Madl. De Holländerin«, sagte er schließlich.

Irmi brauchte ein paar Sekunden, bis sie schaltete. Ein Spanner! Er hatte Meike beobachtet! »Sie meinen Meike, die junge Belgierin, die auf der Alm arbeitet?«

»Dann halt Belgien«, brummte er.

»Und was haben Sie sich da so angeschaut?«, fragte Irmi.

»Ja mei, was se halt so macht. Manchmal duscht se halt draußen.«

Irmi warf Kathi einen Blick zu. Zu spät. Kathi hatte zu einer gewaltigen Ohrfeige ausgeholt. »Ja, du miese, du elende Spannersau!«

Oh nein, das hatte gerade noch gefehlt. Wenn der jetzt Kathi anzeigte, würde das eine Lawine negativer Berichterstattung gegen die Polizei lostreten. Das Verblüffende aber war, dass Vinzi den Kopf senkte und dann mehr in Richtung Boden als zu Kathi murmelte: »Des hot ja koam g'schadt.«

Irmi schnappte nach Luft. Meike hatte seine Spannerei offenbar auch nie bemerkt, und Irmi würde es ihr sicher nicht sagen. Es war doch schlimm, nachträglich zu erfahren, dass man über Monate beobachtet worden war. Es war so erbärmlich. Armselig und tragisch dazu. Vinzi Leismüller war nicht der Typ, der irgendwelche Frauen kennenlernte. Sein Schicksal war besiegelt, weil sein Vater ihm nur Unterdrückung und Hass vorgelebt hatte.

Kathi war immerhin so schlau, dass sie ihren Ausraster überspielte und in normalem Ton fragte: »Haben Sie an dem Tag zufällig Pius Fichtl gesehen?«

Leismüller junior schwieg wieder. Wind war aufgekommen, eine Bö wehte Vinzis grünen, völlig verhauten Hut davon. Irmi bekam ihn zu fassen und reichte ihn dem jungen Mann. »Bitte schön!«

Sein Blick war eine Mischung aus Verwunderung und Verwirrung. Er war eine arme Sau, keine Frage.

»Haben Sie Fichtl gesehen?«, fragte Irmi nun ganz sanft. »Das wäre wichtig.«

»Ja«, sagte er nach einer langen Weile.

»Ja?«

»Er is mit dem Radl vom Lakaiensteig oi. Er hat kurz og'halten, hot ummig'schaugt zur Alm und is dann weiterg'fohrn, ummi zum Hundstall.«

»Meinen Sie, ihm war zu viel los auf der Alm?« Irmi sah ihn aufmerksam an.

»Hot so ausg'schaugt.«

»Wann war das denn etwa?«

»So um eins.«

»Und dann?«

»I bin hinterher.«

»Warum?«

»Oafach so. Mir war auch zu viel los auf dr Alm.«

»Und dann? Haben Sie Pius Fichtl noch mal gesehen?«

Er hielt den Hut noch in Händen und drehte an der Krempe. »Naa, aber …«

»Aber was?«

»G'hert.«

»Sie haben ihn gehört?«

»Ja, da worn Stimmen. Do hot jemand g'redt …«

»Stimmen?«

»Die ham g'stritten. G'sehn hob i nix. Wie auch? De warn im Wald. Koa Ahnung, was de do g'macht ham. Do san doch de Bacherln und de Muren.«

Nun war er aber aus sich herausgegangen. Eine Rede, die sogar Information enthielt. Irmi verbarg ihre Unruhe. »Vinzi, wissen Sie denn, mit wem er gestritten hat?«

»Naa, des warn zwoa Stimmen. Seine und de von jemand anderm.«

»Männlich?«

»Ja scho, aber so guat hob i des auch ned g'hert.«

»Was haben Sie dann gemacht?«

»I war no a bisserl auf der Alm. De Großkopferten waren dann alle scho weg.«

»Haben Sie noch jemanden gesehen, als die anderen weg waren?«

Er überlegte. »Ja, den Depp vom Alpenverein. So ein Oarschloch.«

»Bernd Orlowski?«

»Wenn der so hoaßt. Des kloane Manderl. So a kloaner, aufg'stellter Mausdreck mit Kapperl.«

Diese Beschreibung war ziemlich zutreffend. Irmi versuchte ihr Grinsen zu unterdrücken. »Wo genau war der?«

»Er is von unten kemma.«

»Wo unten?«

»Ja, von der Seitn, wo auch der Fichtl war.«

Irmi starrte ihn an, von Kathi kam ein »ups«.

»Ja, was schaugts denn so. Des wird scho der g'wesen sein, mit dem der Pius gstritten hot. De worn ja alle zwoa so siebng'scheit.«

Orlowski, also doch! War gekränkte Eitelkeit ein Mordmotiv? Oh ja, mehr noch: Gekränkte Eitelkeit, gegenüber einem jungen Bauern in jeder Diskussion den Kürzeren gezogen zu haben und genau beobachten zu müssen, dass der verhasste Gegner auch noch den Hauptpreis bekam, nämlich die schöne Sennerin. Und dann passte das alles mit Meikes Aussage zusammen. Es klang durchaus plausibel, nur konnte das natürlich auch pure Erfindung sein. Vielleicht wollte Vinzi dem Orlowski einfach etwas anhängen und den eigenen Kopf aus der Schlinge ziehen? »Vinzenz, wie ist das denn mit Ihrer Lieferung? Ist die ganz ausgefallen?«

»Naa, am nächsten Tag war i auch in der Gegend. De Lieferung hob i dann ausg'fahrn. Is ja koa große Sach ned.«

Keine große Sach ... Wenn der Drang zu spannen so groß war, dann mussten die Kunden eben warten. Der Donner hatte eingesetzt und kam näher.

»Herr Leismüller, wenn Sie morgen auf Ihrer Fahrt in Garmisch vorbeikommen, schauen Sie bitte bei uns rein! Sie müssten das alles zu Protokoll geben. Geht das?« Irmi bemühte sich, freundlich zu bleiben.

Er nickte, und Irmi drückte ihm eine Karte in die Hand. Nun kam der Regen, und mit einem hastigen »Auf Wiedersehen« spurteten die Frauen zum Auto. Vinzi blieb auf dem Hof stehen, das Wasser tropfte von seinem Hut.

»Glaubst du ihm das?«, fragte Kathi, als Irmi vom Hof gefahren war.

»Ich glaube, er ist ein mieser Spanner, aber kein Mörder. Sagt mir mein Gefühl.« Ihr Gefühl sagte ihr auch, dass sie gleich zerspringen würde vor Wut über Kathi. Aber sie beherrschte sich.

Kathi sah aus dem Fenster, und Irmi starrte in den Regen. Der Scheibenwischer kämpfte auf der höchsten Stufe gegen die himmlische Flutwelle an. Die Wischblätter gehörten dringend ausgewechselt, aber das bemerkte sie nun mal immer nur bei Regen, und dann war weder eine Tankstelle noch ein Autohaus in Sicht. Außerdem wollte Irmi schnell ins Büro. Kathi hatte immer noch nicht zur Ohrfeige Stellung bezogen, und Irmi war zu feige und zu müde für eine Konfrontation.

»Und Orlowski?«, fragte Kathi nach einer Weile. »War er's?«

»Zumindest hat er momentan extrem schlechte Karten. Der muss uns einiges erklären.«

Im Büro trafen sie auf Sailer und Andrea. Irmi berichtete von Leismüller.

»Und des hoaßt dann, der Fichtl hot Streit g'habt, und der, wo mit ihm g'stritten hot, des is der Mörder, oder? Und des könnt der Orlowski sein?«, fragte Sailer staunend.

»Ja, Sailer, das klingt zumindest nach einer brauchbaren Hypothese. Wir müssen bloß noch den finden, mit dem er Streit hatte.« Diepold oder Orlowski, dachte sie bei sich. Es wäre falsch gewesen, sich nun nur noch auf Orlowski zu fokussieren.

»Wart ihr bei Diepold?«, erkundigte sie sich.

»Ja«, entgegnete Andrea.

»Ja, und weiter?« In Irmis Kopf pochte es. »Andrea! Jetzt mal los. Im ganzen Satz, wenn's geht!« Himmel, das Mädchen war einfach zu soft. Sie hatte keine Präsenz, sie strahlte keine Souveränität aus, keine Sicherheit.

»Äh ja … wir waren da.« Sie atmete tief durch. »Der Herr Diepold war aus Riem zurück, und ich habe ihn gefragt, warum er die Demonstration auf der Fischbachalm deutlich früher als die anderen verlassen hat.«

»Schön. Und was hat er gesagt?« Irmi redete mit dem Mädchen wie mit einer kranken Kuh.

»Er hätte einen Decktermin gehabt.«

Kathi entfuhr ein Glucksen, und Andrea lief blutrot an. »Natürlich nicht er, sondern sein Hengst!«

Auch Irmi bemühte sich, die Contenance zu wahren. »Okay, Andrea, und stimmt das? Konnten Sie das überprüfen? Wer war der Stutenbesitzer?«

Fast trotzig warf Andrea den Kopf zurück. »Das muss ich nicht überprüfen.«

Irmi war platt. Lag das etwa nicht in ihrem Aufgabenbereich? Doch bevor sie etwas sagen konnte, fuhr Andrea fort: »Wir haben September. In einer Woche findet in Rottenbuch der Kaltblutfohlenmarkt statt. Kein Mensch deckt jetzt eine Stute. Decksaison ist von Mitte Februar bis Mitte Juli, die Fohlen sollen schließlich im Frühjahr auf die Welt kommen und Anfang September verkauft werden. So ein Absetzer sollte schon sechs Monate alt sein, bevor er von der Mutter wegkommt.« Andrea blickte in die Runde.

Irmi sah sie überrascht an. Sie war mit Rindern aufgewachsen. Die Rossbauern waren für sie immer ein Buch mit sieben Siegeln gewesen, und Pferde hatten bei ihr nie die Hysterie ausgelöst wie bei vielen anderen kleinen Mädchen. Aber Andrea hatte recht.

»Wie lange tragen Pferde denn?«, fragte Irmi nach.

»Elf Monate, drum schaut man ja auch, dass die Fohlen spätestens im Mai da sind. Alles andere ist Quatsch.«

»Ich wusste ja gar nicht, dass wir eine Pferdefachfrau unter uns haben«, bemerkte Irmi lächelnd.

Andrea lächelte zurück. Sie bewegte sich auf einem Terrain, auf dem sie sich auskannte, und das tat ihr gut. »Na ja, wir haben auch zwei.«

»Zwei was?«

»Zwei Deckhengste. Kohlfüchse allerdings. Mein Vater hat's nicht so mit den Modetrends. Aber ich kann euch eins sagen: Wer zum Diepold geht, der ist ein gescheiter Züchter, und er seinerseits würde nie irgendein Warmblut oder einen Friesen decken.« Ein Oberländer mit einem Friesen – solche Mischehen funktionierten offenbar auch im

Tierreich nicht. Andrea fuhr fort: »Und schon gar nicht im August. Da geht der Hengst längst schon wieder vor der Kutsche.«

Irmi hatte den Eindruck, als spräche jemand in einer fremden Sprache zu ihr.

»In der Deckzeit hat der Hengst im Geschirr nix verloren. In der Deckzeit zählt der Sicherheitsgedanke. Unsere Hengste sind da in der Box und auf dem Paddock am Haus, auch nicht auf der Weide«, erklärte Andrea.

»Okay«, sagte Irmi nach einer Weile. »Fassen wir zusammen: Ein professioneller Hengsthalter und ein Profizüchter decken um diese Jahreszeit nicht mehr. Diepold hat gelogen, und zwar ziemlich dreist.« Dann fiel ihr noch was ein. »Kennt der Sie denn nicht, Andrea? Ich meine, kennt man sich nicht generell in der Kaltblutszene?«

»Er kennt meinen Vater. Mich zwar auch, aber nur flüchtig. Und dann hat er mich in der Uniform sicher nicht erkannt.«

Irmi überlegte. Sie hatte Diepold nur zwei oder drei Mal bei Bernhard gesehen. Soweit sie sich erinnerte, stammte seine Frau aus dem Saarland, hatte mit Bauernhof weniger am Hut und arbeitete immer noch als Model für Versandhauskataloge. Wie die beiden aneinandergeraten waren, entzog sich ihrer Kenntnis. Diepold war als Jugendlicher wohl ein ziemlicher Raufbold gewesen und dann ein Frauenheld. Seitdem er diese Saarländerin kannte, war er wie verwandelt. Nadine, genau, so hieß sie, war sehr sympathisch gewesen. Schön und sympathisch, eine seltene Kombination. Irmi erinnerte sich, dass sie mit Bernhard später am Abend noch über die plötzliche Wandlung des Franz D. gesprochen und noch herumgestichelt hatte, dass er sich doch ebenfalls eine Frau aus dem Saarland suchen solle, damit auch aus ihm noch ein Mensch werde.

»Gut, dann werden wir uns morgen den Herrn Diepold

mal genauer ansehen. Danke, Andrea, das war sehr aufschlussreich. Ach – und noch was: Können Sie mir morgen mal einige Infos über Bernd Orlowski beschaffen, während wir bei Diepold sind?«

Andrea nickte und wirkte deutlich entspannter als zuvor.

»Gute Nacht dann«, sagte Irmi in die Runde. Zu Kathi meinte sie: »Wir treffen uns um acht in Grainau, direkt am Hof. Der liegt ja in deiner Einfallschneise. Den Diepold knöpfen wir uns zuerst vor, und dann soll der Alpenretter Orlowski mal plaudern.«

Kathi nickte nur und war schnell weg. Irmi hatte registriert, dass Kathi immer wieder auf ihr Handy gesehen hatte und nicht bei der Sache gewesen war. So ging das nicht weiter. Sie musste mit Kathi reden. Auch wegen der Ohrfeige. Sie würde das morgen tun – oder übermorgen …

Als sie zu Hause ankam, war Bernhard nicht da. Das war gut so, dachte sie und fragte sich zugleich, wohin eigentlich ihr Leben lief, dass sie sich mehr und mehr freute, Menschen nicht zu treffen? Ihren Bruder nicht, ihre Kollegin nicht. Weil sie Angst hatte vor der Konfrontation. Oder anders: sie war zu müde für die Konfrontation.

Heute hätte sie *ihn* gebraucht. Seine ruhige Souveränität. Sie hätte einfach nur auf der Hausbank liegen wollen, den Kopf auf seinem Schoß, und in die Sterne sehen. Aber sie war schon wieder wie gelähmt. War sie an dem Punkt der Resignation angelangt? War es nicht immer so: Auf den Schmerz folgte die Wut, dann neuer Schmerz und schließlich die Resignation. Das war der gefährlichste Punkt. Resignation bedeutete Zurückziehen in sich selbst, Aufgabe eines eigentlich großen Projekts: die echte Beziehung.

Plötzlich fühlte sie sich mutlos. Er hatte nie anders

gekonnt: die Frau, die Kinder, die Arbeit. Die Bürde der Zuverlässigen. Kein Ausbruch in unbekannte Gefilde, weil zu viele andere leiden würden. So litt nur sie – unter der Einsamkeit, der Leere. Und er – unter seiner Feigheit und dieser Sehnsucht nach einem Leben, das besser hätte sein können.

11

Schon um acht war Irmi in Grainau. Kathi war nicht da. Ihr Handy war aus. Verdammt!

Diepolds Hof war eine wahre Augenweide. Irmi fragte sich, wie es gelang, die Balkonblumen zu solcher Pracht anzustacheln. Geranien, Petunien, Begonien sprossen aus den Kästen. Am Eingang rankten Rosen, überall wucherten Margeriten und Kapmargeriten. Die Kapuzinerkresse leuchtete in einem unwirklichen Orange. Zudem gab es vor dem Haus einen Bauerngarten mit Ringelblumen und Kräutern, mit Königskerzen und Bohnenranken. Kein braunes Köpfchen, keine verblühten Dolden – diesen halben botanischen Garten zu pflegen musste eine Lebensaufgabe sein. Die Frau mit dem grünen Daumen kam soeben ums Eck und schob ein Wagerl vor sich her, auf dem mehrere Gießkannen standen. Vermutlich war das Diepolds Mutter.

»Morgen, ich bin die Mangold Irmi. Ich müsst den Junior sprechen.«

»Ach, dem Bernhard sei Schwester. Die Frau Kommissar. Griaß di.« Die kleine schlanke Frau hatte einen grauen Dutt und war braun gebrannt. Ihre Falten machten sie interessant. Komisch, dachte Irmi, dass man bei anderen Menschen Falten immer interessant fand, bei sich selbst aber nie. Die Austragsbäuerin war wahrscheinlich viel jünger, als sie aussah, aber das Bauersleben gerbte die Haut und verschärfte die Züge. »Der Franz kimmt glei. Magst an Kaffee?«

Irmi nickte.

»Drin oder do?« Sie wies auf eine Art Laube links vom Eingang, die von Weinblättern überrankt war. Darunter standen eine schmiedeeiserne Bank mit Holzsitz, zwei Stühle ähnlicher Machart und ein Tisch, der aus einer Tischplatte und dem Unterbau einer alten Nähmaschine bestand. Einfach und schön. Hier hatte jemand das gewisse Händchen.

»Gern draußen, es ist so ein herrlicher Morgen.« Irmi lächelte.

»Ja, dr Winter kimmt bald. Hobts alles guat eing'fahrn?«

»Ja, das Grummet ist schön geworden, das Strah auch. Fast zu schad zum Einstreuen.«

»Ja mei«, sie lachte. »Mir verfüttern des an de Isländer. Die Schwiegertochter hot drei so Flugameisen, und so wie's ausschaugt, leben die von gor nix. A Kaltblut schaugt so a Fuader erst gor ned o.« Sie nickte Irmi zu und verschwand im Haus. Sie hatte freundlich geklungen, auch bei der Erwähnung der Schwiegertochter hatte sich kein Unterton in ihre Stimme gemischt. Ein Isländer haltendes Model aus dem Saarland, das hat es sicher nicht leicht auf so einem Hof, dachte Irmi leicht amüsiert.

Kurz darauf war die Austragsbäuerin mit dem Kaffee zurück.

»Isländer beim Kaltblutzüchter?«, fragte Irmi.

Die alte Bäuerin lachte hell. »Ja, der Mann und der Franzi wollten die zuerscht gor ned ham, aber wenn s' unbeobachtet san, dann streicheln s' de Viecher doch und füttern sie mit gelben Rüben. Und dann ham mir ja auch Feriengäste, und de Kinder megn de Viecher. Di Schwiegertochter reitet mit ihnen aus.«

»Sie ist Model, hab ich gehört?«

Sie lachte wieder. »Ja, ab und zu macht se des no. Für so an Katalog. Oder in Garmisch bei der Trachtenmodenschau. Aber sie macht halt viel mit de Gäscht, Nordisch

Walking mit de Stöck, i woaß ja ned. Gehsch du mit Stöck?«

Nun war es an Irmi zu lachen. »Nein, erstens hab ich keine Zeit, und wenn, geh ich einfach so in die Berge.«

»Eben, aber man muaß mit der Zeit gehen. Ah, schaug, da kimmt er eh scho. I lass eich allein.«

Eine bemerkenswerte Frau. So klar und schnörkellos.

Franz Diepold trug eine Latzhose und ein T-Shirt mit knappen Ärmeln. Er war groß, schlank und sehnig, an seinem Unterarm spielten ein paar Muskeln, als er sich auf den Tisch stützte. Der Mann sah so aus, wie sie ihn in Erinnerung gehabt hatte: moderne dunkle Brille, Kurzhaarschnitt – er hätte wirklich Student sein können oder ein Jungbanker. Dabei strahlte er eine leise Arroganz aus, die sicher auch mit seiner Optik und seinem selbstsicheren Auftreten zu tun hatte.

»Irmi, griaß di.«

»Franz, servus.« Es war natürlich etwas seltsam, einen Verdächtigen zu duzen, aber es wäre ja noch alberner gewesen, ihn plötzlich zu siezen. Er setzte sich ihr gegenüber auf einen Stuhl.

Irmi verzichtete auf jeden Smalltalk. »Meine Leute waren gestern bei dir.«

»Ja, hinterher ist mir aufgefallen, dass das die Andrea Strobl war. Sie sah so anders aus. Dunklere Haare, glaub ich.« Noch immer war da diese Arroganz, die Irmi nicht gefiel.

»Stimmt, sie war mal brünett, und sie ist die Tochter eines Züchterkollegen. Andrea hat uns gleich mal über die Kaltblutzucht aufgeklärt.«

»Ja, der Strobl hat zwei prächtige Burschen. Gute Vererber, klar im Kopf.«

»Deiner soll ja auch nicht schlecht sein.«

»Magst ihn sehen?« Die Arroganz war wie weggeblasen,

nun war er ein kleiner Junge, der sein Spielzeug vorführen wollte. Und bevor Irmi noch etwas entgegnen konnte, war er aufgesprungen und in Richtung Stall gegangen. Irmi folgte ihm.

Etwas abseits stand ein neuer Laufstall, und zwar vom Feinsten. Der alte Stall hingegen war umgebaut worden. Es gab auf der einen Seite Pferdeboxen, die ihr doppelt so groß vorkamen wie normale Boxen. Sie hatten große Fenster, aus denen die Kaltblüter ihre Nasen herausstrecken konnten. Auf der anderen Seite des Mittelgangs befanden sich zwei große Laufboxen. In der einen tummelten sich Schafe, die andere war leer. Durch ein paar transparente Gummibahnen war draußen ein mit Hackschnitzeln ausgestreuter Paddock zu sehen.

»Ist ja vorbildlich«, meinte Irmi.

Er lachte. »Nadine hat darauf bestanden. Wenn wir nicht diese Boxen gebaut hätten, wär sie ausgezogen. Das hätt sie fertiggebracht.« In diesem Moment rumpelten drei Wuschelköpfe durch die Gummibahnen. Die Isländer, die wohl Stimmen gehört hatten und nach dem Rechten sehen wollten. Ein Fuchs, ein Schimmel und ein Rappe. Der Fuchs wieherte.

»Saubande«, sagte Franz, aber es klang gutmütig. »Elektrozäune interessieren die rein gar nicht. Schlimmer wie Flöhe hüten.«

Antwort kam von der anderen Stallseite. Ein markiges Wiehern. Da stand er. Wie eine Statue. Ein schönes Tier. »Der wiehert wie ein Mann«, sagte Franz. Er hatte die Schiebetür geöffnet und tätschelte den Hals des Tieres. »Es gibt ja Hengste, die klingen wie ein Fohlen.«

Nein, der hier sah aus wie ein ganzer Kerl und klang auch so.

»Ein schöner Bursche«, sagte Irmi, »und sicher keiner, der jetzt Ende August noch deckt, oder, Franz?«

Er schwieg und schob die Tür wieder zu.

»Oder, Franz?«, wiederholte Irmi.

Diepold lehnte an der Tür und sah Irmi in die Augen. »Nein«, sagte er schließlich.

»Das hast du gestern aber gesagt. Zu meinen Leuten. Du hättest einen Decktermin und hättest deshalb die Alm vorher verlassen. Bloß dumm, dass Andrea sich auskennt. Keine alte Sau deckt um diese Jahreszeit.« Irmi hatte nun mehr Schärfe in ihre Stimme gelegt.

»Ja, ich weiß.«

»Ich glaube, dass du das weißt. Du bist doch der Züchter. Ich weiß es jetzt auch. Wieso verzapfst du so einen Schmarrn?«

Der Hengst zog die Zähne an einem der Gitterstäbe entlang. Ein Schaf mähte. Draußen krähte irgendwo der Hahn.

»Hör mal zu, Franz! Ihr habt dieses bescheuerte Haberfeldtreiben gemacht. Und du warst auf der Alm. Am Tag, an dem Pius Fichtl ums Leben gekommen ist. Du bist früher weg. Keiner hat dich mehr gesehen. Du hättest Zeit gehabt, Fichtl aufzulauern. Du hast ihn gehasst. Genau wie Bernhard. Ihr seid verbohrte Idioten. Aber das nur am Rande. Wo warst du? Hast du Fichtl getroffen? Hattet ihr Streit?« Irmi suchte seinen Blick, doch er sah nur sein Pferd an. Dieses stolze Tier, das zu wissen schien, dass es schön war.

»Nein, natürlich nicht«, sagte Franz schließlich.

»Was – natürlich nicht? Nicht früher weg? Nicht gehasst? Nicht getroffen?« Irmi funkelte ihn an. Sie hasste das. Dieses Stolpern über den weiteren Bekanntenkreis. Vielleicht sollte sie sich in die Einöde versetzen lassen. Wo sie unbekannt war und sie die Leute auch nicht kannte. Unvoreingenommen war. Eine Versetzung nach Schleswig-Holstein vielleicht oder Mecklenburg-Vorpommern. Natürlich wusste sie, dass sie Bayern nie den Rücken kehren würde. Und den Hof würde sie niemals verlassen.

»Ich habe ihn nicht gehasst. Das mit dem Haberfeldtreiben ist irgendwie entgleist.«

»Ja, das hat Bernhard auch gesagt.«

»Wirklich, wir haben uns da verrannt. Nadine hat ein paar Tage nicht mit mir geredet. Weil ich in ihren Augen ein unterbelichteter Idiot gewesen bin.«

»Kluges Mädchen. Und weiter: Warum bist du früher weg von der Alm?«

»Ich hatte was zu erledigen.« Er wand sich.

»Verdammt, Franz! Ich glaube, du verkennst die Situation. Hier geht's um einen ungeklärten Todesfall, um Mord oder Totschlag. Ich bin nicht zu einem morgendlichen Plauderstündchen gekommen!« Irmi wurde lauter.

»Es ging um eine Überraschung«, sagte er schließlich.

»Franz, wenn du mir jetzt nicht sofort eine plausible Erklärung lieferst, nehm ich dich fest!«

Er tätschelte dem Hengst die Nase. »Nadine hat morgen Geburtstag. Ich hab ihr ein Geschenk besorgt, und ich hatte sonst nie die Gelegenheit, länger wegzubleiben. An dem Tag waren wir eh auf der Demo, und da hat's gepasst.«

»Und darf ich fragen, was das für ein Geschenk ist? Red endlich, Franz!«

»Ein Pferd. Ein Isländer«, sagte er leise.

»Was?«

»Nadine wollte immer einen Schecken. Ich hab einen gekauft. In Tirol. Er wird heute Abend gebracht. Ein Wallach.«

Irmi hatte die Augen weit aufgerissen. »Und da erzählst du so einen Schmarrn von wegen Decktermin?«

»Als das Strobl-Mädchen und dieser Sailer da waren, hat Nadine grad den Stall gemacht. Sie hätte das doch gehört.

Und dann wäre die ganze Überraschung ja keine mehr gewesen.« Er klang kläglich.

Irmi schüttelte den Kopf. »Du hast echt einen an der Mütze. Deine Frau hat doch schließlich Ahnung von Pferden, oder? Auch wenn ihre etwas kleiner sind als deine. Die hat dir das mit dem Decktermin doch nicht abgenommen?«

»Das ist es ja. Natürlich hat sie das nicht geglaubt. Sie meint, ich hätt 'ne andere. Sie hat mir den Ehering hinterhergeschmissen. Dabei mach ich so was schon lange nicht mehr. Ich liebe meine Frau. Drum hab ich ihr ja auch noch so eine …«

»Flugameise? Ein Wikingerpony?« Irmi lächelte.

»Ja, so eine Flugameise gekauft.«

»Und ich nehme an, ich könnte da anrufen, wo du den Wallach her hast?«

»Klar. Er kommt ja heute Abend. Du kannst ihn dir gerne ansehen. Und die Verkäufer. Die kommen mit, wollen sehen, wo er hinkommt.« Er klang wirklich zerknirscht.

»Mensch, Franz, du bist wirklich ein Vollgastrottel. Und meine Zeit und die meiner Leute verschwendest du auch.« Eigentlich hätte sie wütend sein müssen, aber das war ja schon süß. Und romantisch. Ein Pony für die Liebste.

Hinter ihnen hörte man Schritte. Es war Nadine. Sie trug Trekkingshorts und ein über dem Bauch geknotetes Hemd. Makellose Beine. Die Frau wusste wahrscheinlich nicht mal, wie man Cellulite schrieb. Sie sah bewusst an Franz vorbei und suchte stattdessen Irmis Blick. In ihren Augen lag ein Ausdruck des Wiedererkennens. »Oh, hallo. Irmi, oder?«

»Ja, genau. Hallo!«

Irmi reichte ihr die Hand. An der Stelle, wo der Ehering gesessen hatte, war ein weißes Ringerl in die Sommerbräune gestanzt.

»Ich muss weiter«, erklärte Nadine.

Irmi lächelte sie an. »Ach, Nadine, streif deinen Ehering wieder über. Der Franz ist zwar ein Depp, aber ein ganz Lieber.«

Nadine sah Irmi verständnislos an. Wenn man etwas Negatives über das Mädchen sagen konnte, dann vielleicht, dass sie mit offenem Mund nicht sonderlich schlau aussah.

»Glaub der Polizei, Nadine. Macht's gut, ihr zwei.«

Irmi flüchtete schnell aus dem Stall. Im Vorbeigehen trank sie ihren lauwarmen Kaffee aus, winkte der Mama zu, die an ihren Blumen zupfte, und fuhr vom Hof.

Im Auto musste sie lauthals lachen. Was für eine Geschichte! Wie im Fernsehen, nur noch netter. Nadine, die bayerische Saarländerin mit den isländischen Ponys. Na, so eine Frau betrog man doch auch nicht. Obwohl – auch Julia Roberts oder Sandra Bullock waren wahrscheinlich schon betrogen worden. Oder Jennifer Aniston – die ganz bestimmt.

12

Im Büro berief Irmi ein rasches Meeting ein. Gerade als alle versammelt waren, schneite Kathi herein. Abgehetzt. »Tschuldigung, ich hab verschlafen.«

Irmi hätte sie erwürgen mögen, aber sie wollte sie nicht vor allen anderen zurechtweisen. Also berichtete sie von Diepold, was Sailer mit einem unwirschen Grunzen quittierte und Andrea mit weit aufgerissenen Augen.

»Der Diepold Franz, das hätt ich ihm gar nicht zugetraut«, sagte sie, wobei offen blieb, was sie ihm nicht zugetraut hätte – so viel Romantik oder den Erwerb eines Isländers. Vermutlich wäre einer passionierten Kaltblutfrau wie ihr ein Isländer nie und nimmer in den Stall gekommen.

»Andrea, haben Sie mittlerweile was über Orlowski erfahren?«, erkundigte sich Irmi.

»Ja, hab ich. Also: Bernd Orlowski war ursprünglich in Rosenheim bei der Post. Im Briefzentrum. Vor zwei Jahren hat er aufgehört. Jetzt ist er siebenundfünfzig und nur noch in Sachen Alpenverein unterwegs. Ich hab mit seiner Exfrau gesprochen. Die stand nämlich im Telefonbuch, er nicht. Sie war sehr nett. Die sind seit Jahren geschieden, haben zwei erwachsene Kinder, die längst außer Haus sind. Die Tochter in Kanada, der Sohn in Norwegen.«

»Gut, sonst noch was? Skandale, irgendwas Privates?«

»Na ja, seine Exfrau hat kein Blatt vor den Mund genommen. Sie meinte, ihr Mann sei früher hinter jedem Weib her gewesen, vor allem aber Mädchen, die zwanzig Jahre jünger waren. Sie meinte, das zermürbe eine Ehe über die

Jahre. Und wenn einer dann ständig auf so romantischen Hütten sitzt, der Sternenhimmel, der Hüttengeist – Gelegenheit macht Liebe. Also, das hat seine Exfrau jedenfalls gesagt.«

Irmi sah Andrea überrascht an. Na, da steckte doch was in dem Mädchen. »Hat sie sich nicht gewundert, dass die Polizei aus Garmisch anruft?«

»Gewundert schon, aber ich hab ihr gesagt, wir hätten seine Zeugenaussage verschludert, der Computer sei abgestürzt, und nun müssten wir alles noch mal aufnehmen. Sie wusste eh schon von dem Vorfall in Mittenwald. Er hat es ihr erzählt. Die beiden haben wohl noch erstaunlich viel Kontakt.«

Der letzte Satz aus Andreas Mund klang ungläubig. Wie konnte man noch mit einem Typen in Kontakt stehen, der einen jahrelang betrogen und gedemütigt hatte? Das kam in ihrem Weltbild nicht vor.

Irmi lächelte die junge Kollegin an. »Na, das haben Sie ja prima gemacht. Gute Idee mit dem Computer. Wissen wir denn nun, wie wir Orlowski erreichen können?«

»Ja, das wissen wir. Das Problem ist, dass Orlowski einige Tage auf dem Brünnstein-Haus ist. Da gibt's auch ein Telefon. Die Hüttenwirtin war ziemlich z'wider und hat gesagt, dass der Orlowski mit einer Jugendgruppe irgendwo Richtung Seeonalm unterwegs sei. Ich hab drum gebeten, dass er mich zurückruft, aber die machte mir nicht den Eindruck, als würde sie ihm das ausrichten.« Andrea wirkte richtig aufgeräumt.

»Wo ist denn das Brünnsteinhaus?«, fragte Irmi.

»Ich hab auf einer Karte nachgesehen, das ist oberhalb von Oberaudorf. Der Brünnstein ist 1619 Meter hoch und der Hausberg von Oberaudorf.«

»Na, das ist ja der nächste Weg, oder!«, maulte Kathi.

Das war wohl wahr. Ziemlich das falsche Ende der Alpenkette, zumindest von Garmisch aus betrachtet.

»Hilft aber nichts, wir fahren da jetzt hin«, sagte Irmi.

»Jetzt?« Kathi starrte von Irmi zu Andrea und wieder zurück.

Auf einmal platzte Irmi der Kragen. »Ja, jetzt! Gleich! Sofort! Orlowski ist ein Verdächtiger, und du bist Polizistin. Wenn dir das nicht passt, dann kündige halt! Es gibt schöne Berufe mit geregelten Arbeitszeiten. Da kann man dann auch ausgiebig seinem Privatleben frönen.«

Es war still. Andrea sah betroffen zu Boden. Kathi hatte schon ausgeholt zu einer heftigen Erwiderung, aber die Worte erstarben irgendwo auf dem Weg von ihrer aufgewühlten Seele bis zum Mund. Irmi tat ihr Ausbruch leid, aber sie war immer noch nicht in der Lage, endlich Klartext mit Kathi zu reden. Sie schluckte. »Wir fahren in fünf Minuten.«

Weil die Strecke über Tölz und Miesbach immer etwas von einer Expedition hatte und man zu jeder Tages- und Nachtzeit hinter Lkw und Sightseeing-Fahrern herkroch, beschloss Irmi, durchs Inntal zu fahren. Bis Seefeld herrschte Schweigen.

»Fahr bloß nicht zu schnell. Die blitzen hier ständig«, sagte Kathi schließlich.

Das war eine Art Friedensangebot.

»Ja, deine Landsleute sind und bleiben ein Volk von Passwegelagerern«, sagte Irmi.

»Besser, als gar nichts aus dem Leben gemacht«, erwiderte Kathi heiter.

Auch das war etwas, womit Irmi nicht zurechtkam: Kathi war hochexplosiv, sie hüpfte wie Rumpelstilzchen um ihre selbstentfachten Feuer, sie trotzte wie ein Kind. Aber nach einer massiven Verpuffung war alles wieder in Ordnung. Kathi war definitiv nicht nachtragend. Sie konnte zur Tagesordnung übergehen, wenn es in Irmi immer noch grummelte.

Irmi hatte feine Antennen für Missstimmungen, und nach so einer Gewitterentladung war für sie die Luft immer noch aufgeladen. Bei ihr dauerte es lange, bis sie sich wieder gut fühlte. Menschen wie Kathi machten es sich leicht: Sie ließen Dampf ab und hinterließen verbrannte Erde. Über die sie selbst aber hinwegschritten, als würden sie die züngelnden Flämmchen am Boden gar nicht wahrnehmen. Menschen wie Kathi brachen auf zu neuen Taten, ohne einen Blick zurück zu werfen. Und bei der leisesten Irritation entzündeten sie neue Feuer.

Irmi kurvte den Zirler Berg hinunter und auf die österreichische Autobahn. Sie hatte ein Jahrespickerl – auch das zu einem sittenwidrigen Wegelagererpreis –, weil sie sich mit *ihm* ab und zu in Österreich traf. Er hatte da beruflich zu tun, einmal hatten sie dem Leben sogar vier ganze Tage in Igls abgerungen. Waren in der Axamer Lizum auf der Bärenhütte gesessen und hatten Würstl mit Majonnaise gegessen. In Birgitz hatten sie einem Huhn, das in selbstmörderischer Absicht über die Straße gestürzt war, gerade noch ausweichen können. Hatten den Gipfellift am Patscherkofel bewundert, den musealen Einersessel, der sich hinaufarbeitete zum glatzköpfigen Gipfel. Waren unter dem Goldenen Dachl gestanden und hatten die hektischen Japaner beobachtet, die tausendundein Bild geschossen hatten.

Es hatte in Innsbruck T-Shirts mit dem Konterfei Kaiser Maximilians gegeben, und *er* hatte gesagt, so etwas würde er niemals anziehen. Der Kaiser sei nämlich ein echter Stinkstiefel gewesen – ein Zechpreller, der mit seinem Tross durch die Innsbrucker Gasthäuser gezogen sei, ohne zu bezahlen. Ein guter Ehemann sei er auch nicht gewesen: Bei der Hochzeit mit der jungen Bianca Maria Sforza war er nicht einmal anwesend. Maximilian ließ die Unglückliche auch sonst viel allein, und gefangen in Kummer und Heimweh bestellte sie Lebensmittel aus Italien. Es gilt als gesichert, dass sie an einer Lebensmittelvergiftung starb, der Transport von Frischwaren im Jahre 1510 war eben weniger hygienisch. Und natürlich war der Witwer nicht einmal bei ihrer Beerdigung zugegen!

Irmi liebte *ihn*, weil er solche Geschichten kannte und weil es ihm wirklich arg war, dass der alte Maxe ein so unsensibler Kerl und so schlechter Ehemann gewesen war. Darum blieb *er* ja auch bei seiner Frau, die nur noch egoistisch war. Aber war das wirklich gut und richtig?

Als sie einmal eine ganze Nacht zugunsten besserer Beschäftigungen auf den Schlaf verzichtet hatten, waren sie völlig ausgehungert schon um sieben zum Frühstück ins Café Central gegangen, in jenes Kaffeehaus mit den grünen Wänden, die wahrscheinlich schon 1884 so ausgesehen hatten. Sie hatten gekichert wie Teenies, und der säuerliche Ober, der auch so ausgesehen hatte, als stamme er aus dem 19. Jahrhundert, hatte sie missbilligend beobachtet. Sie waren durch die Stadt gelaufen, die gerade erst erwachte, und *er* hatte mal wieder eine Geschichte parat gehabt, diesmal vom wilden Freiheitskämpfer Andreas Hofer, der im Grunde seiner Seele vielleicht doch spießig gewesen war. In seiner Zeit in Innsbruck wohnte er in der Hofburg mit Blick auf einen Brunnen, den er einschmelzen und zu Gewehrkugeln umgießen lassen wollte, weil ihn die »nackerten Brunnenfiguren« störten. Das Leben war so leicht gewesen, mit *ihm* an ihrer Seite war alles federleicht – sogar sie selbst mit ihrem Ballast, der aus Frust und Fehlernährung stammte.

Sie kamen zügig voran und waren bald in Oberaudorf. Weil Kathi ja höchst ungern bergwärts marschierte, parkten sie an der Hocheckbahn und ließen sich bergauf fahren. Von der Bergstation ging's über den Wiesenweg bergauf und in den Wald hinein, der schattige Weg war ziemlich matschig, was Kathi überhaupt nicht goutierte.

»So eine Schlammschlacht«, maulte sie.

Irmi hingegen genoss das gleichmäßige Gehen. Dieser Brünnstein war ein Berg, der von jeder Seite anders aussah. Als würde er sich immer neu erschaffen, ein felsiger Kamerad mit Eigenleben. Das Berghaus war groß und modern angebaut worden. Orlowski allerdings war noch nicht da.

»Dann geh ich noch auf den Gipfel. Kommst du mit?«, fragte Irmi.

Kathi sah sie missbilligend an. Ihr hatte schon der Aufstieg gereicht.

Also ging Irmi den kleinen Klettersteig allein und kam voller neuem Schwung zurück.

»Ich hab Gämsen gesehen, ganz nah. Die Aussicht da oben ist sensationell, weit hinein in den schroffen Kaiser – wirklich schön.«

»Na dann«, meinte Kathi gut gelaunt. Sie hatte sich ein Weißbier von der Brauerei Bals bestellt und war von einem Bergler belehrt worden, dass das die kleinste gewerbliche Weißbierbrauerei der Welt sei. Dann hatte er ihr einen Brünnsteindiesel spendiert, einen süffigen Kräuterschnaps, dem Insider diesen klingenden Namen gegeben hatten. Und der hatte Kathis Stimmung noch gesteigert. »Der Orlowski ist noch nicht wieder da«, erklärte sie, und Irmi meinte ein leichtes Lallen auszumachen.

Irmi holte sich ein Wasser und auch so einen Schnaps. Das Leben konnte so schön sein. Wäre da nicht Orlowski gewesen. Irmi hatte auf einmal gar keine Lust mehr, ihn zu befragen. Das hier war doch fast wie Urlaub. Eine alte Dame kam vorbei, beäugte Irmi und Kathi und setzte sich zu ihnen.

»I muaß pausieren. Wer seids ihr?«

Irmi faselte irgendwas von Familienausflug, und die Alte betrachtete sie aufmerksam. »Wenn du amoi so dünn warst wie dei Dochter, dann bischt auseinanderganga als wia a Kälberkuh.« Dann stand sie auf und verschwand grußlos.

Irmi schluckte. Kathis neuer Freund, der noch zwei Schnäpse brachte, lachte laut und erklärte, dass diese resolute Dame schon weit über sechzig Almsommer auf einer der drei Himmelmoosalmen hinter sich habe und der höchst lebendige Beweis sei, dass gute Luft, gute Gene und der bayerische Grant jung hielten. Touristen, Nachbarn und Verwandtschaft seien bei ihr eigentlich immer »Dreckhammel«, »Saukrippel« und »Pritschn«. Dem zugroasten Almnachbarn hatte sie sogar jahrelang das Wasser abgedreht: Eine einzige Quelle speiste nämlich alle drei Himmelmoosalmen, und sie hatte den Zulauf mit einem Weinkorken sabotiert, bis der Nachbar zur Quelle gekraxelt war und den Stopfen entfernt hatte.

Das waren zwar alles ziemlich amüsante Geschichten, aber irgendwie war Irmis gute Laune verflogen. Sie schluckte noch an der Kälberkuh.

Plötzlich waren Stimmen zu hören, und wenig später wuselte eine Gruppe von Kindern heran, die Irmi auf zwölf bis vierzehn Jahre schätzte. Als Letzter der Gruppe kam Orlowski. In militärischem Tonfall schmetterte er seine Befehle heraus: Umziehen, Waschen, Essen fassen. Die Kids trollten sich ins Berghaus. Dann erst entdeckte Orlowski Irmi und Kathi.

»Die Damen aus Garmisch. So eine Überraschung. Was führt Sie in mein Heimatrevier?« Er versuchte fröhlich und launig zu klingen, aber das misslang ihm gründlich.

»Ja, Herr Orlowski, ein schönes Revier. Was uns allerdings interessiert, ist eher das Revier von Pius Fichtl. Und damit meine ich die hübsche Meike. Es gab genug Wilderer, die sich an ihr gütlich tun wollten. An jenem Tag im

August, als Pius Fichtl ums Leben kam und Sie in Rufnähe waren – was haben Sie da gemacht? Warum haben Sie mit ihm gestritten?«

Diese schnelle Attacke warf den kleinen DAV-Mann völlig aus der Bahn. Er sank auf die Holzbank und trank Kathis halben Brünnsteindiesel aus.

»Sagen Sie mal, geht's noch?«, herrschte die ihn an.

Orlowski schwieg.

»Soll ich Ihnen noch einen bestellen?«, herrschte Kathi ihn erneut an. »Von Ihrem Reviergetränk?«

»Ich trinke sonst keinen Schnaps«, entgegnete Orlowski.

»Klar, ganz der Sportler. Für siebenundfünfzig sind Sie gut in Schuss, Herr Orlowski, oder. Ich hätte Sie jünger geschätzt. Da schafft man es auch, einen jungen durchtrainierten Mann zu überwältigen.« Irmi durchbohrte ihn mit Blicken.

»Ich hab doch mit dem Tod von Fichtl nichts zu tun!«

»Ach so, und warum waren Sie an Fichtls Todestag auf der Alm? Warum wurden Sie gesehen, als Sie vom Hundstall retour kamen? Was haben Sie da gemacht? Und wieso hat man Sie gesehen, als Sie um die Mittagszeit mit Fichtl gestritten haben?«

»Wer behauptet das?« Orlowski sah so aus, als könne er gut noch einen Schnaps vertragen.

»Ein Zeuge!« Irmi behielt ihren kühlen Ton bei.

Orlowski schluckte. »Wer?«

»Lieber Herr Orlowski, Sie haben das Spiel missverstanden. Die Regeln stelle ich auf, die Fragen kommen aus meinem Mund. Ich kann Sie auch verhaften lassen. Haben Sie das immer noch nicht kapiert? Sie stehen unter Mordverdacht.«

Orlowski hatte einen großen Teil seiner Arroganz eingebüßt. »Ja, ich hab mit ihm gestritten, aber das war ganz in der Früh. Was soll denn das mit der Mittagszeit?«

»Herr Orlowski, ich warne Sie. Verschwenden Sie nicht unsere Zeit und erzählen lieber, was sich am letzten Mittwoch auf der Alm ereignet hat. Morgens, mittags und von mir aus in der Nacht. Aber reden Sie endlich. Sie sind doch sonst nicht so sprachlos.«

Er atmete schwer. »Da sollte doch diese Bauerndemo sein. Ich wollte die Anwesenheit der Ministerin und auch der Presse nutzen, auf mein Anliegen, den Schutzwald, aufmerksam zu machen. Sehen Sie, da war dieses Pfingsthochwasser, da war das Augusthochwasser: Eschenlohe war überflutet und Garmisch ein Flusssystem aus reißendem Wasser – aber wie schnell ist so was vergessen! Wir siedeln weiter in den Überschwemmungsgebieten, wer weiß denn überhaupt, was Schutzwald ist. Sie?«

Irmi ließ ihn gewähren. Sie hatte die Erfahrung gemacht, dass es gut war, wenn sich die Leute erst mal warm redeten. Viele mussten weit ausholen. Orlowski war sowieso eine Schwätzbacke, und nun fand er allmählich zu seiner oberlehrerhaften Art zurück. Irmi schickte einen kurzen Blick zu Kathi hinüber und signalisierte ihr, Orlowski nicht ins Wort zu fallen. Und Kathi verstand das ausnahmsweise mal.

»Mit dem Forstgesetz für Bayern wurde 1852 erstmals der Schutzwaldbegriff festgelegt. Es handelt sich um Wald in Hoch- und Kammlagen der Gebirge, der maßgeblich dazu dient, Erdabrutschungen, Überflutungen, Steinschläge und Bodenabwehungen zu verhindern. Von einer Gesamtwaldfläche von 250 000 Hektar im bayerischen Alpenraum sind 147 000 Hektar Schutzwald, das sind etwa sechzig Prozent der Gesamtwaldfläche. Die Schutzfunktion kommt nur dann zum Tragen, wenn die Pflanzengesellschaft aus einem sinnvollen Mix von Nadel- und Laubbäumen besteht. Idealerweise sind das ungleichaltrige und gemischte Wälder, wo junge Bäume einspringen können, wenn alte ausfallen. Da hat die Tanne eine besonders wichtige Aufgabe, denn sie kann sehr lange im Schatten alter Bäume überleben.«

Heureka!, dachte Irmi. Das ist er, der alte Orlowski. Er holte kurz Luft. Irmi wartete. Dann fuhr er fort: »Ich bin wahrlich für Ökologie, aber es kann doch nicht angehen, dass politische und gesellschaftliche Gruppierungen auf den Plan treten, die rufen: Überlasst die Wälder sich selbst! Wenn nun aber das Wasser im Keller eines solchen Die-Natur-hilft-sich-selbst-Vertreters steht, dann sieht es plötzlich anders aus. Wieso hat der Staat nicht geholfen?, heißt es da. Fakt ist nun mal: Die Alpen sind seit Jahrhunderten ein Kulturraum! Holz wurde im Mittelalter fürs Salzsieden gewonnen, schon ab dem 15. Jahrhundert erzwang die zunehmende Besiedlung Rodungen der Hochlagen. Der bayerische Alpenraum ist heute Lebens- und Wirtschaftsraum für rund 450 000 Menschen, es besteht momentan eine Besiedlungsdichte von vierhundert Einwohnern pro Quadratkilometer. Das ist viermal so viel wie vor hundertfünfzig Jahren.«

»Herr Orlowski, das ist ja alles schön und gut, aber Ihr Verein tritt doch schließlich auch für die Erschließung von Verkehrswegen ein und legt sogar Wanderwege an. Der DAV baut Hütten und versiegelt die Alpen. Da stehen doch auch Eigeninteressen im Mittelpunkt.« Irmi sah ihn herausfordernd an, Orlowski reagierte aber ziemlich cool.

»Ja, das stimmt. Aber ich weiß, dass die paradiesischen Zustände der Urwälder vorbei sind, und zwar unwiederbringlich! Polemik und Extrempositionen sind fehl am Platz. Wir gehen in die Berge, natürlich. Sie doch auch. Aber ich versuche Jugendlichen und auch Erwachsenen das Zusammenspiel zwischen Mensch und Natur zu erklären. Drum engagiere ich mich auch für die Schutzwaldsanierung.«

Zweifellos wusste Orlowski zu reden und zu argumentieren. Irmi konnte sich vorstellen, dass die kleine Lehrerin beeindruckt gewesen war. Wahrscheinlich war er gar nicht so unrecht, wenn man die übertriebene Selbstdarstellung abzog. Allein – er war wahrscheinlich ein Mörder. Irmi versuchte, sich zu konzentrieren. »Und das wollten Sie den Politikern vortragen?«

»Ja, genau. Aber momentan geht es ja nur noch um den Milchpreis. Ich wollte mal andere Schlaglichter werfen.«

Schlaglichter wollte der Mann werfen, so so! Irmi runzelte die Stirn. »Schön, so weit verstehe ich das ja. Und wie kommt nun Pius Fichtl ins Spiel?«

»Fichtl hat gesagt, dass unsere Pflanzen sowieso verrecken. Er hat mich ausgelacht, als ich in der Früh ein paar Pamphlete entrollt habe.«

»Und wie kam er zu dieser Annahme?«, fragte Kathi, und Irmi wunderte sich wie schon öfter über Kathis Formulierungen. Plötzlich konnte sie intellektuell wirken, ein paar Sekunden später hingegen benahm sie sich wie die Wutz im Walde.

»Weil er meinte, dass bei unseren Pflanzen die Triebe nicht genug verholzt seien und dass das Saatgut nicht von Pflanzen aus der entsprechenden Höhenlage stamme.«

Irmi fühlte sich ähnlich wie bei Andreas Vortrag zur Kaltblutzucht. Sie lebte hier, zwischen Pferden und am Fuße der Berge – und doch wusste sie so wenig. Auch war ihr nicht klar, wohin das alles führen sollte. »Hatte er denn recht?«, fragte sie lahm.

»Ja, natürlich. Es hat sich nämlich gezeigt, dass bereits wenige Höhenmeter einen erheblichen Unterschied im Erbgut ausmachen. Unsere Pflanzen haben jedoch das richtige Erbgut und stammen von einer Spezialfirma in Traubling.«

»Na, und wo ist das Problem?«, fragte Kathi.

»Ach, dieser Fichtl hat mein ganzes Engagement infrage gestellt, sich über meine Leute lustig gemacht. Er hat behauptet, das alles sei nichts als ein Tropfen auf den heißen Stein und dass er und Vitus in der gleichen Zeit ohne die Alpenvereinsbehinderung das Doppelte schaffen würden.«

Alpenvereinsbehinderung. Schönes Wort, dachte Irmi, und wahrscheinlich hätte Vitus da vorbehaltlos zugestimmt.

»Dieser Fichtl wollte mich einfach nur provozieren und vor seiner Freundin lächerlich machen«, sagte Orlowski.

»Der Sie, Herr Orlowski, schöne Augen gemacht haben! Dabei war der Junge dreißig Jahre jünger als Sie und das Mädchen noch jünger. Sie kennen den Spruch: Schuster, bleib bei deinen Leisten. Es ist bekannt, dass Sie der Damenwelt nicht abhold sind.« Auch Irmi konnte schön formulieren, wenn sie wollte.

»Also, das ist eine Unterstellung!«, rief er.

»Ach, Herr Orlowski, das müssen Sie mit sich ausmachen, aber Sie haben die Kleine angegraben, und da dürfen Sie sich nicht wundern, wenn Pius Fichtl sich schützend vor seine Freundin stellte. Wir sind hier in einer Welt, wo noch klare Regeln herrschen. Der junge Mann war Bauer und hatte eine genaue Vorstellung vom Leben. Woodstock war gestern, Herr Orlowski. Erzählen Sie mir doch nichts!«

»Ach, der Fichtl hatte so eine ungute Art!«

Die wahrscheinlich darin bestanden hatte, dass Fichtl jung, attraktiv, groß und gebildet gewesen war. Das vertrug ein Stenz wie Orlowski nicht.

Irmi beschloss, zum Wesentlichen zurückzukommen. »Ich verstehe Sie also richtig: Ihr Streit …«

»Das war kein richtiger Streit«, warf Orlowski ein.

»Also gut, Ihr Geplänkel fand in der Früh statt?«

»Ja, und ich wurde dann auch von ein paar Bodyguard-Typen entfernt.« Das klang entrüstet. Der große Bernd Orlowski einfach entfernt. »Das Protokoll sah eben nur die Berglandwirtschaft vor.«

Das war auch gut so, dachte Irmi. Wäre ja noch schöner, wenn jeder, der von einer Idee beseelt war, bei solch einer Veranstaltung auftreten und seine kruden Anliegen vortragen würde. »Und Fichtl? Wo war der?«

»Der ist mit dem Bike davon. Ich bin auch gegangen. Aufs Soiernhaus.« Orlowski klang beleidigt.

»Haben Sie Fichtl dann später nochmal gesehen? Nach dem Streit am Morgen?«, fragte Kathi, die immer noch überraschend zahm war. Vielleicht lag das Geheimnis im Brünnsteindiesel. Irmi überlegte, ein Fläschchen als Notfallmedizin mitzunehmen.

»Ja, ich hab ihn gesehen. Näher und weiter.«

»Bitte?«

»Ich hatte ein Spektiv dabei, um Vögel zu beobachten. Und da hatte ich Fichtl mehrfach im Blick. Er war mit dem Bike Richtung Lakaiensteig und unter der Ochsenstaffel unterwegs. Kein normaler Mensch bikt da noch. Als er wieder zurückkam, ist er Richtung Hundstall gefahren.«

»Da wurden Sie auch gesehen«, bemerkte Irmi.

»Sicher. Ich kam ja vom Soiernhaus über den Standardweg wieder zurück.« Nun klang er eher gelangweilt. So als müsse jeder über die geografischen Gegebenheiten rund um die Alm informiert sein.

»Sie waren es also nicht, der im Bereich des Waldes zwischen Fischbachkopf und Soiernweg mit Fichtl gestritten hat?«

»Nein, ich habe ihn aber gehört.«

»Ach?«

»Ja, er hat mit jemandem gestritten. Mit einem Mann. Ich denke auch, ich weiß, wer das war.«

»Bitte?«

»Ich konnte mit meinem Spektiv einen Mann beobachten, der Fichtl sozusagen verfolgt hat. Er drückte sich im Gelände herum. Ich hatte den Eindruck, dass er mehrmals versucht hat, Fichtl allein zu stellen, aber entweder hat gerade Fichtl jemanden getroffen, oder aber er ist aus dem Gesichtsfeld des Verfolgers verschwunden.«

»Schöne Geschichte, oder, Herr Orlowski, die Sie uns da auftischen«, sagte Kathi.

»Was heißt da auftischen? Ich sage die Wahrheit!«, rief er entrüstet.

»Und wie sah der Mann aus?«, fragte Irmi.

»Relativ groß, schwerer Körperbau, er hat eine Sonnenbrille und eine Basecap getragen. Sein Gesicht war nicht zu erkennen.«

Schwerer Körperbau, das traf auf Leismüller zu. Auf Diepold, den zähen Hering, weniger. Außerdem zweifelte Irmi nicht an der Geschichte vom geschenkten Isländergaul.

Das war wirklich eine tolle Geschichte. Jeder hatte jeden auf dieser Alm gesehen und gehört. Irgendwie waren sie alle aneinander vorbeigelaufen, und jeder war auf seiner Umlaufbahn geblieben. Aber einer davon musste den Weg von Fichtl gekreuzt haben. Und nicht bloß gekreuzt!

»Wie klang denn die Stimme?«, wollte Irmi wissen.

»Der Mann war definitiv nicht von hier. Ich hab ihn einmal ›Allmächt!‹ schreien hören. Das ist meines Wissens Fränkisch.«

»Sie tischen uns hier ein fränkisches Phantom auf?« Für einen Moment war Irmi aus dem Konzept. Sollte neben Fichtl, Leismüller und Orlowski noch einer da gewesen sein?

»Ich tische Ihnen gar nichts auf. Ich habe gesagt, wie es war. Du lieber Himmel, der arme Fichtl. Die arme Meike! Das kann bei Gott doch keiner gewollt haben!«

Nun wurde er auch noch pathetisch und ganz schön klerikal. Der leise Anflug von Sympathie war weg, Orlowski war und blieb ein Wichtigtuer. Irmi musterte ihn. Die Geschichte konnte stimmen – oder auch nicht. Sie hatten nichts in der Hand. Nur Aussagen von Männern, die da oben alle irgendwo herumgelaufen waren. Kein Staatsanwalt der Welt würde einem Haftbefehl zustimmen. Sie mussten etwas finden. Indizien, Überbleibsel, irgendwas.

»Gut, Herr Orlowski. Sie halten sich für weitere Fragen parat.«

Er lachte gekünstelt. »Ich bin noch drei Tage hier, keine Sorge, ich flüchte nicht nach Brasilien.«

»Da gäb's aber gut gebaute Frauen mit runden Hintern«, bemerkte Kathi.

Orlowski schnappte nach Luft, und Irmi entfuhr ein kleiner Lacher.

Mehrere Fragen blieben nach dem Gespräch mit Orlowski offen: Gab es den geheimnisvollen Franken wirklich? Und wenn ja, wer war er, und was hatte er mit Fichtl zu tun gehabt? Vielleicht war es doch ein anderer Landwirt, der mit Fichtl im Clinch gelegen hatte? Ging das jetzt alles wieder von vorne los?

Auf dem Rückweg stellte Kathi irgendwann fest, dass sie einen mörderischen Hunger hatte. Irmi erging es ähnlich. Ihre junge Kollegin schlug das Pfefferkorns am Vier-Viecher-Eck in Innsbruck vor, dessen Besitzer sie kannte, irgendein Spross einer Lecher Hotelierdynastie.

Das Lokal war ziemlich stylish, umso überraschter war Irmi, dass die Küche verfeinert, aber doch bodenständig tirolerisch war. Ohne Schnickschnack. Der Besitzer, ein recht hübsches Kerlchen, gab Kathi zwei Tequila aus, die den abgesunkenen Pegel vom Brünnsteindiesel offenbar wieder anhoben. Kathi verschlief leicht schnarchend die Rückfahrt.

13

Am nächsten Morgen zitierte Irmi ihren Kollegen Hasibärchen zu sich.

»Es ist zum Davonlaufen! Wir kommen nicht weiter. Wir wissen, dass sich Fichtl mit jemandem getroffen hat. Angeblich nicht mit Orlowski und auch nicht mit Leismüller. Mein bestes Hasilein, ihr müsst noch mal hinauf in die schwindelnden Höhen. Wir wissen, dass Fichtl unterhalb der Hütte gewesen ist. Und ein gutes Stück weiter unten wurde seine angenagte Leiche in dieser Höhle gefunden. Irgendwo dazwischen müsst ihr etwas entdecken. Ihr müsst einfach!« Irmi klang wohl wirklich verzweifelt, denn der Hase unterließ sein sonstiges Lamentieren.

»Gut, ich pack ein paar Leute ein. Ich weiß zwar nicht, was das bringen soll, aber von mir aus. Wisst ihr, wie oft es seitdem geschüttet hat wie am Jüngsten Tag? Was soll ich da noch finden?« Er gab den Brummbär, aber diesmal nur einen Miniaturbären, und dann trollte er sich mit den Worten: »Ich ruf an, versprochen.«

Irmi legte ihre Stirn auf die Tischplatte. Wo war bloß ihr Elan geblieben? Lustlos machte sie sich über ein paar andere Fälle her, vieles war liegen geblieben. Sie hatte ihr Telefon auf die Zentrale umgestellt, denn sie wollte nicht gestört werden. Ab und zu musste man sich mal eine Telefonohr-Auszeit nehmen. Immerhin war in ihrer Behörde das Telefon an der Zentrale besetzt, was in anderen Institutionen ja nicht immer der Fall war. Dort geriet man stattdessen an eine Sekretärin, die mit Brachialcharme alles abwiegelte, oder aber es war besetzt. Häufig landete man auch in einer Warteschleife, wo wahlweise die Kleine Nachtmusik dudelte oder Blasmusik oder in der eine nervtötende Säuslerin »Einen Moment, bitte!« wiederholte.

Nun läutete Irmis Telefon aber doch. Es war die Telefonzentrale, die anfragte, ob man den Kollegen Hase durchstellen dürfe. Sie sah auf die Uhr. Es waren fünf Stunden vergangen. Das Hasenteam hätte sie fast vergessen vor lauter Schlägereien und anderen zwischenmenschlichen Nettigkeiten, mit denen sie sich befasst hatte.

Der Empfang war ziemlich schlecht. Nur Wortfetzen waren zu verstehen, irgendwas von einem Mountainbike und einer Jacke, und dann sagte er, dass sie schon auf dem Rückweg seien.

Irmi informierte Kathi über die neuesten Entwicklungen. Sie wirkte wie schon in den letzten Tagen fahrig und unausgeschlafen. Sie war am Vortag noch heim nach Lähn gefahren, was angesichts ihres Alkoholpegels sicher nicht so gut gewesen war. Aber sie sah so aus, als hätte sie hinterher noch einen Abstecher irgendwohin gemacht. Einen Schlaf raubenden und Kräfte zehrenden Abstecher.

Eine halbe Stunde später rauschte der Hase herein. Er hatte ein paar Schürfwunden am Arm und blickte vorwurfsvoll. »Da oben ist alles voller Geröll. Eine Rutschpartie hab ich gemacht! Tot hätt' ich sein können.«

Das bezweifelte Irmi allerdings, schließlich war das ja nicht die Eigernordwand unter der Alm. Sie wollte den Hasen aber nicht noch mehr gegen sich aufbringen und versicherte: »Das tut mir leid, so was aber auch!«

Der Hase schnappte nach Luft und warf Irmi eine Jacke auf den Tisch. Sie sah ihn erstaunt an.

»Da bin ich reingerutscht«, erklärte er. »Da rein.«

Irmi beäugte das olivfarbene Kleidungsstück. »Darf ich das anfassen?«

»Sicher, bei dem Regen gibt's eh keine Spuren zu vernichten«, rotzte er ihr so hin, als hätte sie ihm gerade einen unsittlichen Antrag gemacht – oder etwas weit Schlimmeres.

Die Jacke bestand aus einem seltsamen Material. Sie wirkte robust und doch geschmeidig, war überraschend leicht und fühlte sich weich an. In der Innentasche war etwa Härteres zu ertasten. Irmi sah ihren Kollegen fragend an. Der nickte.

Was Irmi zutage förderte, war ein flacher Gegenstand mit einem Display. Sie runzelte die Stirn.

»Ein GPS«, erklärte Hase. »Allerdings hat keiner von uns jemals so ein Teil gesehen. Die gängigen Hersteller wie Garmin haben so was sicher nicht im Programm.«

»Und das heißt?«, fragte Kathi und ließ das seltsame High-Definition-Material durch ihre Finger gleiten.

»Fragt mich morgen. Ich mach mich schlau, und sobald ich was weiß, geb ich Bescheid. Und jetzt muss ich meinen Arm verarzten. O Gott, hoffentlich ist meine Tetanusimpfung noch gültig!« Er konnte ungeheuer dramatisch sein, der gute Hase, fand Irmi. In einer Seitwärts-Auswärts-Drehung wirbelte er herum, griff dabei die Jacke und ließ sie wie eine Fahne hinter sich herwehen. Irmi sah ihm verdutzt nach.

Wenige Sekunden später war Hase wieder da. »Ach ja, wir haben auch ein Giant Fully Mountainbike gefunden. Jede Menge Gänge und Scheibenbremsen. Steht unten, das können Sie sich gerne ansehen. Vielleicht kann ja einer von euch rausfinden, ob es Fichtl gehört hat.« Er rauschte zum zweiten Mal davon – diesmal war er wirklich weg.

Irmi sah erneut auf die Uhr. Mittlerweile war es sechs Uhr – eine Zeit, zu der freitags andere Leute längst im Biergarten saßen. Na ja, heute vielleicht nicht. Es war kühl, und Regenschauer zogen übers Land.

»Lass uns mal das Rad anschauen«, sagte Irmi zu Kathi, um überhaupt etwas zu sagen.

Langsam ging Irmi hinunter, Kathi hinterher. Ein Mountainbike, genau. Wie Hasi gesagt hatte. Ein Rad mit Scheibenbremsen und jeder Menge Gänge. Wahrscheinlich war das eines dieser Dinger zum Preis eines Kleinwagens.

Unschlüssig standen sie herum. Irgendwann zückte Irmi ihr Handy. Hektisch suchte sie nach der Nummer von Meike. Es läutete eine Weile, dann ging die junge Belgierin ran.

»Meike, entschuldigen Sie, dass ich Sie schon wieder belästige. Aber es ist sehr wichtig. Können Sie mir das Mountainbike von Pius beschreiben? Und können Sie mir sagen, was Pius anhatte? Waren es Bundeswehrsachen?«

»Hallo, Frau Mangold. Klar kann ich Ihnen das Rad beschreiben. Es ist ein Giant Fully, schwarz-grau. Pius war richtig stolz darauf. An dem Tag hatte er eine grünliche Outdoor-Jacke an. Übrigens hat er im Scherz noch gesagt: Ich hab ein GPS drin, kannst mich ja orten, wenn du Angst hast, ich geh verloren.«

»Danke, Meike, das war's schon. Sie haben mir sehr geholfen!« Irmi atmete tief durch und schickte hinterher: »Ist Ihre Mama inzwischen da?«

»Ja, meine Mutter ist mittlerweile hergekommen. Danke, dass Sie nachgefragt haben.«

Mit einem »Alles Gute« beendete Irmi das Gespräch.

»Was sagt Meike?«, erkundigte sich Kathi.

Irmi brachte die Kollegin rasch auf den neuesten Stand.

»Und nun?«

»Nun warten wir, bis uns der Hase mehr zu der Jacke sagen kann. Ich hoffe, er arbeitet auch am Samstag.«

»Wird er schon, oder. Brauchst du mich? Ich hatte mit Sophia einen Ausflug geplant.«

Irmi lag schon auf der Zunge: ›Wieder ins Schwimmbad?

Hör endlich auf zu lügen.‹ Stattdessen schwieg sie und schluckte ihren Ärger hinunter. »Nein, fahrt nur, wir können uns am Sonntag ja mal zusammentelefonieren, oder?«

»Klar!« Und weg war sie.

Irmi verbrachte den Abend damit, das Haus zu putzen. Der Haushalt war nicht gerade ihre Stärke. Er lief eben so mit. Jedes Mal, wenn sie mit dem Staubsauger einen Teppich so stark ansaugte, dass er sich kaum mehr aus dem gierigen Schlund befreien ließ, fragte sie sich, ob das anderen auch passierte. Ihr Wischfeudel verursachte Schlieren, und die Wasserflecken auf den Armaturen gingen nie ganz weg. Zum Glück konnte sie ihre Bügelwäsche zur Nachbarin Lissi bringen, die allen Ernstes beteuerte, gerne zu bügeln. Sie schaute sich dabei Soaps an. Puh!

Am Samstag erwachte Irmi früh und ging Bernhard im Stall zur Hand. Noch immer herrschte Schweigen zwischen ihnen. Auf einmal erfasste Irmi ein Fluchtreflex. Mit dem Auto folgte sie ziellos der Straße nach Grafenaschau und fand sich plötzlich in Bad Kohlgrub wieder. Sie überlegte, aufs Hörnle zu gehen, aber auf einmal war ihr ihre Mutter so nah. Das Hörnle war ihr Hausberg gewesen, Mamas Wettermelder.

Irmi flüchtete weiter, immer noch wie ferngesteuert, bis sie in Unternogg landete. Da wusste sie es: Die Bleick, das war ihre Kandidatin. Ein Berg ohne Lift, der Höhenmeter schindet, ein Berg ohne Einkehr. Ein perfekter Berg.

Es war ein ziemliches Gehatsche auf einem langweiligen Forstweg, immer bergan bis zur Saulochhütte. Normalerweise schätzte Irmi das gar nicht, aber heute tat ihr das monotone Gehen gut. Bei der Lähnbachhütte setzte sie sich auf den Freisitz, nagte an einem Müsliriegel, den sie im Handschuhfach gefunden hatte und der schon ein wenig ranzig schmeckte, und stieg weiter bergan.

Bald traten die Bäume zurück, das Gras changierte bereits in Herbstfarben. Die Brettlwege halfen, dass die Füße trocken blieben. Und dann die Niedere Bleick: baumfrei inmitten eines wogenden Waldmeers. Sie konnte die Wieskirche sehen und den Staffelsee. Die Echelsbacher Brücke sah aus wie ein Miniaturbauwerk in einer Modelleisenbahnlandschaft. Und auf einmal fühlte sie sich besser – oder anders: Sie spürte sich selbst wieder.

Am Abend war sie bei Nachbarin Lissi eingeladen, es gab hausgemachte Pizza und Prosecco. Wie lange hatte sie nicht mehr so ausgelassen herumgeblödelt? Später kam Bernhard vorbei. Er hatte noch eine Flasche Prosecco dabei. Als er mit Irmi anstieß, lag Wehmut in seinem Blick und der Wille zur Versöhnung.

Lissi ging hinaus, unter irgendeinem Vorwand. Sie galt den meisten als ein immerfröhlicher Pummel, aber Irmi wusste, dass in ihr eine sensible Philosophin schlummerte. Sie pflegte zu sagen: Wir müssen mit dem leben, was wir haben. Und sie wusste auch, wann es Zeit war zu schweigen.

Irmi beobachtete die kleinen Perlen in ihrem Glas. Ohne Bernhard anzusehen, sagte sie: »Prost, du sturer kleiner Bruder.«

»Prost, du noch sturere große Schwester.« In Bernhards Stimme lag Zärtlichkeit.

14

Noch einen Tag so ganz im Freizeitlichen hätte Irmi nicht durchgestanden. Deshalb fuhr sie am nächsten Tag ins Büro, wo sie auf Sailer traf. »Griaß Eana Gott, Sailer. Was machen Sie denn am Sonntag hier?«

»Dienst, was sonst?«

»Ach so.« Irmi erkundigte sich lieber nicht nach seinem freien Samstag gestern, denn da hatte es bestimmt wieder ein Familienfest gegeben, und bis Sailer da von allen Tanten, Onkels und sonstigem Verwandtschaftsgewirr berichtet hatte, wäre es Mittag geworden.

»Frau Irmgard, guat schaugn S' aus.« Sein Blick blieb an der Jacke hängen. »Was is nachad damit?«, fragte er.

»Das wüssten wir auch gern. Das Hasenteam hat sie gefunden, dazu ein Mountainbike. Inzwischen wissen wir von seiner Freundin, dass das Mountainbike Pius Fichtl gehört hat. Die Jacke vermutlich auch. Genaue Analysen kommen noch. Das Material der Jacke ist merkwürdig, und dann ist da noch was.« Irmi klappte die Jacke auf und wies auf die Innentasche. »Darin befindet sich ein hochmodernes und hochempfindliches GPS-System, das in der Form keiner kennt«, sagte sie. »Auch darum kümmert sich der Hase.«

Sailer nickte gewichtig. »Des is a Barras-Jackn, so was ham mir aber ned g'habt.«

»Waren Sie beim Bund?«

»Klar, Zeitsoldat, und dann bin i zur Berufseingliederung zur Polizei.«

Irmi sah ihn verblüfft an. Häufig wusste man so wenig

über die Menschen, die einen umgaben. »Dann wissen Sie sicher auch, was das für Zahlen sind?«, fragte sie und wies auf zwei Nummern, die sich auf der Jacke befanden.

Sailer schaute nicht mal richtig hin, sondern erklärte lapidar: »Amoi die Versorgungsnummer, amoi die Personalnummer.«

»Und wie kann ich die zuordnen, Sailer?« Irmi unterdrückte die Unruhe, die sich in ihr breitmachte.

»In seiner Kaserne oder beim Kreiswehrersatzamt. Wenn des oaner von Mittenwald is, dann wissen die des. So, i brauch erst amoi an Kaffee«, sagte Sailer und ging davon.

Irmi starrte ihm nach. Pius Fichtl war mit seinem Mountainbike und einer Bundeswehrjacke unterwegs gewesen. Was erst mal nichts Besonderes war, denn Bundeswehrklamotten wurden auf jedem Viehmarkt verkauft. Aber nicht solche High-Tech-Kleidung! Oder hatte die Jacke womöglich dem Mörder gehört?

Irmi überlegte kurz und plärrte dann über den Gang: »Sailer!«

»I kimm glei!«

Das »glei« dauerte zehn Minuten, Irmi bebte.

»Sailer, es ist Sonntag! Wo soll ich da anrufen? Ich muss jetzt wissen, wem die Jacke gehört.«

»I woas und drum hob i die Tanja ogrufn, was die Tochter von der Kusine ist, die Tanja, die wo in der Kaserne arbeit.«

Irmi starrte Sailer an.

»Sagen Sie jetzt ned, des war eigenmächtig. Die Tanja sagt, des is die Jacke von Peter Fichtl!« Und schon war er wieder weg.

Pius Fichtl war tot, und ganz in der Nähe des mutmaßlichen Tatorts war die Jacke seines Bruders gefunden worden. Hatte sie doch recht gehabt? Ging es um Brudermord, wie bei Kain und Abel?

In diesem Moment kam Kathi herein. Sie sah schlecht aus, wobei sie natürlich nie wirklich schlecht aussah. Aber sie hatte schwarze Schatten unter den Augen und wirkte nervös.

Irmi sah sie prüfend an. »Alles klar bei dir?«

»Ja, hab nur schlecht geschlafen!« Kathi trug ihre Emotionen wie auf einen Wappenschild gepunzt vor sich her – sie war definitiv keine gute Schauspielerin. Irgendetwas stimmte nicht mit ihr, und diesmal hatte es nichts mit Soferl zu tun.

Bis heute hatte Irmi sie wegen des angeblichen Schwimmbadbesuchs nicht zur Rede gestellt. Es ging um einen Mann, um das zu erkennen, musste Irmi keine große Prophetin sein. Kathi verschliss reihenweise Männer, dabei hatte ihre emotionale Beteiligung bisher jedoch immer unter null gelegen. Sie war beziehungsunfähig und schien sich an allen Männern dieser Welt rächen zu wollen. Sie alle mussten für Sophias Vater büßen, der Kathi seinerzeit auf übelste Weise hintergangen und mit dem Baby hatte sitzen lassen. Zumindest war das Irmis laienpsychologische Einschätzung, aber sie hatte wahrlich nicht vor, Kathi zu therapieren.

Stattdessen erkundigte sie sich: »Wie war denn der Ausflug gestern?«

»Ich war mit Sophia in Innsbruck, sie wollte mit der neuen Hungerburgbahn fahren«, erzählte Kathi.

Irmi fühlte sich bemüßigt nachzufragen. Sie spürte, dass Kathi sich und der Welt beweisen wollte, dass sie eine gute Mutter war, obwohl sie voll berufstätig war und die Kleine meist von ihrer Oma versorgt wurde. Sophia konnte Kathis ruppige Art gut einordnen und wegstecken, und sie hatte mit ihrer jungen Mutter natürlich viel Spaß. Außerdem war sie stolz auf ihre hübsche und modische Mama, die einen so coolen Beruf hatte. Was Sophia jedem erzählte, bloß nicht ihrer Mutter.

»Aha, und wie war's? Ich hab die Bahn nur im Bau gesehen. Die hat auch diese Stararchitektin Zaha Hadid gebaut, oder? Wie die neue Schanze in Igls?«

»Ja, und die Architektur ist wirklich sagenhaft. Über den Fluss spannt sich eine S-förmige Schrägseilbrücke, und die Stationen mit ihren Dachschalen aus Glas nehmen Bezug auf Gletscher und Eis. Ich finde das sehr kühn und sehr gelungen. Sophia war allerdings eher von den Zahlen beeindruckt. Eine Steilheit von 46 Prozent, wo der Zirler Berg doch bloß 15 Prozent hat. Sophia ist eh enorm gut in Mathe, und mit einer Bulldogfahrt machst du ihr mehr Freude als mit Ponyreiten.«

»Ist doch prima, dann wird sie mal eine der wenigen Frauen sein, die ein Ingenieurstudium zu Ende machen.«

Irmi lächelte ihr zu und war wieder einmal überrascht, wie schnell sich die Stimmungen ihrer Kollegin änderten. Kathi war hochintelligent und gebildet, und Irmi verstand nie so genau, warum sie sich selbst viel lieber die Attitüde von Proletentum gab. Warum sie Cliquen bevorzugte, die weit unter ihren eigenen intellektuellen Möglichkeiten lagen.

»Ja, oder Uniprofessorin!« Kathi lachte auf. »Was überleitet zu dem, worum es eigentlich geht. Ich hab in Innsbruck einen Onkel oder besser gesagt Nennonkel, der an der Uni ist. Fritz ist Militärhistoriker, *der* Spezialist für die Dolomitenfront, für Bergkampf, und auch ganz aktuell einer der Gurus, wenn es um Kriege im Gebirge geht wie zum Beispiel Afghanistan, oder. Und dem hab ich mal die Jacke mitgebracht.«

»Wann?« Irmi kapierte das nicht so richtig.

»Ich hab sie am Samstag aus deinem Büro genommen und dann wieder hingelegt, als wir abends retour kamen.«

Das war zwar eigenmächtig, aber clever. Irmi sagte nichts.

Kathi fuhr fort: »Fritz war ziemlich erstaunt, aber auch alarmiert. Er sagt, das seien Prototypen. Jacken in der Erprobungsphase aus einem völlig neuen Material. Dieses GPS ist auch neuartig. Es ist nämlich ein Gerät, das auch sendet. Du musst dir das wie eine Kombination aus hochsensiblem Lawinenpiepser und GPS vorstellen. Geräte, um Soldaten im Bergkampf zu orten, oder. Er meinte, dass so was eigentlich gar nicht an die Öffentlichkeit gelangen dürfe.«

Irmi hatte die Lippen gekräuselt. »Kann es sein, dass Mittenwald an dieser Erprobungsphase beteiligt ist?«

»Fritz sagt, das ist mehr als wahrscheinlich, denn die Erprobung ist ja nur unter solchen Bedingungen sinnvoll, unter denen das Material später mal verwendet wird. Mit Sicherheit handelt es sich nur um einen kleinen Kreis, der damit zu tun hat, und es ist auf jeden Fall geheim.«

Irmi gab ein »Pfft« von sich. »Das ist ja ein Ding! Dann verrate ich dir auch was.« Sie berichtete von Sailer und ihrem Anruf im Kreiswehrersatzamt.

»Peter Fichtl! Klar, der ist Gebirgsjäger. Was, wenn er einer aus dem Erprobungsteam ist?«

»Sehr wahrscheinlich! Und was macht seine Jacke in der Nähe des Mountainbikes seines Bruders?«

»Wow! Dann hast du doch recht gehabt. Es ging um den Hof, Peter Fichtl wollte verhindern, dass Pius verkauft. Es kam zum Streit. Er haut seinem Bruder den Stein auf den Kopf. Muss ja nicht mal Vorsatz gewesen sein. Der Streit ist einfach eskaliert, oder«, meinte Kathi.

Tja, dachte Irmi. Einfach eskaliert. So oft wie Kathi hochkochte, war das in ihrer Welt fast normal. Irmi hatte auch Zoff mit ihrem Bruder, aber ein Streit würde bei ihnen nie so eskalieren, dass es zu Handgreiflichkeiten käme. Es gab Grenzen, die man nicht verletzte. Barrieren, die ein Wertesystem oder auch der Glaube aufgerichtet hatten.

Irmi fühlte sich auf einmal müde, obwohl sie doch wach und voller Tatendrang ins Büro gekommen war. Sie sah die blauen Augen von Peter Fichtl vor sich.

»Dann ist Peter Fichtl aber ein guter Schauspieler. Als er seinen Bruder vermisst gemeldet hat, da hat er wirklich betroffen und verzweifelt gewirkt!«

»Muss ich dir das sagen? Man kann nicht reinschaugn in de Leit. Diese Bauernschädel werd ich nie verstehen.«

Das war mal wieder typisch Kathi. Kathi aus der Lehrerfamilie. Sie, Irmi, war ja auch so ein Bauernschädel. Kathi hatte keinerlei Gespür für die Fettnäpfe, in die sie ständig trat. Und dann hatte sie leider auch noch recht. Bloß weil Peter Fichtl so schöne blaue Augen hatte, war er noch lange kein Heiliger.

»Und nun?«, fragte Kathi.

»Fahren wir zu den Fichtls«, beschloss Irmi.

Dieser Spätsommertag hatte wohl erneut beschlossen, sich für die vielen Flutwellentage des Frühsommers zu entschuldigen. Die Autos mit den seltsamsten Kennzeichen krochen dahin. Warum konnten Touristen nicht einfach mal anhalten und sich von einer Parkbucht aus sattsehen, anstatt mit fünfzig auf der Bundesstraße jeder Schnecke Konkurrenz zu machen? Und warum dauerte die Saison so lange? Der graue November hatte nur einen Vorteil: er war tourifrei!

Die Luft war klar, glasklar und rein, und wie immer kurz vor Klais versetzte es Irmi diesen Stich. Soiernspitze, Wörner, Karwendelspitze – hier aus gebührender Entfernung standen sie da wie eine gewaltige Mauer. Das Karwendel war so abweisend, so gewaltig. Im Sonnenlicht gaukelte es Sanftmut vor, doch in Wirklichkeit war es heimtückisch und zornig. Wetterumstürze kamen schnell, die Nebel hingen zäh – kein Wunder, dass Mittenwald eine hohe Selbstmordrate hatte. Solch eine Umgebung erforderte entweder Mut oder Demut. Nichts dazwischen.

Irmi bog in Klais rechts ab, Kathi runzelte die Stirn.

»Ich nehm die alte Straße, und dann geht's über die Bahn. Ich find den Hof sonst nicht«, erklärte Irmi.

Die labyrinthischen Buckelwiesensträßchen rangen auch Kathi ein »Wow, wie aus dem Bayernkalender« ab. Eine Gegend mit einem ganz seltsamen Zauber, eine Gegend, die einen verschluckte und aufsog und der Zivilisation entfremdete.

Irmi bog in die Zufahrt zum Hof, der wie ausgestorben dalag. Im Stall waren die Kühe mit Wiederkäuen beschäftigt, ein paar Hennen scharrten lustlos im Sand, die dreibeinige Katze schlief auf dem Hausbankerl. In dem kleinen Obstgarten dösten drei Haflingerstuten, zwei Fohlen lagen im Gras und spielten totes Pferd. Ruhe. Keine Reaktion – weder auf Rufen noch auf Klopfen.

Von irgendwoher kam ein Mann auf einem Uraltfahrrad angeradelt, wohl ein entfernter Nachbar. In der direkten Umgebung gab es nur wogende Buckelwiesen.

»De san ned do«, sagte der Mann.

»Wissen Sie, wo sie sind?«

»Die Afra und der Bartl warn im Sonntagsg'wand.«

Aha, das hieß wohl, dass sie zur Kirche gegangen waren.

»I moan, de san auf Mittenwald zum Essen zur Schwägerin.«

Nun ja, auch das war ein Grund für Sonntagskleidung.

»Und wo ist Peter?«

»Vielleicht am Stadl? Wenn er wos arbeiten wollt.«

»Aha, und der ist wo?«

»Des kimmt drauf an.«

»Worauf?«

»Zu was für einem Stadl er g'fahrn is.«

Kathi seufzte. Es gab hier Hunderte von Stadel, wahrscheinlich Tausende. Kleine, größere, windschiefe.

»Wahrscheinlich beim dritten«, meinte der Mann.

Das war auch nicht wirklich hilfreich.

»Bezogen auf was?«, fragte Kathi.

»Hä?«

Irmi versuchte ein aufmunterndes Lächeln. »Inwiefern der dritte? Der dritte von was?«

»Der dritte, wo's baut ham. Den kenna S' scho. Der is neu.« Der Mann machte eine vage Handbewegung. »Do ummi, den sehn S' scho.« Es folgte noch eine detaillierte Wegbeschreibung mit vielen auis und ois und ummis. Dann beäugte er kritisch Irmis Cabrio. »Wollts damit fahrn?«

»Ja, wieso?«

»Dann müssts den linken Weg am Kreiz nehma. Beim andern kimmst ned weit, weilst aufhockst.«

»Vergelt's Gott!«, sagte Irmi mit Inbrunst.

Der Mann radelte davon, und Kathi sah ihm nach. »Am Kruzifix links! Genau! An der dritten Kuh rechts und am zehnten Schaf wieder links, oder. Himmel!«

»Ich weiß, ich weiß. Die Buckelwiesen werden uns allen ein ewiges Geheimnis bleiben. Vertrau der Rede dieses auskunftsfreudigen Mannes«, lachte Irmi. »Wir fahren mal ummi, dann aui, dann wieder oi, erneut ummi, und dann sehn mer's scho.«

Kathi gab ein »Puh« von sich, und sie holperten vom Hof. Bald schon war das Kruzifix zu sehen, und Irmi steuerte den Weg bergan, der mehrere Richtungswechsel machte, bis sie an einem Stadel ankamen. Der war ziemlich neu und groß, das Holz war kaum verwittert. Außer ein paar Schafen, die sich in einer Ecke ihrer Abzäunung zu einem Knäuel zusammengeballt hatten, war niemand zu sehen. Sie riefen, und eines der Schafe blökte ein zögerliches Hallo.

Kathi ging zum Schiebetor, das einen Spaltbreit offen stand. Sie schob es etwas weiter auf. »Herr Fichtl? Peter Fichtl?« Keine Reaktion. Die beiden Polizistinnen quetschten sich durch das Tor. Drinnen gab es zwei Kutschen, einen Marathonwagen und ein altes Gäuwagerl, außerdem einen Ladewagen und ein paar Rundballen Heu. Neben dem Heu führte eine Treppe hinauf, ein Viertel des Stadels besaß eine Art Empore, ein Maisonettestadel sozusagen.

»Vielleicht pennt er da oben?«, schlug Kathi vor.

Was Irmi eher unwahrscheinlich fand. Weit und breit war kein Fahrzeug zu sehen. Sie hatten nur ein paar Wanderer getroffen, die dem Auto auf dem gesperrten Sträßchen böse Blicke zugeworfen hatten. Ein Mittzwanziger ging jedenfalls nicht zu Fuß, da war sich Irmi sicher. Auto, Moped, Bulldog – eventuell noch ein Mountainbike.

Sie stiegen auf die Empore und fanden sich inmitten von Pferdegeschirren wieder. Gerade wollten sie wieder gehen, als Irmi hinter einem Kummet und nachlässig verteilten Zaumzeugen und Leinen ein Spalt im Holz auffiel. Sie schob das ganze Gehänge und Gebändsel zur Seite – und siehe da, dahinter befand sich eine Tür. Öffnen konnte man sie nur, indem man den Finger in ein Astloch im Brett steckte.

Irmi hatte ihre kleine Maglite herausgezogen und leuchtete ins Dunkel. Der Lichtstrahl fiel in eine Kammer, an deren Wänden Bundeswehrjacken, Klettergurte und Kletterhelme hingen – alles topmodern, darunter auch genau jene Jackenprototypen, die Kathis Onkel eindeutig als Bundeswehreigentum identifiziert hatte.

Kathi pfiff durch die Zähne. »Das Sportgeschäft der etwas anderen Art, oder!«

Irmi nickte. »Oder aber Hightech auf Staatskosten. Vermutlich treibt Peter Fichtl Schindluder mit Staatseigentum. Frage: Woher hat er das Zeug, und was macht er damit?«

»Antwort: Er hat es aus der Kaserne und vertickt es«, entgegnete Kathi.

»Frage zwei: Kann man so was einfach in solchen Mengen verschwinden lassen?«

»Oder hat man da einen oder mehrere Mitwisser in der Kaserne?«

»Ich tippe auf Mitwisser!« Irmi begann, Fotos zu machen, man wusste ja nie, ob der Fuchs seinen Bau irgendwann mal räumen würde. Vor allem hatten sie ja keinen offiziellen Durchsuchungsbeschluss. Den allerdings würden sie sicher bekommen. Und auch Peter Fichtl würden sie kriegen.

Blieb nur der bislang ungeklärte Mord. Hatte Peter Fichtl den Bruder wegen Erbschaftsstreitigkeiten umgebracht? Oder hatte Pius das Depot entdeckt und seinen Bruder zur Rede gestellt? Waren sie darüber in Streit geraten?

»Wir müssen Peter Fichtl finden, und zwar schnell«, sagte Irmi. »Der Gute muss uns ein paar Fragen beantworten.«

»Hm, dann fahren wir mal zur Kaserne, oder?«, sagte Kathi.

Irgendwie verfranste sich Irmi in den Sträßchen und hatte irgendwann das Gefühl, im Kreis zu fahren. Immerhin führte sie das an der Goas-Alm vorbei, wo sich die beiden selbstgemachtes Eis vom Bauernhof gönnten. Und das war göttlich. Cremig, weich, geschmacksintensiv.

Am Tonihof hatte Irmi die Orientierung wiedergefunden und traf am Schmalsee auf bekanntes Terrain. Sie fuhr zur Gebirgs- und Winterkampfschule der Bundeswehr. Das Gelände hatte so gar nichts Blumiges. Eine Asphaltwüste,

Zäune, ein einsames Auto, alles wie ausgestorben. Irmi kam es so vor, als flirre die Hitze auf dem Asphalt, vielleicht bildete sie sich das auch nur ein, weil diese Szene so irreal war. Wie in einem Film.

Sie gingen auf das Tor zu, Kathi in kurzer Cargohose und Trägertop, Irmi in einer weiten Stoffhose und einem Jeanshemd. Sie fühlte sich wie Marianne Sägebrecht neben Scarlett Johansson. Es war wie ein Weltuntergangsfilm, und da musste die Luft vor Hitze flirren.

Aus dem Wachhäusl trat ein junger Soldat, dem die Begeisterung für den Sonntagsdienst ins Gesicht geschrieben stand. Er sagte »Guten Tag« und starrte Kathi an.

»Grüß Gott!«, erwiderte die und stellte sich und Irmi vor.

Irmi bemerkte die flackernden Augen des jungen Mannes, die nicht so genau wussten, wo sie hinsehen sollten. Kathi hatte wirklich wenig an.

»Wir würden gerne Peter Fichtl sprechen«, erklärte Irmi.

»Welche Kompanie? Welche Einheit? Ich kann Ihnen da nichts sagen, und reinlassen darf ich Sie auch nicht. Und ich bin auch nur der GvD, und eigentlich sollte hier der Wachdienst stehen, der ist aber krank geworden.«

»Ja und, wer will das wissen? Dann hol uns halt 'nen Vorgesetzten«, herrschte Kathi ihn an.

Er erstarrte noch mehr. »Ich könnte den OvD holen oder den wachhabenden UvD oder …«

»Oder was? Wir hätten gerne mal einen, der sprechen kann und darf, oder.« Kathi hatte kein Mitleid mit dem Jüngelchen. Der zückte dann auch ein Telefon, und wenig später tauchte ein Mann auf.

»Oberleutnant Rörich, guten Tag.« Hier schien Guten-Tag-Zone zu sein. Eine Guten-Tag-Welt, die auf die Grüß-Gott-Welt prallte. Es war noch gar nicht lange her, dass evangelische Kinder und Soldatenkinder in einer eigenen Grundschulklasse zusammengefasst worden waren. Früher hatten die Katholischen nicht mit den Andersgläubigen spielen dürfen. Klare Grenzen in einer engen Welt.

Der Guten-Tag-Rörich schaute nicht unfreundlich, aber auch nicht freundlich – er war die personifizierte Langeweile.

»Wir ermitteln in einer Mordsache und müssten Peter Fichtl als Zeugen befragen. Zu Hause haben wir ihn nicht angetroffen, wir nehmen an, dass er sich in der Kaserne befindet.« Irmi hielt ihm einen Dienstausweis unter die Nase.

Das Wort »Mordsache« rang ihm ein »Aha« und ein Stirnrunzeln ab. Dann überlegte er.

»Fichtl? Peter Fichtl?« Er verlieh sich eine Attitüde, als wiederhole er gerade die Eine-Million-Euro-Frage.

»Genau, Fichtl. Mit Fenster-F! Ist er da?« Kathis Ton wurde noch schärfer.

Er blieb beherrscht. »Der Hauptgefreite Fichtl ist auf einer 48-Stunden-Übung.«

»Und wann ist er dann wieder anzutreffen?«, fragte Irmi.

»Am Dienstag.«

»Wer ist denn hier für den Laden zuständig?« Kathi war der Träger vom Top über die schmale Schulter gerutscht. Was beide Männer kurz aus dem Konzept brachte.

»Am besten, Sie wenden sich gleich an den Bataillonschef«, sagte Rörich.

»Und der ist wo?«, fragte Kathi.

»An einem Sonntag natürlich privat. Da müssen Sie sich schon am Montag einen Termin geben lassen.« Er drehte sich um und entschwand.

Irmi und Kathi sahen ihm konsterniert nach. Der Gefreite wirkte irgendwie erschreckt, unangenehm berührt.

»Kennen Sie Peter Fichtl? Sie schauen so, Herr …?« Irmi sah ihn scharf an.

»Gefreiter Södermann.« Er salutierte.

Das war ja furchtbar, dass so ein Milchbubi vor ihr salutierte.

»Herr Södermann, wir müssten Peter Fichtl wirklich dringend sprechen. Kennen Sie ihn?«

»Ja, der Hauptgefreite ist mir bekannt.«

Oh weh, Irmi war klar, dass sie hier nicht weiterkam. Sie begann von Neuem. »Und wo finden wir ihn denn?«

»Peter Fichtl ist auf einer 48-Stunden-Übung. Das hat Ihnen der OvD ja soeben berichtet. Das ist eine Gebirgsübung. Da können Sie sowieso nicht hin«, gab der junge Mann Auskunft. Auch er klang sehr norddeutsch. Noch so ein Küstengewächs, das sie ins Hochgebirge verpflanzt hatten.

»Sie sind aber auch nicht von hier?«, versuchte es Irmi mit Smalltalk.

»Nein, aus Rostock.«

Er hielt sich kerzengerade und sah Irmi ohne eine Gesichtsregung an. Nein, das nette Plaudern, der kleine Smalltalk war wohl nicht vorgesehen. Stattdessen herrschten Zucht, Ordnung und Hierarchie. Jedes Mal, wenn sie mit dem Heer konfrontiert war, fragte sich Irmi, weswegen sich manche Frauen freiwillig zum Bund meldeten. Sie empfand schon die Polizei in ihren Strukturen als schier unerträglich, starr und langsam. Ihr einziges Ziel war es gewesen, die Uniform ganz schnell loszuwerden und schnell nach oben durchzumarschieren, wo man wieder individuell Luft atmen durfte.

Kathi schien das alles zu lange zu dauern, sie wandte sich an den Gefreiten. »Und wo genau ist die Übung?«

»Das weiß ich nicht. Wie gesagt. Da können Sie sowieso nicht hin.«

»Wer ist denn sonst noch zuständig?«, fragte Kathi in deutlich genervtem Ton.

»Der Bataillonschef, wie gesagt.«

»Sonst wer?« Kathi war lauter geworden.

»Der Hauptfeldwebel.«

»Und wo steckt der?«

»Ist auch auf der Übung. Die sind heute Vormittag weg und kommen Dienstag Mittag wieder.«

Das war ein langer Satz gewesen, Irmi merkte, wie sehr der junge Gefreite unter Druck stand.

»Danke schön, Herr Södermann.« Irmi nickte ihm zu und gab Kathi mit einer kleinen Kopfbewegung das Zeichen zum Abmarsch. Langsam gingen sie auf das Auto zu. Mittlerweile hatte die Hitze noch zugenommen. In der Sonne waren bestimmt vierzig Grad.

Irmi rann der Schweiß in Strömen hinab. Sie hasste Hitze, sie war um jeden kühlen Sommer froh, aber das durfte man natürlich nicht laut sagen. Winterfrau trifft Sommerwesen, dachte Irmi, die Kathi aus den Augenwinkeln betrachtete. Kathi konnte es gar nicht heiß genug werden.

»Was für Blödmänner, oder!«, rief Kathi. »Das hätten wir uns auch schenken können.«

»Na ja, was hast du erwartet? Wir haben Sonntag. Da sind nur Polizisten, Ärzte, Bauern und Journalisten unterwegs, Krieg ist nur wochentags.«

»Und jetzt?«

»Jetzt ist Feierabend. Kein Fichtl, kein Bataillonschef. Außerdem löse ich mich auf, ich muss dringend duschen«, stöhnte Irmi.

»Na gut, dann geh ich mit Sophia noch schwimmen«, meinte Kathi und zupfte an ihrem Topträger.

Irmi lag schon wieder eine scharfe Erwiderung auf der Zunge, aber sie verkniff sich das. Zum Streiten war es auch zu heiß. Stattdessen sagte sie: »Gut, fahren wir. Wir suchen morgen diesen Bataillonschef auf, wir müssen auf jeden Fall dem Diebstahl von Hightech-Ausrüstung auf den Grund gehen. Wenn Pius daran beteiligt war, liegt vielleicht darin ein Motiv.«

Sie versuchte optimistisch zu klingen, wenn auch ihre Grundstimmung ganz anders war. Sie hatten sich festgefahren. Festgefressen wie eine Tunnelbohrmaschine, die irgendwann den Kampf gegen das Gestein verlor. Weil es immer einen Punkt der Kapitulation gab. Früher oder später.

Die Strecke Mittenwald–Garmisch war immer nervtötend, denn sie zog sich wie Gummi. Aber heute hatten sich wirklich alle Touristen gegen sie verschworen. Als auch noch ein Bulldog dahinkroch, brach es aus Irmi heraus: »Fahr doch auf dem Wirtschaftsweg, du Erzdepp!«

Kathi hob den Finger. »Na, na, du wirst doch nicht auf den geliebten Bauernstand schimpfen, oder!«

Irmi verschluckte jede Entgegnung, würgte sie hinunter wie hartes Brot.

Das echte harte Brot fand sie zu Hause vor. Niemand hatte seit Donnerstag eingekauft, noch schlimmer aber war, dass es weder Katzen- noch Hundefutter gab. Wally konnte man notfalls mit eingeweichtem Brot und letzten Resten von Hundekeksen mild stimmen, aber der Kater warf ihr einen Blick zu, der sie erschaudern ließ.

Im Kühlschrank lümmelte ein letztes Wienerle herum, das sie hatte essen wollen. Sie schnitt es für Kater auf, der es huldvoll aß.

15

Am Montagmorgen war die Kaserne deutlich belebter. An der Wache wusste man bereits von ihrem Kommen und ließ ihnen ausrichten, sie möchten ins Offiziersheim gehen, wo man sie empfangen werde.

Auch da schienen die beiden Damen angekündigt worden zu sein: Ein junger Mann manövrierte sie in einen Nebenraum und servierte Kaffee. Der schmeckte wie eine Mischung aus Omas Zichoriengebräu und dem Frühstückskaffee, den es in italienischen Hotels gab, bei dem sich Irmi jedes Mal fragte, wie man im Land von Cappuccino, Espresso und Latte Macchiato so etwas brauen konnte. Wahrscheinlich war es ein Touristenabschreckungsprogramm, eine perfide Rache an den Deutschen.

Wenig später traten drei Männer ein, der Bataillonschef mit seiner Entourage, die vor Ehrfurcht schier zu versinken drohte und sich dann auch wieder verabschiedete.

Der Mann stellte sich als Oberst Grau vor. Er erinnerte Irmi an ihren Lateinlehrer – auch ein eher unscheinbarer Typ, der aber ohne jede Mühe eine solche Autorität ausgestrahlt hatte, dass sie alle mit gesenkten Köpfen dagesessen waren und gehofft hatten, nicht aufgerufen zu werden. Gaius et Julius ambulant. Anfangs waren sie spazieren gegangen in den Lateinbüchern, später hatten sie nur noch gekämpft und Städte mit Mauern umgeben. Irmi erinnerte sich, dass sie in einer Schulaufgabe die Stadt einmal mit Mäusen statt mit Mauern umgeben hatte. Die ganze Klasse hatte sie ausgelacht, aber der Lehrer hatte die Mitschüler gestoppt. »Nur wer hier fehlerfrei geblieben ist, darf lachen«, hatte er gedonnert. Ob Oberst Grau auch so ein Mann war? Unbeugsam, aber gerecht?

»Mir wurde berichtet, dass Sie den Hauptgefreiten Fichtl sprechen wollten«, sagte Grau mit angenehmer Stimme. Ein leichter fränkischer Einschlag klang bei ihm durch. Auch das war typisch für die Soldatenwelt in Mittenwald. In Media silvae (schon komisch, wie lateinische Ausdrücke und Sätze plötzlich wieder auf ihr Gehirn einströmten) gab es unter den Soldatenfamilien viele Franken.

»Ja, das stimmt. Wir müssten Peter Fichtl als Zeugen befragen.«

»Von Mord war die Rede.«

Oberst Grau war gut informiert, er klang aber nach wie vor völlig neutral.

»Pius Fichtl, der Zwillingsbruder von Peter Fichtl, ist ums Leben gekommen. Gewaltsam. Bei unseren Ermittlungen sind wir auf das hier gestoßen.« Irmi legte fünf Fotos von der Outdoorjacke und dem GPS auf den Tisch. »Kennen Sie diese Gegenstände?«

Irmi registrierte für Sekundenbruchteile ein Flackern in seinen Augen. Er betrachtete die Fotos sorgfältig.

»Das sieht aus wie Material der Bundeswehr«, sagte er schließlich. Er war klug und auf der Hut. Natürlich stritt er nicht ab, dass diese Sachen Bundeswehreigentum waren, das wäre auch töricht gewesen, doch er war ein Schachspieler und war sicherlich in der Lage, seine Züge weit im Voraus zu planen.

»Nichts weiter?« Irmi schob lediglich einen Bauern vor.

»Woher haben Sie die Fotos?«, fragte Grau.

»Diese Sachen wurden in der Nähe des toten Pius Fichtl gefunden. Und genau dazu wollten wir die Meinung von Peter Fichtl hören.«

In dem Moment beschloss Irmi, vorerst nichts von dem Depot, nichts von dem kleinen Outdoorladen im Stadel zu sagen. Sie hoffte, dass Kathi ihr da keinen Strich durch die Rechnung machen würde.

Grau betrachtete nochmals die Fotos und blickte dann die beiden Polizistinnen prüfend an. Kathi hatte anscheinend kein Lateinlehrertrauma, sie war völlig unbeeindruckt.

»Ich muss Ihnen doch nicht sagen, dass das hier Prototypen sind. Wir haben eine Expertise von Dr. Fritz Rainer aus Innsbruck.« Kathi legte das Schriftstück auf den Tisch.

Auch das prüfte er sorgfältig. »Herr Doktor Rainer ist zweifelsfrei eine Autorität auf seinem Gebiet. Ich zweifle seine Ergebnisse nicht an.«

»Herr Grau!« Kathi war wohl auch sein Dienstgrad völlig wurscht. »Die Frage lautet: Stammt das Zeug aus Ihrer Kaserne, und was hat Pius Fichtl damit zu tun? Gehörten diese Sachen ihm?«

»Sehr verehrte Damen.« Er machte eine kurze Pause. »Ich sehe keine Versorgungsnummer. Ich habe keine Ahnung, woher diese Fotos letztlich stammen, ich müsste schon das Originalstück sehen, um da eine Zugehörigkeit festzustellen.« Er war nach wie vor völlig emotionslos.

»Herr Grau, Sie wollen doch wohl nicht behaupten, dass Sie diese Dinge nicht kennen, oder?« Kathis Stimme bebte.

»Ich will gar nichts behaupten. Ich wiederhole mich ungern. Legen Sie mir das Stück vor, dann sehe ich es mir gerne an.« Er hatte sich erhoben. »Frau Reindl, Frau Mangold. Ich veranlasse, dass Sie jemand hinausgeleitet.«

Er verließ den Raum, ohne sich umzusehen. Sofort tauchten zwei andere junge Männer auf. »Wenn Sie dann mitkommen möchten!«

»Ich möchte ...« Kathi wollte gerade zu einer Tirade anheben, doch Irmi stoppte sie mit einem Blick.

»Danke, sehr freundlich«, sagte sie. »Nur an Ihrem Kaffee sollten Sie noch arbeiten.«

Dem einen der beiden jungen Männer entfuhr ein kurzes Lachen, er hatte sich aber sofort wieder im Griff. Schweigend gingen sie hinaus. Irmi und Kathi wurden bis kurz vor ihr Auto gebracht. Es war ein Abführen, kein Begleiten.

Als die beiden sich umgedreht hatten, musste Irmi die frische Luft richtiggehend einsaugen. Ihre Lungen lechzten nach Sauerstoff. Aber da war nichts einzuatmen. Es war heiß wie gestern, eher noch stickiger.

»Das darf ja wohl nicht wahr sein!«, rief Kathi.

»Ist es aber. Wir haben hier keine Chance. Die mauern! Hier herrscht Militärrecht. Wir müssten weiß Gott wen in Gang setzen, um an Informationen zu kommen.«

»Aber da stimmt doch was nicht. Der Oberst da, der weiß doch was. Der hat das Zeug doch erkannt!«

»Das kam mir auch so vor, aber er ist ein besserer Schachspieler als wir. Der opfert höchstens ein paar Bauern, vielleicht sein Pferd. Aber schachmatt setzen wir den nie.«

»Also müssen wir dranbleiben«, sagte Kathi.

»Aber nicht über den offiziellen Weg. Wir müssen Fichtl sprechen. So schnell wie möglich. Bevor die Kaserne das tut.«

»Glaubst du, der Bataillonschef wusste davon? Das wäre ja ein Ding! Diebstahl in höchster Instanz? Der Typ verdient doch sicher ein Schweinegeld!«

»Nein, das nehme ich nicht an. Ich habe auch bewusst nichts vom Lager im Stadel gesagt. Momentan geht es nur um die Jacke von Peter Fichtl. Das reicht aber schon. Oberst Grau ist soeben aufgegangen, dass in seiner Kaserne Dinge passieren, die besser nicht passieren sollten. Nur wird der nichts nach außen dringen lassen. Er wird versuchen, jeden Skandal zu vermeiden, und sich erst mal schlau machen. Da wird hinter den Kulissen, glaub ich, in wenigen Minuten der Punk abgehen.«

»Und dann wird der sich Fichtl krallen!« Kathi stampfte mit dem Fuß auf. »Die werden den briefen, was er sagen darf. Dann haben wir doch in jedem Fall verloren.«

»Ja, und darum sollten wir ihn vorher erwischen.«

»Auf der Übung?«

»Ja, warum nicht? Aber vorher stellen wir das Zeug aus dem Stadel sicher«, sagte Irmi.

»Dürfen wir das einfach so?«, fragte Kathi.

»Wer viel fragt, geht viel irr.« Irmi lächelte. »Gefahr in Verzug, was weiß denn ich? Auf jeden Fall kommen wir mit dieser einen Jacke nicht weiter. Mit dem restlichen Zeug können wir zumindest beweisen, dass da eine größere Sache am Laufen ist. Dieser steinerne Grau ist doch nicht auf der Brennsupp'n dahergeschwommen. Der schickt den Fichtls die Militärpolizei auf den Hof, und die finden das Zeug bestimmt. Wir haben einen knappen Zeitvorsprung, und den nutzen wir.«

Der Stadel war unverändert. Sie luden alles ein, was sie in der Kammer finden konnten. Am Ende breitete Irmi eine alte Decke über die heiße Ware.

»So, und nun schauen wir noch mal beim Hof vorbei.« Irmi wusste zwar nicht, was das bringen sollte, aber irgendetwas zog sie zurück zum Anwesen.

Am Hof war noch immer Totenstille. Die Fichtls würden zwar sicher gegen fünf zurück sein, jemand musste schließlich in den Stall gehen. Sie beratschlagten gerade, ob sie warten sollten, als der Nachbar wiederauftauchte.

»Ham S' eam gestern g'funden?«

»Nein, er hat Dienst in der Kaserne.«

»Ach so, dann is er do hingefahren. Ja, i hob denkt,

wegen dem Schaber könnt er am Stadl sein.« Er machte eine Pause und rieb sich die rote Nase, die etwas von einem Blumenkohlröschen hatte. »Mei, de Buam, ma hot de Buam eh immer verwechselt. Und jetzt is bloß no oaner do. Wo doch so a Zwilling ohne den andern …« Er brach ab.

Irmi nickte verständnisvoll. »Ja, eine rechte Tragödie. Haben sich die Burschen denn immer so gut verstanden, wie man das von Zwillingen so hört? Gab's da nie mal Streit?«

»Na, de san immer zammg'hängt.«

»Herr …?« Irmi sah ihn aufmerksam an.

»Neuner.«

»Herr Neuner, ich hab ja gehört, der Pius wollt verkaufen oder sich verändern oder so was: War da der Peter einverstanden? Sie kennen sich doch aus?« Irmi gab sich einen verschwörerischen Ton.

»Wissen S' wos? Der Pius wollt Bisons züchten! Hot mer die Afra g'sogt. Der Peter hot's ned guat g'fundn. Der Bartl hot querg'schossn und g'sogt: So an Indianerviech kimmt mir ned auf mein Hof.«

»Und die Afra?«

»Mei, a Mutter hält doch allweil zu ihrem Kind.«

Meistens jedenfalls, dachte Irmi. Wenn man von Fällen absah, in denen Mütter ihre Kinder verstießen. Weil ein neuer Mann aufgetaucht war, der mit dem Balg nichts anfangen konnte. Die einen Fünfzehnjährigen grün und blau geschlagen auf die Straße setzten, weil der neue Mann keine Widerworte duldete, keine Fußbälle, keine Musik aus Kinderzimmern. So etwas war in ihrer unmittelbaren Nachbarschaft geschehen. Wo man wegsah, den Choleriker verschämt grüßte. Weil man Angst hatte, er könne einem das Haus anstecken. Wo man wegsah, wenn er brüllte und prügelte. Wo Mütter zuließen, dass auch sie geschlagen wurden, für die Illusion einer Beziehung. Für die Fassadenmalerei, fürs sogenannte Familienidyll. Für die Nachbarn, fürs Dorf – es waren nicht wenige, die immer nur fürs Ansehen lebten, nie für sich selbst.

Irmi schluckte und versuchte, Neuner aufmunternd anzusehen. Der fuhr fort: »Naa, de Burschen ham zammg'halten. Mei, wo de no kloa warn, ham de Sachn g'macht, des glaubn S' gar ned, Fräulein!«, sagte der Mann nun an Kathi gewandt. »Und dann warn des a no so saubere Buam. Sie san a so a Saubere«, sagte er durchaus galant und strahlte Kathi an, was seine Gebissruine unter dem Blumenkohl unvorteilhaft zur Geltung brachte.

Kathi lächelte nett, Irmi nickte.

»Megn S' a a Bris?«, fragte er plötzlich. Sie lehnten beide dankend ab, während er eine ordentliche Prise Schnupftabak hochzog. Das schien ihn zu beflügeln. »Neulich hätt i sie bald verwechselt.«

»Ja?«, warf Irmi ein.

»Ja, do hot der Pius des Radl ins Auto packt und hot de Barras-Sachen von seim Bruader og'habt. An Hänger hot er auch drang'habt.«

Irmi durchzuckte es regelrecht. Sie suchte Kathis Blick. Diese hatte die Augen weit aufgerissen. »Herr Neuner, wissen Sie das genau, dass das der Pius war und nicht der Peter? Wo die sich doch so ähnlich schaun?«, fragte sie.

Neuner machte eine großzügige Geste. »Schaugn S', der Pius hot an Unfall g'habt beim Kraxeln. Wenn ma genau hischaugt, dann hinkt er leicht. Drum fahrt er ja a immer mi'm Radl. Maunteinbeik hoaßt des ja. Sei Radl hot er koam andern gebn. A ned seim Bruder. Des hot fünftausend Euro koscht. Des is doch narrisch. I bitt Sie, für a Radl! Naa, naa, des war der Pius.«

»Herr Neuner, wann war das?«

»Mei, am Dienstag vor zwoa Wochn. Ziemlich spät auf d' Nacht.«

Das war der Tag gewesen, an dem Pius angeblich nach Tirol aufgebrochen war. Das Auto mit Pferdehänger hatten sie später gefunden. Es war der Tag gewesen, an dem er aber nicht nach Tirol zum Pferdekauf gefahren war, sondern zu Meike. Im Outfit seines Bruders! Am nächsten Tag war er auf der Alm ums Leben gekommen.

»So, i muass gehn«, sagte Neuner, tippte sich an den speckigen Hut und radelte schwankend von dannen.

Sie schwiegen. Irmi folgte mit ihrem Blick den Pferden, die langsam über die Wiesen zogen. Eines der Fohlen machte einen Luftsprung. Freude und Elend lagen so dicht beisammen. Manchmal so eng, dass es schmerzte.

Schließlich sagte Kathi, nachdem sie eine ihrer dünnen Selbstgedrehten zu Ende geraucht hatte: »Dann können wir unsere Theorie des Brudermords vergessen, oder?«

Irmi hatte sich an ihr Cabrio gelehnt. Sie fühlte sich müde und ausgelaugt. »Pius hatte so eine Jacke an, okay. Entweder, er war an dem Deal beteiligt, ganz die unzertrennlichen Zwillinge ...«

»Oder aber, er hat sich diese Jacke einfach mal zum Testen ausgeliehen. Mit oder ohne Wissen seines Bruders«, ergänzte Kathi.

Irmi nickte. Alle Varianten schlossen aber eines aus: dass Peter seinen Bruder umgebracht hatte. Ein anderer hatte Pius auf dem Gewissen.

Sie waren wieder am Anfang. Oder schlimmer noch: Sie agierten im Minusbereich, denn sie hatten inzwischen schon so viele Mordverdächtige ausschließen müssen. Die ganze Milchstreiksache war ins Leere gelaufen. Die Nebenbuhler um die Gunst der schönen Meike hatten zu keiner Lösung geführt. Und in der Familie wäre nur Peter infrage gekommen. Der streitbare Bartl hätte vielleicht das cholerische Temperament und den unbeugsamen Starrsinn gehabt, sogar den eigenen Sohn zu töten, wegen der Ehre, wegen der Leit – aber nicht als einseitig gelähmter Rollstuhlfahrer.

»Sollen wir auf Afra und Bartl Fichtl warten?«, schlug Kathi vor.

»Nein. Wir fahren.«

16

Als sie kurz vor zwölf das Gebäude betraten, kam ihnen Sailer entgegen. »Do wart a junger Bursch in Ihrem Büro, Frau Irmgard.«

Der »junge Bursch« entpuppte sich als der Gefreite Södermann. Er wirkte ängstlich und wühlte in einer Tour in seinen Hosentaschen herum. Hände raus, Hände rein.

»Na, Herr Södermann! Was führt Sie zu uns?«, fragte Irmi und lächelte ihn an.

»Frau Hauptkommissar!« Er war schon wieder nahe dran zu salutieren. Irmi wollte gerade einen jovialen Satz hinterherschicken, als sie die Panik in seinen Augen las.

»Herr Södermann? Was ist los?«

»Also, ich war beim Zahnarzt. Beim Kieferorthopäden. Also deshalb bin ich hier.«

»Du bist hier, weil du beim Zahnarzt warst. Sollen wir den verklagen oder was? Mutti, Mutti, er hat ja doch gebohrt?«, witzelte Kathi und duzte den jungen Soldaten schon wieder.

Irmi warf ihr einen bitterbösen Blick zu. Eigentlich hätte sie Kathi verwarnen müssen – das ging einfach zu weit und war zudem unprofessionell. Einen unentschlossenen Zeugen musste man aus der Reserve locken und nicht zusätzlich verunsichern.

»Herr Södermann, Sie waren beim Zahnarzt, sind deshalb freigestellt vom Dienst in der Kaserne und hatten so die Möglichkeit, bei uns vorbeizuschauen. Nicht wahr, Herr Södermann?« Warum musste sie eigentlich immer Kathis Fehler ausbügeln?

Er nickte.

»Und was wollten Sie uns erzählen?«

Blitzschnell zog er ein Kuvert heraus. »Da steht alles drin.« Und ebenso blitzschnell rannte er aus dem Büro. Irmi schickte noch ein verblüfftes »Herr Södermann, so warten Sie doch« hinterher, aber da war er schon davongestürmt.

»Hat der sie nicht mehr alle?«, brach es aus Kathi heraus. »Was ist denn mit dem los, um Himmels willen?«

»Ja, was wohl? So einfühlsam, wie du mit ihm umgegangen bist, ist er geflohen. Kathi, du übertreibst. So geht das nicht! Ich muss dich ernsthaft verwarnen. So was ist keine Zeugenbefragung. Das ist sogar für deine Verhältnisse unangemessen.«

»Was heißt ›für meine Verhältnisse‹?«, schrie Kathi.

Irmi bemühte sich um Ruhe. »Das heißt, dass du bei Befragungen häufig eine gewisse Aggression an den Tag legst. Das mag teilweise tolerabel sein, aber so was wie heute darf nicht passieren. Kürzlich hast du einen Zeugen sogar geohrfeigt. Du bist seit Tagen, nein, seit Wochen extrem geladen. Was ist eigentlich los?«

»Nix.«

»Es geht nicht, dass dein Privatleben deine Arbeit derart beeinflusst! Wir haben alle mal einen schlechten Tag, aber du hast nur noch schlechte!« Irmi bereute das Gesagte bereits wieder, aber es war zu spät, um zurückzurudern. »Es geht um einen Mann, oder? Will er nicht, kann er nicht? Tanzt er nicht nach deiner Pfeife? Warum bist du so aggressiv?«

Kathi starrte sie an, und dann rotzte sie heraus: »Er kann und will. Er ist bloß verheiratet!«

»Und unter dieser Tatsache dürfen wir alle leiden?« Irmi hatte nun beschlossen, in die Offensive zu gehen, aber die Reaktion schlug sie meterweit zurück.

»Sagst du! Sagt Frau Superkommissar! Toll, du fickst doch auch einen verheirateten Mann, oder! Was willst du mir schon sagen!« Das Geräusch des splitternden Glases, das Kathi gegen den Schrank geworfen hatte, war extrem laut. Dann wurde es still. Draußen hörte man ein paar Kinder lachen, ein Düsenjäger donnerte vorbei. Dann verebbte das Dröhnen langsam wieder.

Kathi stand auf und begann, die Scherben aufzusammeln. Irmi reichte ihr Besen und Schaufel. Als Kathi sich erhob, trafen sich ihre Blicke.

»Können wir reden?«, fragte Irmi.

Kathi nickte, ihr liefen die Tränen hinunter. Ihr »Entschuldigung« war kaum hörbar, aber es war ein »Entschuldigung« gewesen.

Irmi stellte eine Tasse Kaffee vor sie auf den Tisch, Milch und Zucker. Kathi trank Kaffeesirup – unter drei gehäuften Löffeln Zucker ging nichts. Irmi kippte sich Milch in ihren Kaffee und betrachtete die Karte des Landkreises, die an der Wand hing. Dann sagte sie leise: »Es stimmt, ich kenne einen verheirateten Mann ...«

Das Wort »ficken« hätte sie nicht aussprechen können. Dabei hatte sie kürzlich erst mit ihrer Nachbarin Lissi beim Prosecco ein höchst philosophisches oder gar germanistisches Gespräch darüber geführt, warum das Wort »bumsen« netter sei als »ficken«. Was der Charme von »vögeln« sei und ob die drei Worte auch etwas über die Technik aussagten. Gut, sie hatten schon eine Menge getrunken, Lissi vertrug sowieso nichts, und sie selbst hatte den ganzen Tag nichts gegessen. Aber mit Lissi war das etwas anderes. Hier war Irmi Kathis Vorgesetzte.

»... aber das gibt dir nicht das Recht zu solchen Verbalattacken. Ich bemühe mich, dass mein Privatleben den Beruf nicht beeinflusst. Bei dir ist das leider anders: Du hast mich belogen. Du warst nicht mit deiner Tochter im

Schwimmbad, sondern hast dich anscheinend mit diesem Mann getroffen. Du bist mehrfach zu spät gekommen und bist teilweise völlig durch den Wind. Deine privaten Telefonate beeinträchtigen deine Arbeit. So geht das nicht weiter. Liebe hin oder her.«

In dem Moment, als sie das Wort »Liebe« in den Mund nahm, wurde ihr bewusst, dass es vermutlich gar nicht um Liebe ging. Oder höchstens um einseitige Liebe. Selten liebten zwei Menschen gleich innig, ohne Egoismus, ohne Forderungen, die Waagschalen waren nur sehr selten in der Balance.

Kathi schwieg noch immer.

»Kathi, was ist das Problem?«

Irmi rechnete mit einer patzigen Antwort und war umso verwunderter, als es plötzlich aus Kathi heraussprudelte: »Es war diese eigentümliche innere Bindung, weshalb ich bei ihm alle Vorsicht vergessen habe. Ich wäre im Dunkeln immer auf ihn zugelaufen, ich hätte ihn auf einem Fest zielsicher herausgesucht. Auch wenn er nicht Korbinian Kohler gewesen wäre.«

»Wer?«

»Korbinian Kohler. Er war mal vor noch gar nicht langer Zeit ein weltberühmter Fußballer. Neuerdings wohnt er neben uns. Seine Tochter ist mit Soferl befreundet.«

»Oh!« Das war das Einzige, was Irmi einfiel. Sie riss sich zusammen. »Und dieser Korbinian Kohler ist was Besonderes?«

»Ja, es lag in der Luft, und nur wir konnten es spüren. Es tat manchmal richtig weh, wenn ich ihn beobachtete und sah, wie sehr er die gleichen Fehler machte wie ich. Er war verbindlich und hatte doch Probleme, seine wahren Gefühle zu zeigen, oder. Er gab sich ruppig und ironisch, stieß eine ganze Reihe von Leuten vor den Kopf, was er hätte vermeiden können, wenn er bloß ein wenig diplomatischer wäre. Wie ich! Ich sah ihn an und spürte, wie sehr er unter Druck stand. Ich wünschte mir, ihn nur für einige Stunden zu befreien, ihm Kraft zu geben, einen Teil zu sehen zu bekommen, den andere niemals sehen werden, oder.«

Irmi war sprachlos. Solch eine Selbstreflexion hätte sie Kathi niemals zugetraut, und auch nicht, dass sie andere Menschen so aufmerksam beobachtete. Plötzlich ging ihr auf, dass sie ihr Unrecht getan hatte. Sie war einem klassischen Anfängerfehler aufgesessen: sich einmal ein Urteil zu bilden und immer nur das zu sehen, was das Urteil bestätigte. Und den Rest auszublenden. »Aber er wollte sich nicht befreien lassen?«, fragte Irmi vorsichtig.

»Nein, dabei hätte ich das nie ausgenutzt, denn wir haben eine weitere Eigenschaft: Wir sind nicht boshaft, oder, wir sind beide schnell mit dem Mundwerk, aber niemals wirklich gemein, oder? Findest du mich wirklich gemein?«

»Nein«, sagte Irmi. Und das war nicht gelogen. Kathi war nicht bewusst gemein, sie war nur unbedacht. Irmi verstand, was Kathi ihr sagen wollte. Kannte nicht auch sie diese Sekunden im Leben, in denen auf einmal alles glasklar vor ihr lag, aber wieder weg war, sobald sie danach greifen wollte? Momente, in denen ein gewaltiges Glücksgefühl herüberschwappte, eine Idee, wie das Leben sein könnte, eine Idee, wie wichtig und selten es war, jemandem so nah zu sein?

»Aber diese Nähe darf nur im Verborgenen stattfinden?«, fuhrt Irmi fort.

»Ja, ich dachte, es geht, wenn wir uns außerhalb unser beider Leben treffen.«

Ach, Kathi! Irmi fühlte sich auf einmal wie ihre Mutter oder ältere Schwester. Diese Treffen jenseits des alltäglichen Lebensflusses funktionierten bei ihr und *ihm* schon nicht, aber wie sollte es gehen, wenn es der eigene Nachbar war? Der Vater einer Freundin der eigenen Tochter! Die nach außen so toughe Kathi glaubte bei all ihrer stolzen und eigensinnigen Freiheitsliebe eben auch nicht an das Heil im Alleingang.

Kathi lächelte Irmi an, oder besser: sie versuchte es. »Ich weiß, was du jetzt sagen willst. Dass man Liebe nicht erzwingen kann. Dass das Timing selten stimmt. Irgend so was, oder?« Sie stockte. »Wie machst du das? Ich meine, du hast einen Freund, den du selten siehst. Der verheiratet ist. Und trotzdem bist du glücklich.«

War sie glücklich? Manchmal ja. Sie war leiser geworden und weniger fordernd. War das ein Rezept für Glück? Und was sollte sie Kathi sagen?

»Wolltest du nie, dass er sich scheiden lässt?«, fuhr Kathi fort.

»Doch. Viele Male. Aber er konnte nicht weg wegen der Kinder und seiner Frau, die ihn nicht loslassen wollte, obgleich die Ehe am Ende war. Und ich konnte nicht weg wegen des Hofs und des Jobs. Ich weiß, was du jetzt gleich sagen wirst: Wahre Liebe findet einen Weg, wenn man wirklich will und so weiter. Kathi, das stimmt für manche, für diejenigen, die stark genug sind, um die Leichen, die dann den Weg pflastern, lässig zu überschreiten. Ich bin dafür nicht geboren.«

»Und warum hast du dir dann nie einen ganz anderen gesucht, einen, mit dem du leben kannst? Ich meine, das geht doch nun schon ein paar Jahre mit deinem Fernlover?« Noch immer war es ehrliches Interesse, keine Provokation.

»Weil ich einen saublöden Job hab, um Männer kennenzulernen. Die meisten sind Verdächtige oder Zeugen, kein guter Start in eine Beziehung, oder?«

Kathi lachte. »Nein, das stimmt. Wobei du bei diesem Vitus Weingand einen echten Stein im Brett hast, oder.

Wär das nix? Ich meine, du müsstest ihn nur etwas freischneiden.«

Irmi stimmte ein. Befreit. Es war das erste Mal, dass sie mit Kathi wie mit einer Freundin lachen konnte. »Danke, lass mal. Ein guter Typ, aber mehr auch nicht.« Dann wurde sie wieder ernst. »Und was machst du jetzt, Kathi?«

»Ich muss das beenden. Er schadet mir. Er tut mir weh. Oder nein, nicht mal er. Die Situation tut mir weh. Er wird sich nie trennen. Und lieben tut er mich auch nicht. Weil er es nicht zulässt.«

Ja, so waren die Männer. Sie konnten Gefühle ausblenden, verdrängen, alles aussitzen an Stammtischen und in Schafkopfrunden. Sie waren gut darin und damit um so vieles ärmer.

»Flüchte, so schnell du kannst. Es wird nur schlimmer«, riet Irmi. »Schaffst du das?«

»Ich versuche es.«

»Schaffst du es auch, deinen Zorn zu zähmen? Hier bei der Arbeit?«

»Ich werde mir Mühe geben, versprochen. Mir hat der Södermann schon auch leid getan. Ehrlich. Aber da war es schon raus.« Das klang richtig kläglich.

»Gut. Kochst du uns bitte noch einen Kaffee? Und dann sehen wir uns das verdammte Kuvert an.«

Während Kathi draußen beschäftigt war, dachte Irmi über das Gespräch nach. Warum hatte sie sich nie einen anderen gesucht? Nun ja, sie hatte es ja versucht. Zwei Jahre war es schon her, und jetzt, wenn sie daran dachte, traf sie der Schmerz völlig überraschend.

Gerhard war einer von denen gewesen, die Bernhard öfter mal im Wald halfen. Sie hatte ihn immer ein wenig unzugänglich gefunden und arrogant – bis zu jenem Nachmittag, als sie allein im Holz waren und vor ihrer Brotzeit saßen. Sie hatten gar nicht viel geredet, aber Irmi spürte, dass Gerhard zweierlei unter seinem Hut und hinter seiner Fassade verbarg: Wärme und einen guten Instinkt. Sie hatte in ihm einen Freund gefunden, einige Waldtage lang, weil Bernhard sich den Arm gebrochen hatte und sie nun das tat, was sie am liebsten machte: Männerarbeit, anstelle ihres Bruders die Regie führen.

Das Ganze war anfangs recht unschuldig gewesen: ein paar SMS mit »Gute Nacht« und »PS: Ich denk an dich«. Auf einer Waldlichtung hatte Irmi gesagt:»Hier müsste man einen Räuberfilm drehen«, und er war eingestiegen in das Spiel. »Werte Dame, darf ich Ihr Räuberhauptmann sein?« Robin Hood und Lady Marian. Er hatte ihr galant den Arm gereicht, und sie waren den Weg entlanggeschritten, denselben, auf dem sie am Nachmittag mit der erfahrenen Stute das Holz transportiert hatten. Mit dem Bulldog wäre es schneller gegangen, aber Gerhard hatte befunden, dass er lieber das Erbe seiner Väter bewahren wollte. Dort, wo das noch möglich war.

Für solche Sätze mochte sie ihn. »Es gibt viele Formen von Liebe.« Auch das hatte er mal gesagt. Und mitten im bayerischen Hohlweg hatte er gefragt: »Gab es die Milchstraße eigentlich schon im Sherwood Forest?« »Sicher«, hatte sie erwidert und sich gefragt, ob Robin wohl auch so gut geküsst hatte. Zauberhaft, sanft, wie zufällig.

Sie war nicht falsch gewesen, diese eine Nacht mit ihm, weit entfernt von sinnlosen One-Night-Stands, die man sich lieber hätte schenken sollen. Im Schutze der Dunkelheit war immer alles ganz einfach, aber komisch im ersten Sonnenlicht. Doch bei Gerhard war es schön gewesen, dass er beim Aufwachen noch da war, eine Art sanftes Hinübergleiten vom Sherwood Forest in die Realität.

Am nächsten Morgen hatte er den Kaffee im Stehen getrunken, er war auf der Flucht gewesen, damit Bernhard ihn ja nicht entdecken sollte. In diesem Moment wusste sie, dass sie immer wieder in diese Falle tappen würde: in die Falle, zu glauben, eine Nacht würde und müsse nichts verändern. Sie hatte sich ihm nah gefühlt und wusste doch, dass er sich zurückziehen würde – als Waldarbeiter, als Robin Hood und als Freund.

Was war bloß so furchtbar daran, wenn zwei Menschen eine emotionale Bindung hatten, obwohl sie sich jenseits der Norm befanden? Und was wäre gewesen, wenn sie zwanzig Jahre jünger gewesen wäre? Hätte sie ihn dann als Beziehungspartner haben wollen, haben können? Oder hätte sie ihn zwanzig Jahre früher überhaupt angesehen und wahrgenommen?

Als Gerhard sein rostiges Auto startete, wusste sie, dass das der Anfang vom Ende war. Sie hätte ein Glas Wein mit ihm trinken wollen, einfach so, sich die Stute noch mal ausleihen, ihn fragen, ob er Lust hätte, zu einem großen Fest zu kommen. Lauter harmlose Dinge, die nun weit weg lagen. Aber sie traute sich nicht, ihn anzurufen.

In den wenigen Tagen mit Gerhard hatte sie erstaunlicherweise kein einziges Mal an *ihn* gedacht. Gerhard war real gewesen, *er* nur die kühle Stimme am Telefon.

Hinterher hatte Gerhard die Ereignisse der einen gemeinsamen Nacht auf den Alkohol geschoben. Eine Ohrfeige hätte weit weniger geschmerzt. Das hieß doch, dass er nur besoffen mit einer Frau schlief, die so alt wie seine Mutter war.

Sie war neunundvierzig Jahre alt gewesen. Und sie war bereit gewesen, zu fühlen und zu lieben und das zu tun, was nur sie beide etwas angegangen wäre. Aber er war zu schwach gewesen, das zuzulassen. Alle Männer bisher waren zu schwach gewesen … *Er* ja letztlich auch.

Wie hatte sie so naiv sein können?, fragte sie sich jetzt.

Und Irmi verstand Kathi nur zu gut.

Als Kathi mit dem frisch aufgebrühten Kaffee zurückkam, sah sie neugierig auf den Umschlag, den Södermann mitgebracht hatte.

»Mach ihn auf. Los!«, sagte sie aufgeregt. »Das sollte uns jetzt interessieren, oder?«

Irmi riss das Kuvert auf: Zahlen, Listen, Hieroglyphen. Sie hielt ihrer Kollegin das Geschriebene unter die Nase. Diese zuckte mit den Schultern. »Keine Ahnung, was das sein soll.«

Irmi stürmte ins Nachbarbüro. »Wo ist Sailer?«

»Auf Streife.«

»Soll sofort herkommen, und wenn ich sofort sage, meine ich schneller als sofort, nämlich schneller als der Schall.«

Der Schall kam leicht verzögert nach dreizehn Minuten an.

»Frau Irmgard, wo brennt's denn?«

»Setzen, Sailer! Lesen, nachdenken und uns sagen, was das ist!«

Sailer starrte Irmi an, als sähe er sie zum ersten Mal. »Sicher«, sagte er. »Wenn's wichtig is?«

»Ja, es ist wichtig, Herr Sailer.«

Sailer begann in den Papieren zu blättern. Er nahm sich eins nach dem anderen vor. Seine Stirn war gerunzelt. Bedächtig schichtete er die Blätter um.

»Und?« Kathi schrie fast vor Aufregung.

»Moment.« Er sortierte die Blätter fertig, ehe er sich im Stuhl zurücklehnte und herzhaft »so« sagte.

»So?«, riefen Irmi und Kathi gleichzeitig.

»Immer mit der Ruh, die Mädels«, sagte Sailer. »Des is interessant.«

»So, des is interessant.« Irmi versuchte sich im Zaum zu halten. »Das nehmen wir auch an, dass das interessant sein könnte. Dürfen wir teilhaben an Ihrem Wissen, Sailer?«

»Also, des is so«, hob Sailer an.

Irmi beschloss, Sailer beim nächsten »so« zu erwürgen.

»Des san Ergebnisse von Sportwettkämpfen beim Barras. 5000-Meter-Lauf und Kugelstoßen. Schaugn S' her: Da stehen die Disziplinen, das sind die Zeiten.«

»Ja und?«, fragte Kathi genervt.

Sailer grinste. Wenn das bei seinem runden Schädel und seinen Schweinsäuglein überhaupt möglich war, hätte man sagen mögen: ›Er grinste diabolisch.‹

»Wenn Sie mal schaugn, Frau Irmgard. Und vergleichen.«

Irmi hatte den Computerausdruck in der Hand und einen handgeschriebenen Zettel.

»Vergleichen Sie das mal!«, rief Sailer.

Irmi studierte die Zahlen. »Die stimmen nicht überein«, sagte sie nach einer Weile.

Sailer strahlte. »Eben.«

Irmi war verwirrt und starrte wieder auf die Zettel. »Sailer, was bedeutet das?«

»Schaugen S', Frau Irmgard. Da hot jemand handschriftlich die Zeiten aufg'schriebn. Also, i moan der, der wo gestoppt hat und dann eben die Zeiten der Teilnehmer aufg'schriebn hot. Aber des, was dann auf der offiziellen Listn steht, liest se ganz anders.« Sailer deutete auf ein paar Zahlen. »Der is g'laffn wie a Schneckn, aber in der Listn steht er mit der Zeit wie der Usain Bolt oder wie der hoaßt.«

Irmi starrte Sailer an.

»Und warum?«

»Frau Irmgard, so a Wettkampf is Pflicht beim Barras. Du muaßt a Mindestleistung bringen. Wer befördert werden will, muaß se onstrenga. Die Obern schaugn drauf.«

Für Irmi war das alles nicht so recht nachvollziehbar. »Ob das wohl länger so ging?«, fragte sie.

»Ja, des ham de öfter g'macht, scheint's, des san die Ergebnisse von de letzten drei Johr.«

Irmi dachte nach. Ihr Herz klopfte. »Das muss ja auch einer oder mehrere notiert haben?«

»Ja, klar. Aber de am Sportplatz stehn, machn doch bloß ihren Servus da hin. De san halt saubled, und denen is es a wurscht, wer wie lafft. De schaugn hinterher doch nimmer mehr drauf.«

Irmi atmete tief durch und fragte leise: »Und Sie wissen, wer de san?«

»Also, der von dem die Ergebnisse gefälscht san, des is a gewisser Hauptfeldwebel Filser. Des steht do.« Sailer wies auf die entsprechende Stelle.

»Und der hat seine eigenen Ergebnisse aufgeschrieben?«, hakte Irmi ungläubig nach.

»Naa, des war a anderer.«

»Und wer?«

»Des woaß i a ned.« Aber bevor Irmi noch etwas sagen konnte, strahlte Sailer sie an. »Aber i woaß, wer des woaß.«

»Ja, Sailer?«

Die Tanja! Wie beim letzten Mal! Soll i di no amoi orufen?

»Ja, Sailer, ich bitte darum!«

Und so wurden sie Zeuge eines langatmigen Gesprächs mit der Kusinentochter Tanja, das nicht nur alle neugeborenen Kinder in der weiteren Verwandtschaft zum Thema hatte, sondern auch alle Todesfälle. Am Ende beteuerte Sailer dann mehrfach, dass sie ihm natürlich Auskunft geben dürfe. Weil er ja die Polizei sei. Und die Frau Irmgard ja auch dabei wär. Am anderen Ende tat sich was. Sailer lauschte eine Weile, bis er schließlich meinte: »Was du ned sagst.« Mit drei »Vergelt's Gott« legte Sailer auf.

»Ja und?« Irmi konnte sich kaum im Zaum halten.

»Der wo aufschreibt, is der Fichtl, Hauptgefreiter Peter

Fichtl«, sagte Sailer schlicht. Sowohl Irmi als auch Kathi sahen Sailer sprachlos nach, der ohne weitere Worte den Raum verließ und die Tür hinter sich schloss.

»Der Fichtl hat Ergebnisse vom Hauptfeldwebel gefälscht?«, sprudelte es aus Kathi heraus. »Warum?«

Irmi war aufgestanden. Sie sah zum Fenster hinaus. Auf der Straße hatte eine Gruppe Radfahrer angehalten. Sie hatten eine Karte ausgebreitet und schienen zu beratschlagen, was zu tun sei. Sie lachten. Das Leben könnte so einfach sein. Langsam drehte Irmi sich wieder um.

»Der Mann, dessen Sportergebnisse, sagen wir mal, nach oben korrigiert wurden, heißt Max Filser, Hauptfeldwebel, direkter Vorgesetzter von Peter Fichtl.«

Es wurde still. Das einzige Geräusch war das leise Kratzen eines Bleistifts, mit dem Kathi kleine Kästchen auf ihre Schreibtischunterlage malte, Kästchen, die wie Treppen anstiegen und dann wieder hinunterpurzelten.

»Fichtl hat diese Ergebnisse gefälscht. Der Hauptfeldwebel sah damit gut aus und stand bei Fichtl in der Schuld«, sagte Kathi nach einer Weile.

»Hmm«, machte Irmi. »Und die Schuld hat er abgegolten, indem er Fichtl diese Prototypen zugeschanzt hat, die der dann verkaufen konnte. Ein netter kleiner Deal unter Sportskameraden.«

Wieder Stille, die Luft schien elektrisch geladen zu sein. In Irmis Kopf rotierten die Gedanken, viel zu schnell, als dass sie sich hätten anhalten lassen. Gesichter huschten vorbei, immer wieder die beiden Fichtl-Buben. Diese Augen so blau. Zwillinge, die sich glichen wie ein Ei dem anderen. Eineiige Zwillinge. Man habe sie immer verwechselt, die Jungen, hatte der Nachbar gesagt.

»Denkst du, was ich denke?«, fragte Kathi ungewöhnlich leise.

»Sie sahen sich so ähnlich«, sagte Irmi.

»Vor allem, wenn der eine die Kleidung des anderen getragen hat, oder«, entgegnete Kathi.

In diesem Moment überflutete Irmi eine Welle von Dankbarkeit. Es war gut, Kathi dazuhaben, so sehr diese auch manchmal ihre Nerven strapazierte und ihr Herz verletzte. »Pius hatte diese Jacke an«, meinte sie. »Lassen wir mal dahingestellt, ob mit oder ohne das Wissen seines Bruders. Er hatte dessen Auto ausgeliehen. Beide Brüder gehen gern in die Berge. Und beide sehen gleich aus. Dann macht sich einer von ihnen auf in die Berge. Aber nicht allein. Er wird verfolgt von einem, der Grund hat, ihn zu verfolgen. Der Grund hat, Peter Fichtl zu verfolgen. Nicht etwa Pius.«

Irmi machte eine kurze Pause und fuhr dann fort: »Peter Fichtl wollte vielleicht nicht mehr diese Sportergebnisse fälschen, oder aber er wollte die ganze Sache auffliegen lassen. Vielleicht sind die Prototypen auch irgendwo aufgetaucht, wo sie als heiße Ware besser nicht aufgetaucht wären. Er wird verfolgt von Hauptfeldwebel Filser. Mord, Totschlag, einfach ein Unfall – das kann uns nur Filser erzählen.«

»Das ist alles pure Spekulation – das wissen wir, oder?«, sagte Kathi immer noch sehr leise.

»Ja, allerpurste Spekulation. Aber nun greifen die Rädchen ineinander. Nun wird aus den Puzzleteilen, die man uns vor die Füße gekippt hat, langsam ein Bild. Kein schönes, möchte ich meinen.«

»Aber, Irmi! Wenn der Hauptfeldwebel wirklich Peter Fichtl gemeint hat, dann weiß er doch jetzt, dass er den Falschen erwischt hat. Sie sind irgendwo auf Übung, irgendwo im Nirgendwo des Karwendels. Er wird es wieder versuchen. Was, wenn er diesmal den Richtigen erwischt? Was, wenn er es wie einen Unfall aussehen lassen will? Dann haben wir nichts in der Hand.«

»Doch, diese Sportergebnisse«, sagte Irmi zögernd.

»Ach, komm, dafür wird der Filser schon Erklärungen finden. Das wird irgendwie ausgebügelt werden! Der fränkische Oberst wird sich vor ihn stellen. Vor den anderen Franken. Wir müssen Peter Fichtl finden, mit ihm reden.«

»Und ihm sein Leben retten, eventuell«, schickte Irmi hinterher.

»Wenn es nicht schon zu spät ist. Die sind seit vielen Stunden unterwegs.«

»Stimmt, bis Dienstag dauert alles viel zu lang. Wir müssen da hinauf. Wir müssen Fichtl warnen und diesen Filser mit seinen Ergebnissen konfrontieren. Wir brauchen seine DNA, seine Fingerabdrücke.«

»Willst du zur Staatsanwaltschaft? Wir brauchen doch einen Beschluss?«, fragte Kathi.

»Den können wir uns in die Haare schmieren oder Papierflieger draus basteln!«, rief Irmi. »Da kollidiert Polizeirecht mit Militärrecht. Bis wir da weiterkommen, haben die alles vertuscht. Wir haben nur eine Chance: einen Überraschungsangriff, bevor die zurück sind.«

»Wir wissen doch nicht mal, wo die genau stecken, oder«, meinte Kathi ungewohnt zögerlich.

»Das wissen wir gleich.« Irmi zwinkerte Kathi zu und brüllte dann durch den Gang: »Sailer!«

Der kam gemächlichen Schrittes angetrottet. »Frau Irmgard, Sie san heut so angestrengt.«

Das war in Sailers kleinem Universum ein Unding. Sailer strengte sich niemals über Gebühr an, nicht über sein Gehalt, nicht über seine Arbeitsstundenzahl hinaus. Sailer verließ das Gebäude und war der Privatsailer, der im Garten werkelte, angelte, Rennrad fuhr und seine Verwandten besuchte. Oder der mit dem Rennrad seine Verwandten besuchte. Sailer war wahrscheinlich ein Philosoph, in der Welt, wie Sailer sie sah.

Irmi verkniff sich jede bissige Erwiderung. »Ja, Sailer, mir fehlt Ihr Stoizismus.«

»Hä?«

»Sailer, Sie müssten Ihre Kusinentochter noch mal anrufen. Wir müssen wissen, wo genau eine bestimmte 48-Stunden-Gebirgsübung stattfindet. Wir haben diese Frage aber nie gestellt.«

Er machte nochmals »hä?«, aber dann strahlte er. »Ach so, Sie moanen, dass de Tanja ned sogn soll, dass mir des haben wissen wollen.«

»Genau, Sailer, genau!«

Und wieder schaffte es Sailer nach einer langen Vorrede (diesmal ging es um einen kapitalen Waller, den irgendein Schorsch anno Schnee geangelt hatte), Tanja etwas zu entlocken. »I hob aber ned g'frogt. Des ist wichtig«, schärfte er ihr noch ein. Und als er aufgelegt hatte, versicherte Sailer Irmi erst mal, dass Tanja kein Wort über die Lippen kommen werde.

»Und wo sind die nun?«, fragte Kathi ungeduldig.

»Des is oafach.«

»Schön, Sailer, einfach haben wir gerne! Wo?«

»De san in der Dammkar-Abfahrt. De Tanja hot g'sogt, dass de Karwendelbahn für den normalen Betrieb offen is, dass man auffi kann, bloß ned durch den Tunnel und ned den Weg zum Dammkar-Haus gehen darf. Aber de meisten Gäst wolln ja eh bloß ins Tal schaugn, de laffen ja kaum«, sagte Sailer.

Wie recht der Mann hatte!

17

Sobald Sailer draußen war, zückte Irmi ihr Handy und rief Vitus Weingand an. Er ging sofort ran.

»Vitus, wir brauchen dich.« Irmi schilderte kurz ihr Anliegen. Sie erklärte, dass sie Fichtl unbedingt als Zeugen befragen müsse, verschwieg jedoch ihre Befürchtung, dass es den falschen Fichtl erwischt hatte. »Du kennst doch sicher Leute an der Bahn, oder? Es könnte nämlich schwierig werden, dass die uns durchlassen.«

»Freilich kenn i die Liftler, fast alle sogar. I kimm glei an die Talstation. Passt es dir um Viertel vier?«

»Sehr gut, dann bis gleich!«, meinte Irmi erleichtert und beendete das Gespräch.

Kathi sah sie gespannt an. »Und?«

»Er kommt direkt an die Talstation der Gondel. Es beruhigt mich, wenn er dabei ist. Der kennt das Karwendel wie seinen Hosensack.«

»Na dann, auf ins Gefecht! Ich zieh schnell andere Schuhe an, oder.«

Stimmt, dachte Irmi, mit Flipflops ist Kathi am Berg schlecht gerüstet. Sie selbst zog sich ihre Bergschuhe an und packte eine Fleecejacke ein, die sie immer im Büroschrank hatte.

Es war Viertel nach drei, als sie an der Talstation der Gondel ankamen. Vitus stand am Eingang. Er trug eine kurze Lederhose, ein Karohemd, Weste. Auf Irmi wirkte er noch schmaler als beim letzten Treffen. Vitus wurde gerade von einer entzückten Holländerin fotografiert, die »sein schönes Bart« lobte.

»Griaß enk.« Vitus lächelte.

Irmi freute sich, ihn zu sehen. Sie wusste nicht genau, warum, aber in seiner Anwesenheit fühlte sie sich sicher. Er strahlte eine Souveränität aus, die allumfassend war. Mit Vitus an der Seite gab es immer Auswege.

»Ich hob mit 'm Hansi scho g'redt: Er moant, ma kimmt aui, oben stehn s' am Tunnel, und unten ham s' a den Wanderweg abg'sperrt. Die üben im Tunnel, sagt der Hansi. Irgendwas mit Sprengen und ABC-Abwehr.« In Vitus' Stimme lag Abscheu.

»Könnten wir den Tunnel denn umgehen?«, fragte Irmi.

»Offiziell ned. I moan, ma kimmt scho ummi, aber des is a gacher Steig.«

Einen Steig, den sogar Vitus als steil bezeichnete, traute Irmi sich nicht unbedingt zu.

»Schauen wir erst mal«, meinte sie und löste zwei Karten für die Gondel. Vitus hatte eine Jahreskarte.

An der Kasse wurden sie darauf hingewiesen, dass die Bundeswehr vor Ort sei, man aber die Aussichtsterrasse genießen, das Fernrohr besichtigen und den Rundweg machen könne. Die Mitarbeiterin schien frisch von einer Schulung zu kommen – die hätte dem vierschrötigen Typen auf der Tourismusinformation sicher auch nicht geschadet.

Irmi reichte Kathi die Karte. Die beiden sahen aus wie zwei Touristinnen, die einen besonders urigen Bergführer mit einem großen Rucksack angeheuert hatten, Mutter und Tochter auf Bergausflug. Die Bahn hatte immer noch den bizarren Charme der Sechzigerjahre. Bei dem Kabinenführer handelte es sich augenscheinlich um Hansi. Er plauderte mit Vitus, grüßte freundlich und telefonierte dann mit seiner Frau über eine geplante Bergtour und darüber, welche »Wandersöcklan« die Tochter tragen solle. Tirol war nah, geografisch und sprachlich.

Irmi war schon ewig nicht mehr hier gewesen, in dieser Bahn hoch über dem steinernen Bergmeer. In den Karen lag noch Schnee. Er sah unwirklich aus: nicht wie watteweiches Weiß, sondern wie angegilbte Plastikplatten mit unregelmäßigen Waben. Irmi fielen die Ohren zu, während die Bahn schnell die Höhenmeter machte.

Einer der Mitpassagiere, ein Mann in den Sechzigern, hatte offenbar Sprechperlen gefressen. Unentwegt kommentierte er die Ereignisse in dunkelstem Schwäbisch. Im Falle eines Falles sei auch die Evakuierung kein Problem. »Do musch zum Leiterle obe naus«, sagte er zu seiner Frau. »Gell, Herr Schaffner?«

Hansi gab ein grummelndes Geräusch von sich, das man als »ja« hätte deuten können.

Ein anderer Tourist machte sich Sorgen, weil sich der Fußweg durch Kare und Geröllfelder zog. »Da brauchsch du gude Schuh«, belehrte er seine Frau. O ja, das Sandalenpärchen sah wenig geländegängig aus.

Irmi sah konzentriert aus dem Fenster und war auf einmal froh über ihre Berufswahl. Touristische Tätigkeiten waren ja ein einziger kleiner Horrorladen. Die Gondel glitt mühelos dahin, und es wippte kaum, wenn sie über die Stützen schoss. Schattenflecken huschten über die Kare, bald würde es zuziehen.

Plötzlich war das berühmte Riesenfernrohr zu sehen, das Irmi nur aus der Zeitung kannte. Ein imposanter Koloss aus Holz, Stahl und Beton, der am Felsen klebte und ins Tal hinunterblickte.

»Wie g'fallt dir des?«, fragte Vitus und sah Kathi an.

»Ich glaube, gut. Es ist ein Kontrast, es ist ungewöhnlich. Mutig. Keine piefige Zwischenlösung, oder?«

Vitus nickte. Irmi spürte, dass auch Kathi von Vitus' Präsenz angezogen war. Sie war neben Irmi getreten und flüsterte: »Ich tät mir das überlegen mit dem Vitus. Das ist schon ein guter Typ.«

»Dumme Nuss!«, zischte Irmi zurück.

Als sie oben angekommen waren, ließen sie den Touristen den Vortritt. Diese strömten nach rechts zum Café und zur Terrasse. Irmi, Kathi und Vitus gingen fast zögerlich nach links. Nun galt es.

Zwei Feldjäger hatten sich am Tunneleingang aufgebaut. »Hier ist kein Durchgang.«

Irmi zückte ihre Dienstmarke. »Mein Team und ich ermitteln in einer Mordsache. Wir müssen Hauptfeldwebel Filser sprechen.« Sie zögerte kurz. Ihr Herz raste. »Das ist mit Oberst Grau abgesprochen.«

Die beiden sahen sich unsicher an.

»Ja, was nun?« Vitus, der die jungen Männer an Körpergröße weit überragte, machte einen Schritt auf sie zu. Eine Taktik, die sich auszahlte.

»Wir wollen keinen Ärger«, sagte der eine. »Am Ende des Tunnels steht noch ein Posten. Fragen Sie den.«

»Danke«, erwiderte Irmi, und eigentlich war das eher an Vitus gerichtet als an die jungen Feldjäger. Schnell huschten sie in den Tunnel.

»Immer auf wen anderen schieben. Immer delegieren. So lafft de Welt heitzutag«, brummte Vitus und stapfte los. Kathi marschierte hinterher.

Irmi folgte ihnen nur zögerlich in den Tunnel. Zwar war sie nicht direkt klaustrophobisch, aber Tunnel lähmten sie, saugten gleichsam allen Mut und alle Energie aus ihr heraus. Der Gummiboden gab quietschende Geräusche von sich, von Nässe durchdrungen, wie er war. Im Winter marschierten hier frohgemut die Skifahrer aufs Licht am Ende des Tunnels zu, um sich dann in eine der aufregendsten Freeriding-Pisten zu stürzen. Von links fiel nur kurz

Licht ein. Der Tunnel hatte ein sogenanntes Tunnelfenster, eine Ausstülpung mit Glastür, Fenster und einem kleinen Balkon mit Geländer, auf den man hinaustreten konnte und übers Tal blicken. Dann wurde es wieder dunkel.

Mit Ski auf dem Buckel konnte der Tunnelweg lang werden, doch Irmi fand die Röhre auch ohne Skibehinderung unerfreulich genug. Sie fröstelte. Am Ende des Tunnels befand sich eine Holztür. Vitus drückte sie auf.

Sie standen wieder im Licht, umgeben von zackigen Bergen, die in allen Grauschattierungen leuchteten. Es wehte ein scharfer Wind, die Wolken jagten über den Himmel. Sie standen ganz still, sahen hinauf.

»Da kommt ein riesiger Schokohase auf uns zu«, sagte Vitus nach einer Weile.

Kathi lachte hell. Dann sah Irmi es auch: Am Himmel stand ein Gebilde, das akkurat die Form des goldenen Lindt-Osterhasen hatte, nur das rote Glöckchen fehlte. Irmi war Vitus dankbar, er nahm alle Schwere aus der Situation.

Sie blickten sich um. Weit und breit kein Feldjäger zu sehen. Oder doch: Auf dem Bankerl hing er und schnarchte. Arrhythmisch stieß er Schnarchtonleitern aus, dann schien er eine Weile gar nicht mehr zu atmen, ehe ein erneutes Schnarchkonzert aus ihm hervorbrach.

Vitus grinste. »Der verschlafft den Krieg a no. Ned bled.«

Sie sahen sich um. Bis auf den Wachposten, der seinen Job verfehlte, waren sie allein auf weiter Flur.

»Und nun?«, fragte Kathi.

»Steigen wir zur Diensthütte ab. Die haben sicher so eine Art Quartier- oder Kommandozentrale. Außerdem können wir von da mehr Gelände einsehen«, sagte Irmi.

Vitus nickte und sprang in seiner breitbeinigen Berggämsenmanier los. Irmi musste sich anstrengen, um Schritt zu halten. Kathi stolperte mehr hinterher.

Sie waren fast vor der Hütte, als plötzlich von irgendwoher, als hätten die Felsen sie ausgespien, zwei Männer vor ihnen erschienen. Wahrscheinlich waren sie einfach hinter der Hütte aufgetaucht. Irmi hätte beinahe einen Schrei ausgestoßen. Mit ihren Atemschutzmasken und Ponchos erinnerten sie an Darth Vader. Irmi war fast verwundert, dass der eine die Maske abnahm und ganz normal sprechen konnte, ohne Darth-Vader-Geschnarre.

»Was machen Sie hier? Sie sind mitten in einer militärischen Übung. Gehen Sie sofort zurück zur Bahn!«

Irmi zückte wieder die Dienstmarke. »Wir müssen Hauptfeldwebel Filser sprechen. Und den Hauptgefreiten Fichtl. Das ist mit dem Oberst und den Feldjägern abgesprochen.« Wie leicht so etwas über die Lippen ging und wie viel Ärger sie wahrscheinlich bekommen würde. Aber für Schadensbegrenzung war es nun zu spät.

Der zweite Typ hatte jetzt auch seine Maske abgesetzt. »Sie können hier nicht weiter. Schon mal was von Übungsgranaten und Augenreizstoff gehört? Außerdem sind hier achtzig Mann unterwegs. Welcher Vollpfosten hat Sie überhaupt durchgelassen?«

Kathi strich das Haar, das der Wind ihr über die Augen wehte, zurück. Dabei rutschte ihr ultrakurzes T-Shirt weit hinauf und gab ihren makellosen Bauch frei. Was für ein Zufall!, dachte Irmi und musterte Kathi. So was konnte Kathi: gnadenlos ihre Reize einsetzen. Wenn sie auch häufig wütend war wie ein bissiger Kettenhund, so konnte sie auch softer. Und sie war eine Spielerin: sie zockte, und fast alle Männer mussten bei dem Einsatz verlieren. Weil sie unvorsichtig wurden.

»Es kann doch nicht so schwer sein, einen der beiden aufzutreiben? Ihr habt doch Walkie-Talkies dabei oder vielleicht sogar Handys? Oder habt ihr noch altmodische Feldtelefone?« Kathi bastelte an einem Pferdeschwanz und sah die beiden spöttisch an. Der eine war schon schachmatt gesetzt, der andere wehrte sich noch.

»Wie stellen Sie sich das vor? Mit den Masken und den Ponchos erkennt man doch keinen. Das Übungsgelände erstreckt sich über einige Quadratkilometer.«

»Na ja, den Hauptfeldwebel erkennt man schon. Der hat ein paar Zentner. Da spannt der Poncho über dem Ranzen«, meinte der andere und lachte debil. Er war Kathi auf den Leim gegangen und wollte sie offenbar mit Witzigkeit beeindrucken.

»Gibt es denn nicht mal eine Pause? Manöverkritik oder so?«, fragte Irmi.

Der eine nickte eifrig. »Doch, schon, wir kriegen dann Mitteilungen auf unser …« Er stockte.

GPS? Wunderhandy-GPS-Kombi? Kriegswichtige Prototypen? Irmi war klar, dass die beiden gerade wieder aufgewacht waren. Der standhaftere von beiden merkte, dass die Sache zu entgleiten drohte. »Schluss jetzt! Sie gehen auf der Stelle, oder ich lass Sie entfernen.«

Er zückte ein Handy und wählte. Wenig später gab es einen heftigen Disput, dann legte er auf und starrte sie an. »Die Wache war nicht auf dem Posten! Sie verschwinden jetzt augenblicklich. Die Wache informiert die Feldjäger. Das gibt Ärger, das garantiere ich Ihnen!«

Während die beiden Männer noch mit Kathi und Irmi diskutierten, hatte sich Vitus unmerklich der Hütte genähert. Und plötzlich trat er die Tür auf. Sie flog scheppernd gegen die Wand. Drinnen hörte man einen Mann fluchen, der kurz darauf im Türrahmen stand. Er war groß und massig und brüllte Vitus an, ob er noch bei Verstand sei, hier herumzulaufen. Er wollte Vitus einen Stoß versetzen. Der aber duckte sich geschickt weg.

Der eine junge Mann rief: »Da ist doch der Herr Hauptfeldwebel!«

Der Mann brüllte etwas, die Jungs schrumpften auf Mainzelmännchengröße zusammen, schauten aber nur halb so fröhlich.

Irmi machte einige Schritte auf ihn zu. »Herr Filser?«

Der massige Mann starrte sie an.

»Herr Filser! Mangold, Reindl und Weingand von der Polizei. Wir würden gerne mit Ihnen sprechen.« Die Liste ihrer Verfehlungen wurde lang und länger, nun deklarierte sie Vitus schon als Kollegen.

Er presste ein »Worüber?« heraus.

»Können wir uns kurz irgendwo setzen? In der Hütte vielleicht?«, schlug Irmi vor und behielt dabei den Mann im Blick.

»Das passt jetzt gar nicht«, meinte dieser ungehalten. »Wer hat Sie überhaupt durchgelassen?«

»Die Feldjäger. Herr Filser, ich möchte Ihnen gerne etwas zeigen.« Irmi machte eine Bewegung in Richtung Hütte und wunderte sich fast, dass er sich umdrehte und vorausging.

Auf dem Tisch lag Kartenmaterial ausgebreitet, daneben Papiere mit Tabellen und ein paar eigenartig aussehende Funkgeräte. Ein Rucksack lehnte auf dem Stuhl.

»Also was jetzt? Beeilen Sie sich! Die Gruppen kommen gleich zurück.« Er klang fränkisch.

Irmi fiel auf einmal das Gespräch mit Orlowski ein. Er hatte von einem Mann mit schwerem Körperbau erzählt, der angeblich in der Nähe der Alm gewesen war, und er hatte den fränkischen Ausruf »Allmächt« gehört. Waren sie etwa am Ziel?

18

Kathi hatte ein Kuvert gezückt, zog den Inhalt heraus und legte die Blätter aufgefächert auf den Tisch.

»Das sind Ihre Sportergebnisse, oder? Die Peter Fichtl über Jahre gefälscht hat. Warum hat er das getan, und was hat er dafür bekommen?«

Filser stemmte beide Arme auf die Platte und lachte – gezwungen, wie Irmi fand. »Deshalb kraxeln Sie im Karwendel herum? Ich wüsste nicht, dass das Sache der bayerischen Polizei wäre.«

»Wenn es um Mord geht, schon! Wo waren Sie vorletzten Mittwoch?«, fragte Kathi.

»Was weiß denn ich? Wahrscheinlich hatte ich Dienst. Lassen Sie sich meine Dienstpläne geben, und nun verschwinden Sie!«

»Herr Filser, warum hatte Peter Fichtl ein Depot von Prototypen gehortet? Ihr Oberst hat sich auch ziemlich gewundert«, sagte Irmi.

Filser hatte Mühe, die Kontrolle über sein Gesicht zu bewahren, seine Augen verrieten ihn. Er war ein in die Enge getriebenes Tier. Aus den Augenwinkeln sah Irmi auch Vitus' ungläubigen Blick, dem langsam dämmerte, dass es hier nicht nur um eine launige Zeugenbefragung ging.

»Wo waren Sie? Auf der Fischbachalm? Ja? Und haben Pius Fichtl abgepasst, weil Sie dachten, es sei Peter? Fataler Fehler, Herr Filser!«

»Sie haben eine blühende Phantasie«, maulte Filser.

»Wir warten auf Ihre Antwort, und dann würden wir gerne Ihre Fingerabdrücke und eine DNS-Probe nehmen«, flötete Kathi.

Filser sah vom einen zum anderen. Plötzlich riss er den Rucksack vom Stuhl, wirbelte ihn herum wie ein Diskuswerfer auf Olympiakurs. Dann war er an der Tür und hielt etwas hoch, was er offenbar aus dem Rucksack gezogen hatte. Es war eine Handgranate.

»Das ist keine Übungsmunition!«, schrie er mit irrem Blick und schob die Granate in seine Jackentasche. Es gelang ihm, Vitus wegzustoßen, und er stolperte ein paar Schritte rückwärts. Geradewegs hinein in eine Fünfergruppe von weiteren Darth Vaders. Der erste zog sich die Maske vom Kopf. »Herr Hauptfeldwebel, was …«

Mit einer Art Handkantenschlag streckte Filser ihn nieder und packte einen zweiten Mann am Kragen. Während er ihn mit der einen Hand umklammerte, riss er mit der anderen eine Pistole aus der Jackentasche, die er dem Mann an den Kopf hielt.

Irmi und Vitus waren langsam aus der Hütte getreten. »Herr Filser! Lassen Sie den Unsinn«, sagte Irmi und bemühte sich, ruhig zu bleiben.

»Ich schieß euch alle über den Haufen! Und den da zuerst!«

Mit einer Handbewegung riss er dem Mann, den er umklammert hielt, die Maske herunter. Was Irmi sah, waren diese blauen Augen. Fichtls blaue Augen, in denen pures Unverständnis stand.

»Haben Sie nun den Richtigen, Herr Filser? Lassen Sie Peter Fichtl los, und reden Sie mit uns über den Tod von Pius Fichtl. Sie haben die Brüder verwechselt, Herr Filser. Das wissen Sie seit einigen Tagen. Das tut weh. Aber das ist schon vielen passiert. Lassen Sie Peter Fichtl los! Machen Sie sich nicht noch mal schuldig! Reden Sie mit uns!« Irmis

Stimme war fest, nur ab und zu wurden Fetzen vom Wind verweht, der beständig zunahm.

Peter Fichtls Kornblumenaugen wurden tiefdunkelblau. Nun hatte er begriffen. Aus seiner Kehle drang ein Laut, der gespenstisch klang. Er versuchte sich loszureißen, aber Filser hielt ihn mit eisernem Griff.

Er stieß Fichtl bergwärts und brüllte in die Bergwände: »Das mit seinem Bruder war ein Unfall! Ich wollte nur mit Peter Fichtl reden. Wie hätte ich wissen sollen, dass es Pius ist? Aber er ist mir davongeradelt wie ein Irrer. Ich hab ihm den Weg abgeschnitten, als er mit seinem Bike über einen Singletrail kam. Ich hatte ihn an der Schulter gepackt, das Rad rutschte weg, der Untergrund war bröselig. Er ist gerutscht und gefallen und auf den Hinterkopf geknallt. Er war sofort tot. Ich hab ihn in die Höhle gezerrt. Was hätt ich auch tun sollen? Aber jetzt hab ich den richtigen Fichtl, und der stirbt, wenn ihr mir nachkommt! Und ihr fliegt alle in die Luft! Ich hab schließlich eine Handgranate dabei!«

Ein in die Enge getriebenes Tier, das war er wirklich. Es war zu spät, um den Irrsinn noch aufzuhalten. Seitwärts, ohne den anderen den Rücken zuzudrehen, taumelten sie vorwärts, während Filser immer wieder brüllte: »Das ist euer Himmelfahrtskommando!«

Irmi zischte einem der anderen Soldaten zu: »Lassen Sie den Tunnel an der Bergstation sperren. Mobilisieren Sie Ihre Feldjäger.«

»Das nutzt doch nichts. Dann sitzen sie im Tunnel.«

»Wir gewinnen Zeit. Schaffen Sie einen Bundeswehrpsychologen her, einen Vorgesetzten, einen, der mit ihm redet. Den Oberst von mir aus. Aber machen Sie den Tunnel dicht!«

Filser und Fichtl hatten inzwischen den Tunnel erreicht und waren hinter der Tür verschwunden. Irmi, Kathi und Vitus liefen hinterher.

»Was nun?«, fragte Kathi.

Ja, was nun? In Mittenwald würden die Drähte heiß laufen, in der Kaserne war wahrscheinlich Alarmstufe Rot. In einer halben Stunde würde die Hölle losbrechen. Irmi hatte keine Ahnung, wie das Heer vorgehen würde. Vermutlich würden sie den Tunnel stürmen. Sie rechnete mit einem unschönen Ausgang, und sie wusste, dass die bayerische Staatspolizei aus dem Spiel war, wenn es um Militärsachen ging. Doch Irmi wollte ihren zivilen Mörder fassen, einen Mann, der einen zivilen Jungbauern getötet hatte und dessen Bruder in seiner Gewalt hatte.

Vitus sah erst Kathi an, dann Irmi. »Du sagst mir jetzt amoi, was do los is. Zeugenbefragung, so a Krampf! I bin doch koa Trottel ned. I helf dir gern, aber nur wenn i woaß, was los is. Also, werd des heut noch was?«

»Es tut mir leid, Vitus«, begann Irmi und setzte ihn dann rasch ins Bild.

»Auweh zwick!«, meinte Vitus. »Der Mann hot den einen Bruder scho erwischt, und den zweiten hot er in seiner G'walt. Zu verliern hot er gor nix.«

»Glaubt ihr denn, dass er Fichtl wirklich erschießt? Dass er es zum Äußersten kommen lässt?« Irmi hatte sonst ein gutes Gespür für Menschen, aber in diesem Fall war sie völlig unsicher.

»Fünfzig zu fünfzig, würd ich sagen, oder«, meinte Kathi.

»Na, das hilft mir ungemein!«, bemerkte Irmi wütend.

Kathi zuckte regelrecht zusammen.

»Tut mir leid, ich ...« Irmi spürte, wie ihr die Situation entglitt. Sie hätten gar nicht auf eigene Faust hierherkommen dürfen. Wie hatte sie nur glauben können, Peter Fichtls Leben zu retten? Womöglich war Fichtl wegen ihres Eingreifens dem Tode geweiht. Oder, noch schlimmer: Vielleicht war sie es gewesen, die diese Eskalation erst provoziert hatte! War sie am Ende schuld am Tod des zweiten Zwillings?

Sie standen vor der Holztür wie vor dem Eingang in die Unterwelt. Da fragte Vitus: »Hot er vorhin de Wahrheit g'sagt, dass des a Unfall war? Is des möglich?«

»Laut dem Bericht der Gerichtsmedizin auf jeden Fall. Die haben immer gesagt, er könnte auch unglücklich gestürzt sein«, sagte Kathi.

Vitus ließ den Blick schweifen. Der Himmel war nun grau, die dunkleren Wolken jagten die helleren. Der Wind hatte weiter zugenommen. Der Regen würde jede Minute einsetzen.

»Der schießt ned. Der Filser is a Feigling. Der schießt eh ned. Der is zwar a linker Hund, aber niederschießn tut der koanen, der vor eam steht. Gehn mer nei«, sagte Vitus.

Kathi blickte ungläubig von Vitus zu Irmi. »Irmi, du kannst jetzt aber nicht allen Ernstes auf die Meinung eines Laien hören. Vitus, nix gegen dich, aber das Risiko ist viel zu hoch.«

»Dann geh i«, brummte Vitus.

»Den Teufel wirst du tun!«, rief Irmi. »Das ist mein Fall. Ich gehe rein, ich rede mit ihm. Er wird aufgeben. Du hast recht: Der schießt nicht auf Menschen, die ihm in die Augen sehen.«

Inzwischen hatte Vitus die Tür geöffnet, der dunkle Schlund lag vor ihnen.

»Vitus!«, rief Irmi, aber er war schon drin. Die Tür fiel zu. Dieser sture Bergfex! Dieser Mulitreiber! »Kathi! Aber du bleibst hier. In jedem Fall. Wir halten Kontakt, sofern mein Handy da drin nicht versagt. Fordere sofort einen Hubschrauber an. Informier die Kaserne, dass wir drin sind, und sag ihnen, dass sie auf keinen Fall etwas unternehmen sollen.«

»Du hast sie nicht alle! Wenn dir was passiert!«

»Mir passiert nix. Du hast ein Kind, du bleibst draußen! Du hast noch was vor!« Und bevor Kathi noch etwas sagen konnte, schlüpfte sie durch die Tür.

Vitus war noch im Vorraum des Tunnels. »Nimm a Hirnbirn«, sagte er und warf ihr eine Stirnlampe zu. Einer wie Vitus hatte immer einen gut sortierten Rucksack dabei. Er selbst hatte sich einen Klettergurt umgebunden, trug ein Seil um die Hüfte, eine Höhlenlampe in der einen Hand und eine Pistole in der anderen. Auch Irmi zog ihre Waffe, und sie gingen langsam über die nassen Gummimatten.

Der Weg schien endlos zu sein, jeder von Irmis Schritten war zögerlich, jedes Mal überlegte sie, ob sie den Fuß aufsetzen sollte. Ihre Stirnlampen irrlichterten durch den Gang, die Kälte kroch durch ihre dünne Jacke.

»Halt!« Das war die Stimme von Filser.

»Herr Filser! Hier spricht Irmgard Mangold. Ich glaube Ihnen, dass es ein Unfall war. Das deckt sich auch mit dem Bericht, den wir aus der Gerichtsmedizin erhalten haben. Herr Filser, lassen Sie Fichtl gehen! Ich sichere Ihnen zu, dass ich alles tun werde, damit Sie fair behandelt werden. Es war ein Unfall, aber wenn Sie Peter Fichtl etwas antun, sieht das ganz anders aus. Herr Filser, bitte!«

Es blieb still. Irmi und Vitus waren nun fast am Tunnelfenster angekommen, durch das milchiges Licht einfiel.

»Bleiben Sie stehen. Es ist zu spät!« Die Stimme kam von rechts, aus dem Gang, der zum Tunnelfenster führte.

»Herr Filser, es ist nie zu spät!«, versuchte Irmi es weiter. Ein dummer Satz. Manchmal war es eben doch zu spät.

Mit gezückter Waffe trat sie in den Gang. Filser und Fichtl waren dunkle Silhouetten vor dem Lichtkegel und höchstens zehn Meter entfernt. Filser hatte Fichtl noch fest umfasst und hielt ihm die Waffe an den Kopf.

»Es ist zu spät! Der Tunnel ist vermint. Ich jag euch alle drei in die Luft. Ich hab gestern schon Sprengladungen angebracht, heute werden die nächsten gesetzt, oder, Fichtl? Das weißt du doch! Sag das denen.«

Fichtls Worte klangen zittrig. »Das stimmt. Wir wollten heute Übungsmunition anbringen.«

»Genau, Fichtl. Aber ich hab gestern schon ein paar echte Raritäten druntergemischt, die blasen den Tunnel in die Luft. Die machen Schweizer Käse aus dem Berg. Und aus dir ebenso, Fichtl. Du wärst so oder so gestorben. Nun kriegst du eben Gesellschaft von der Dame und dem Almöhi.« Filsers sich überschlagende Stimme klang verzerrt.

»Glaubst eam?«, flüsterte Vitus.

»Ich weiß nicht«, erwiderte Irmi leise, »aber das wäre sein Stil. Hinterrücks, nicht offen.«

»Was flüstert ihr?«, brüllte Filser. »Glaubt ihr mir nicht?«

Plötzlich kam von irgendwoher gleißendes Licht. Vitus hatte seine Lampe auf Filser gerichtet. Der war für einen Moment geblendet. Fichtl nutzte die Gelegenheit, um sich loszureißen. Er rollte zur Seite, kam blitzschnell auf die Füße, drückte die Glastür zum Tunnelfenster auf und hechtete hinaus. Filser folgte ihm.

Fichtl befand sich schon auf dem Geländer des Betonbalkons, als Filser ihm »Bleib stehen!« hinterherbrüllte. Er feuerte, und Fichtl stürzte. Filser erklomm ebenfalls das Gestänge, verhakte sich allerdings irgendwie – dann sah man nichts mehr.

Irmi stürzte mit Vitus nach vorne. Dabei stieß sie sich irgendwo den Kopf an. Der Schmerz war jäh und dann wieder weg. Sie sah noch, wie Filser das Kar hinunterrutschte, sich überkugelte, immer schneller wurde, eine kleine Geröllawine mit sich riss. Dann war er außer Sichtweite.

Weiter links, vor dem Steilabfall, lag Fichtl.

Vitus schlang das Seil um das Geländer und warf es aus

wie eine Angel. »I hol eam«, rief er Irmi zu. Und leichtfüßig hatte er das Geländer überwunden.

Er schien Saugnäpfe unter den Füßen zu haben, denn er geriet auf dem feinen Geröll keine Sekunde ins Rutschen. Dann erst realisierte Irmi, dass Fichtl lebte. Er stützte sich mühsam an einem Felsen ab und hielt sich dabei die Schulter.

Schon war Vitus bei ihm. Er legte ihm einen Klettergurt an, klickte einen Karabiner ein und hakte sich und den Verletzten im Seil ein.

»Ziag o, Madl, der Bursch hot sich de Schulter ausg'renkt. Des tut gemein weh«, rief er zu Irmi hoch.

Langsam tasteten sie sich hinauf. Mit einer Räuberleiter gelang es Vitus, Fichtl über den Betonbalkon zu hieven. Stöhnend fiel er Irmi zu Füßen. Seine rechte Schulter hing deutlich tiefer als die andere im Poncho. Er hatte eine klaffende Wunde am linken Schienbein, ein paar Kratzer im Gesicht, seine linke Hand blutete. Aber er lebte. Keine Schussverletzung. Filser hatte ihn nicht getroffen.

Irmi war jedes Zeitgefühl abhandengekommen. Dabei waren höchstens fünf Minuten vergangen. Auf einmal spürte sie, dass Wasser über ihr Gesicht rann. Es regnete, nein, es goss, der Wind peitschte den Regen gegen den Tunnelbalkon. Fichtl war klatschnass.

»Geht's, Bua?«, fragte Vitus, der inzwischen zu ihnen gestoßen war.

»Geht schon. Ich bin einfach gesprungen. Ich hab den Schuss gehört und dachte, ich sei tot. Als ich mich abgerollt hab, ist mein Bein hängen geblieben. Au, meine Schulter!«

»Des werd alles wieder, Fichtl. Des werd«, murmelte Vitus beruhigend.

»Und Filser?«

»Ist abgestürzt. Der macht uns momentan keine Sorgen«, meinte Vitus und wandte sich an Irmi: »Los, Madl, bitte hilf mir. Aber pass auf eam sei Schulter auf. Jetzt miassn mer raus.«

Vitus hatte Fichtl auf der linken Seite umfasst, Irmi versuchte, ihn rechts zusätzlich zu stabilisieren.

»Geht's so?«, fragte sie und wunderte sich über den Klang ihrer Stimme. So als höre sie sich erstmals reden nach schier endloser Zeit.

»Die Schulter ist raus, und ich glaub, das Schienbein ist ab«, sagte Fichtl. »Danke, ich dachte, es ist vorbei.«

»Vorbei is es erst, wenn's wirklich vorbei is. Für di war noch koa Platz«, sagte Vitus und sah Fichtl aufmunternd an. »Pack mer's, bis zum Ausgang is ned weit.«

Doch mit dem humpelnden und stöhnenden Fichtl war es eine ziemliche Distanz.

Plötzlich brach das Chaos los. Licht, Stimmengewirr, Schreie – am Ende des Tunnels blickten sie in die Mündungen von Waffen. Irgendjemand brüllte: »Waffen runter!« Von irgendwoher kam ein Notarztteam gerannt. Fichtl glitt zu Boden, Arzt und Sanitäter waren bei ihm. Vitus und Irmi waren umringt von Menschen. Bewaffnete Feldjäger, die sie anstarrten und nicht mehr richtig zu wissen schienen, was sie tun sollten.

Ein Mann mit viel Zierrat auf den Schulterklappen brüllte Irmi an: »Diese Eigenmächtigkeit kostet Sie Ihren Job!«

Von irgendwoher kam Kathi und brüllte zurück: »Lassen Sie die beiden zu den Sanis durch, Sie Trottel! Über Zuständigkeiten plaudern wir später.«

Irmi fühlte sich am Arm gezogen, sie schwankte ein wenig zwischen den beiden Sanitätern. Zeit und Raum verschwammen.

Jemand fummelte an ihrer Stirn rum, jemand anders flößte ihr mit Tee eine Tablette ein. Über ihren Schultern hing eine Decke, und erst als sie zu schlottern begann und ihre Zähne klapperten, war es, als würde das Schütteln ihre Lebensgeister wieder in Position rütteln.

Kathi hockte neben ihr und sah sie besorgt an.

»Wo ist Vitus?«, wollte Irmi wissen.

»Trinkt einen Tee. Alles paletti. Fichtl ist schon unterwegs nach Murnau, in die Unfallklinik. Der Notarzt hat sich geweigert, ihn in ein Bundeswehrkrankenhaus zu überführen. Die Bergwacht sucht Filser, sie können bei dem Wetter nicht fliegen, und dunkel wird's auch bald. Vitus dagegen meint, er habe den Absturz nicht überlebt.«

»Wie lange sitze ich denn schon hier?«, fragte Irmi ungläubig.

»Etwa vierzig Minuten, du warst kurzzeitig etwas weggetreten, oder? Du hast jedenfalls eine Fetzengehirnerschütterung und eine saubere Macke an der Stirn. Ist geklammert worden!«

»Geklammert?«

»Ja, wie gesagt, du warst etwas abgeschaltet. Die Bergstation ist inzwischen evakuiert. Es sind nur noch zwei Sanis, ein Arzt, Vitus, du und ich da. Und im Tunnel sind zwei Sprengstoffexperten. Vitus hat ausgesagt, dass Filser mit Sprengung gedroht hat. Die beiden waren aber guter Dinge. Sie meinten, dass ohne Zünder wenig passieren könne. Und der Zünder ist dann ja wohl mit Filser zu Tale gerauscht.«

Irmi ging das alles zu schnell. Ihr Kopf schmerzte höllisch. Ihr war übel.

Da kam Vitus angeschlendert. »Madl, dei Dickschädel is beachtlich. Aber gegn an Fels bist a du machtlos.«

»Jawohl – und nun legen Sie sich brav auf die Trage, der Notarztwagen steht an der Talstation«, sagte einer der Weißkittel.

»Wieso Trage?« Irmi kam ächzend hoch. »Ich kann gehen.«

»Das ist bei so einer Gehirnerschütterung aber nicht ratsam.«

»Quatsch, ich gehe. Ich leg mich zu Hause hin.«

»Und wie kimmsch du da hin?«, fragte Vitus.

»Mit deinem Auto«, sagte Irmi. »Kathi fährt meins.«

»Dazu kann ich nicht raten«, hob der Weißkittel wieder an. »Ein Liegendtransport wäre weit besser. Ich würde Sie auch gerne eine Nacht im Klinikum überwachen.«

»Nix da. Ich entlasse mich auf eigene Verantwortung, bevor Sie mich eingeliefert haben.«

Kathi schüttelte den Kopf und grinste den Arzt an. »Versuchen Sie es gar nicht weiter. Sie ist ein Bauernschädel.« Das klang fast wie eine Liebeserklärung.

»I hob a große Kistn, so an Van halt«, sagte Vitus. »Der hot scho de Größe von eim Krankenwagen. Also, pack mers.«

Bis die Gondel kam, standen sie noch auf der Terrasse. Nebel zogen herein und legten sich über den Kranzberg. Dann fielen sie gleichsam zu Boden, bedeckten wie milchig weiße Leichentücher die kleinen Seen. Dann glitten sie gespenstisch isarabwärts und verschluckten auch den Barmsee. Der letzte Vorhang war gefallen.

Epilog

Am nächsten Tag konnte Filser geborgen werden. Er hatte sich das Genick gebrochen. In seinen Taschen fanden die Sprengstoffexperten tatsächlich scharfe Ladungen.

Irmi hatte ein paar Tage Schonfrist, weil ihre Gehirnerschütterung zu massiven Sehstörungen geführt hatte und sie im Dunkeln liegen musste. Dann brach das Gewitter über sie herein: Polizeigewitter, Mediengewitter. Nach zwei Wochen war endlich Land in Sicht.

Irmi hatte nach langem Suchen einen Parkplatz an der Unfallklinik in Murnau gefunden. Im Foyer waren Bilder einer Grundschulklasse aufgehängt. Fröhliche bunte Bilder, auf denen grinsende Ärzte ebenso fröhlich grinsenden Patienten Gipsverbände anlegten. Bilder, auf denen Schwestern Fieberthermometer, so lang wie Fahnenstangen, hielten und das Stethoskop aussah wie eine Melkmaschine.

Irmi trat in einen Aufzug, der sie geradewegs zu Fichtls Station führte. Peter Fichtl hatte gerade Besuch von Meike, die sich sehr freute, Irmi zu sehen.

Nach der herzlichen Begrüßung sagte Fichtl: »Am Dienstag wäre wirklich eine Sprengübung auf dem Plan gestanden. Im Tunnel.« Seine Stimme war sehr leise geworden.

»Ja, ich weiß«, meinte Irmi. »Filser hat das tatsächlich so präpariert, dass unter dem Übungsmaterial echte Sprengsätze waren. Er hatte sie offenbar am Vortag platziert. Eine Verwechslung, eine Unachtsamkeit, ein paar echte unter den falschen …« Irmis Worte erstarben.

Sie sah aus dem Fenster. Wieso musste ein Krankenhaus so eine Aussicht haben? Das war doch fast zynisch.

Da lagen die Opfer der Berge in ihren Betten, vertäut, eingewickelt wie Mumien. Sie schoben ihre Rollis auf die Balkone, während draußen diejenigen, die die Unfälle verursacht hatten, ihre kecken Köpfe in den Himmel reckten. Zähne, Zacken, Grate und Kare. Sie hatten Bergsteiger, Skifahrer, Snowboarder oder Motorradfahrer, die den Kurven ihren Willen hatten aufzwingen wollen, herausgefordert. Natürlich ist das Quatsch, dachte Irmi. Wer fahrlässig handelt, ist selber schuld. Aber vielleicht waren es doch die Berggötter, die grollten. Womöglich wollten sie sich für die schorfigen Wunden der Bergwege rächen und für das kalte Metall der Klettersteige.

»Ich hätte die Leitung im Tunnel gehabt.« Fichtls Stimme brach.

»Er wollte Ihnen eine Falle stellen, er wollte es wie einen Unfall aussehen lassen. Die Sprengstoffexperten haben alles gefunden. Filser hätte es in der Hand gehabt.« Oder eben nicht, dachte Irmi. Es war ihm entglitten. Es gab keine perfekten Verbrechen, weil es keine perfekten Verbrecher gab. Weil Menschen an irgendeiner Stelle eben doch Opfer ihrer Angst oder auch nur ihres Größenwahns wurden. Früher oder manches Mal viel später. Sie lächelte Fichtl an. »Wirklich beweisen werden wir das aber nie können.«

»Nein, und außerdem wird die Bundeswehr doch alles unter den Teppich kehren«, murmelte Meike.

»Ich werde sowieso gehen. Gehen müssen. Gehen wollen«, sagte Fichtl. Seine Augen waren auf Irmi gerichtet. »Und Sie, für Sie hat das doch sicher auch ein Nachspiel.«

Irmi wollte ihm nicht von den langwierigen Befragungen erzählen, nicht vom tobenden Chef, nicht vom Staatsanwalt, der im Fünfeck sprang. Nicht davon, dass sie sich vor Kathi und Vitus gestellt hatte. Nicht von einer kurzfristigen Suspendierung, die aber wieder aufgehoben worden war. Nicht zuletzt, weil die Medien aus ihr eine Heldin gemacht hatten. Das noch andauernde Gerangel zwischen Polizei und Bundeswehr wurde inzwischen auf höherer Ebene ausgefochten.

»Ach, die Aufregung legt sich wieder«, wiegelte Irmi ab.

»Wenn Sie nicht so stur gewesen wären, wär ich jetzt tot! Sie haben mein Leben gerettet«, sagte Fichtl mit einem Beben in der Stimme.

»Sie sind eine Heldin. Sie sind toll!«, sagte Meike und umarmte Irmi spontan.

»Halb so wild. Werden Sie erst mal gesund, Herr Fichtl!«

Irmi war auf einmal ganz leicht zumute. Und sie hatte ein paar Tränen in den Augenwinkeln.

Als sie ihr Büro betrat, fühlte sie sich auf einmal wach. Das konnte auch daran liegen, dass der Herbst das Wetterzepter übernommen hatte. Die Luft war morgenfeucht gewesen, man hatte den Sauerstoff riechen können. Jetzt war sie klar und kühl. Die Sonne wärmte, aber sie verursachte keine Brandwunden mehr.

Kathi sah sie interessiert an. »Du siehst so zufrieden aus.«

»Ja, ich war in Murnau. Peter Fichtl geht's schon wieder recht gut«, sagte Irmi.

»Schön«, meinte Kathi und schaute Irmi prüfend an. »Kommt da noch was nach? Du schaust so ...«

Irmi grinste. »Rate mal, wer an seinem Bett gesessen ist!«

»Der Bürgermeister von Mittenwald? Seine Mutter? Beckenbauer? Der Papst? Der Heilige Geist?«

Irmi schüttelte den Kopf. »Meike, die schöne Almbäuerin.«

»Den einen Zwilling gegen den anderen ausgetauscht, oder?« Kathis Ton war eher gutmütig, nicht so bissig, wie

Irmi es von ihr gewohnt war. Seit ihrem Gespräch war sie ohnehin viel zugänglicher und bemühter als früher.

»Das weiß ich nicht. Aber was ich weiß, ist, dass die beiden Unterlagen über Bisonzucht vor sich hatten und Peter Fichtl augenscheinlich die Pläne seines Bruders realisieren will. Auf dem elterlichen Hof.«

»Wird der nicht einsitzen müssen oder sonst wie verknackt werden wegen Verscherbelung von Staatseigentum?«, wollte Kathi wissen.

»Da wird sicher was anstehen. Dass er den Bund unehrenhaft verlässt, ist wahrscheinlich. Aber es gibt ja noch ein Leben danach …« Irmi betrachtete ihre Kollegin. Es gab immer ein Leben danach, nicht immer ein besseres, aber ein anderes.

»Hmm.« Kathi blickte auf die Tischplatte. Als sie hochsah, standen ihr ein paar Tränen in den Augen.

Das scheint heute der Heulsusentag zu sein, dachte Irmi. Es gab Tage, an denen man näher am Wasser gebaut hatte. Und das waren nicht unbedingt die schlechtesten Tage. Es waren die sanften, die Tage voller Melancholie. Die überhaupt Platz ließen für Gefühle.

»Hast du? Ich meine …«

»Schau nicht so!« Kathi lachte plötzlich laut auf. »Ja, ich hab. Ich habe den Fußballgott abserviert, oder. Er war zutiefst entsetzt. Das ist ihm wohl noch nie passiert. Und ich hab gesagt, dass es, wenn es sowieso bloß um Sex geht, wirklich bessere gibt als ihn.«

Irmi gluckste.

Kathi klang deutlich kleinlauter, als sie hinzufügte: »Das hat natürlich so nicht gestimmt.«

Was hätte Irmi entgegnen sollen? Dass es womöglich einen gab, bei dem das ganze Spiel besser sein würde, weil es mit Liebe und Vertrauen verbunden war? War das nicht heillos romantisch und veraltet? Stattdessen fragte sie: »Hast du was vom Hausgebrannten von deiner Mama da?«

Kathi nickte. Aus einem Schrank holte sie zwei Gläser und eine Flasche ohne Etikett. Es war die göttlichste Marille, die jemals gebrannt worden war.

»Prost!«, rief Irmi.

»Auf die Bisons und darauf, dass Meike eine zweite Chance bekommt, oder!«, sagte Kathi und erhob das Glas.

»Meike bekommt ihre Chance«, meinte Irmi. »Und du auch, allerdings ohne den Fußballfuzzi.«

Kathi lächelte. Dann sah sie Irmi in die Augen. »Wir zwei vielleicht auch. Ich bin manchmal ein bisschen anstrengend, oder.«

Irmi lachte hell. »Ach, auch nicht anstrengender als der Frühjahrsputz. Oder der Besuch von zehn Verwandten gleichzeitig. Nicht schlimmer als eine nächtliche Problemgeburt im Stall.«

»Pah!« Kathi prostete ihr erneut zu.

Irmi beugte sich vor und schrie plötzlich auf. »Autsch!«

»Dein Kopf?«, fragte Kathi besorgt.

»Nein, dieser gottverdammte Bügel-BH!«

Nachwort

»Mord im Bergwald« – hier ist Tirol ganz nah und damit eine gewaltige und gewalttätige Bergwelt. Eine Welt, die immer schon fasziniert hat. Der universalgelehrte Arzt Albrecht von Haller beschrieb die Alpen zu einer Zeit, als die schwülstige Lyrik des Barock nicht mehr weiterkam. Fragen der Philosophie, der Moral und des Menschseins traten in die Literatur. Haller fand in der reinen Bergwelt den Gegenpol zu den verderbten Städten. Bescheidene Bergler gegen eitle Stadtbewohner. Aber so war es damals nicht und ist es auch heute nicht.

Die Alpen beschäftigten die Gemüter, unzählige gekrönte Häupter bereisten sie, große Bergsteigerkarrieren begannen hier, gestern wie heute. Sie bleiben eine Sehnsuchtslandschaft, und sie bleiben unberechenbar für den Menschen, der so gerne mit der Technik rechnet.

Sie holen das Beste und auch das Schlechteste aus den Menschen heraus – ein bisschen mehr als anderswo, weil Licht und Schatten näher beieinander liegen. Die Bergler sind keine bescheidenen Gutmenschen, wie Haller es gerne gehabt hätte, und nicht alle Zug'roasten sind böse Buben. Aber in engen Räumen gibt es vieles, was einschränkt und auf die Brust drückt, bis man kurz vor dem Ersticken ist. Fluchtwege sind oft verstellt. Auch im Bergwald.

Ich danke Martina und Schorsch Tafel einmal mehr für die Dialektberatung – einen Dialekt, den wir einmal mehr anpassen mussten, damit er an der Waterkant auch verstanden wird. Ich danke Dr. Siggi Moder fürs Wissen um den »Kuhkomfort«. Ich danke Sepp für die Einblicke ins Schutzwaldsanieren. Und ich danke Lutz und Elisabeth für die Mountainbike-Begleitung auf den Wegen rund um die Fischbachalm.

Servas!

Nicola Förg

Tod auf der Piste

Ein Alpen-Krimi. 240 Seiten. Piper Taschenbuch

Die Garmischer Kommissarin Irmi Mangold, die gerne mit der Motorsäge ins Holz fährt und auch mal im Stall ihres Bruders mithilft, und ihre junge Kollegin Kathi Reindl, alleinerziehende Mutter mit chronisch schlechtem Gewissen, haben diesmal eine besonders harte Nuss zu knacken. Kurz vor Ende der Skisaison – im Tal ist längst Frühjahr – wird auf der Kandahar-Piste ein Toter gefunden, ermordet per Kopfschuss. Das Merkwürdige daran: Der Mann trägt ein altmodisches Skioutfit mit einer WM-Startnummer von 1978. Weshalb musste er sterben? Und was hat es nur mit der seltsamen Montur auf sich? Ausgerechnet beim Dirndlkauf stößt Irmi auf eine heiße Spur …

05/2409/01/L

Christian Jungersen

Ausnahme

Roman. Aus dem Dänischen von Ulrich Sonnenberg. 672 Seiten. Piper Taschenbuch

Ein Roman über die Psychologie des Bösen, in dem vier Frauen sich das Leben gegenseitig zur Hölle machen: Iben, Malene, Anne-Lise und Camilla, vier Frauen, die gemeinsam im Dänischen Zentrum für Information über Völkermord arbeiten. Iben und Malene sind enge Freundinnen, die sich auch privat häufig sehen und viele Geheimnisse miteinander teilen. Im Büro schieben sie sich gegenseitig die interessanten Aufgaben zu, während sich vor allem die Bibliothekarin Anne-Lise von ihnen ausgegrenzt fühlt. Eines Tages erhält Iben per E-Mail eine anonyme Morddrohung. Zunächst geht sie davon aus, daß der Absender ein serbischer Kriegsverbrecher sein muß, über den sie einmal gearbeitet hat. Bald aber schließen sie und Malene auch Anne-Lise als Absenderin nicht mehr aus …

05/2208/02/R

Blut und Wasser

von Roland Voggenauer

Chiemgau-Krimi

Originalausgabe, 7. Auflage
160 Seiten, Paperback, Euro 9,90
ISBN 978-3-86532-072-8

1869 wird die schwangere Anna Wimmer am Ufer des Langbürgner Sees Opfer eines Verbrechens. Mehr als ein Jahrhundert vergeht, ehe Matthias Staudacher durch einen Zufall im Morast des Sees auf ihre mumifizierte Leiche stößt. Der Fund ist eine Sensation und in den regionalen Medien macht die Zeitungsmeldung über eine Moorleiche die Runde. Erst widerwillig, dann mit zunehmendem Interesse durchforstet Staudacher alte Gerichtsakten und rekonstruiert das Leben der Anna Wimmer und den an ihr begangenen Mord. Er bezweifelt das damalige Gerichtsurteil und vermutet einen ganz anderen Täter. Als er erkennt, dass die Wahrheit eng mit seiner eigenen Familie verknüpft ist, entwickelt sich ein tragischer Konflikt.

P E N D R A G O N - Verlag

www.pendragon.de